人民美术出版社　　天津人民美术出版社
上海人民美术出版社　陕西人民美术出版社
安徽美术出版社　　　福建美术出版社
河南美术出版社　　　黑龙江美术出版社
江西美术出版社　　　新疆美术摄影出版社

联合推出

高等教育"十一五"全国规划教材

刘羽 著

中国高等院校艺术设计专业系列教材

Adobe Premiere Pro CS4

非线性编辑实务教程

FEIXIANXING BIANJI SHIWU JIAOCHENG

人民美术出版社

图书在版编目（CIP）数据

Adobe Premiere Pro CS4 非线性编辑实务教程／刘羽
著.－北京：人民美术出版社，2009.9
ISBN 978-7-102-04748-5

Ⅰ.A… Ⅱ.刘… Ⅲ.图形软件，Premiere Pro CS4-
教材 Ⅳ.TP391.41

中国版本图书馆 CIP 数据核字（2009）第 160354 号

普通高等教育"十一五"国家级规划教材

编辑委员会

主　　任：常汝吉

副 主 任：欧京海　肖启明　刘子瑞　李　新
　　　　　曾昭勇　李　兵　李星明　曹　铁
　　　　　陈　政　施　群　周龙勤

委　　员：吴本华　胡建斌　王玉山　刘继明
　　　　　赵国瑞　奚　雷　雒三桂　刘普生
　　　　　霍静宇　刘士忠　张　桦　邹依庆
　　　　　赵朵朵　戴剑虹　盖海燕　武忠平
　　　　　徐晓丽　刘　杨　叶岐生　李学峰

学术委员会

委　　员：邵大箴　薛永年　程大利　杨　力
　　　　　王铁全　郎绍君

中国高等院校艺术设计专业系列教材

Adobe Premiere Pro CS4 非线性编辑实务教程

刘羽　著

出版发行：人民美术出版社
　　　　　（北京北总布胡同 32 号　100735）
网　　址：www.renmei.com.cn
联系电话：(010) 65593332　65232191
责任编辑：左筱榛
设　　计：左筱榛
责任校对：朱　布
责任印制：赵　丹
印　　刷：北京燕泰美术制版印刷有限责任公司
经　　销：新华书店总店

版　　次：2009 年 9 月第 1 版
印　　次：2009 年 9 月第 1 次印刷
开　　本：787 毫米 × 1092 毫米 1/16
印　　张：15.5
印　　数：0001—2000
ISBN 978-7-102-04748-5
定　　价：52.00 元（附赠 1DVD）

目　录

第三章　基本剪接

第四章　精确编辑与剪接技巧

第五章　调整镜头接点

第六章　过渡特技

第七章　效果

第八章　动态效果

第九章　序列的嵌套

第十章　运动控制

第十一章　透明度与叠加模式

第十三章 声音处理

第十四章　完成片输出

前　言

欢迎大家来到视频编辑的世界，本书将带您全面掌握Adobe Premiere Pro CS4这个当今数字视频编辑领域中普及化程度最高的剪接工具。

Adobe Premiere Pro CS4，名字听起来很长，其实对于专业视频编辑工作者或是视频制作发烧友来说，却是那么熟悉和亲切。

Adobe公司的全名是Adobe Systems Incorporated。这是一家市值数十亿美元的软件公司，自1982年创建以来，一直致力于利用数字技术拓展影像创作，实现更加优异的视觉表达。时至今日，Adobe成为了该领域中名副其实的巨人。无论在报纸、杂志、印刷品等平面出版领域，还是电视、网络、多媒体光盘以及其他电子编辑出版领域，大量的从业人员时时刻刻都能感受到Adobe的存在。作为普通消费者，也许对此并不察觉，但毫不夸张地说，我们从各种渠道接触到的图片和视频中，能彻底与Adobe脱开关系的不占多数。

与Adobe在数字影像处理领域被广泛接受相呼应，作为Adobe产品构架中专注于视频剪辑的工具，Premiere在影视制作领域可谓无人不晓。虽然无从统计，但Premiere被公认为全球范围内最为普及的视频编辑软件，这一点想必不会有太多人提出异议。从家庭影视娱乐短片爱好者，到影视独立制作人，直至专业节目制作公司或电视台，几乎所有跟视频编辑打交道的人或多或少都接触过Premiere，其中不少人将Premiere作为首选的编辑工具。长久以来，Premiere因在界面布局和操作方式上的合理性，使得它成为了众多编辑软件模仿的对象，从而也使得Adobe Premiere Pro CS4成为最适合于视频编辑者起步入门的软件，况且经过不断改进，现在其功能丝毫不逊于那些价格不菲的专业软件。

本书以电视节目非线性编辑的常规工作流程为顺序，力求深入浅出，全面介绍 Adobe Premiere Pro CS4 的具体操作方法，内容涵盖电视节目后期制作的各个环节。在针对性地介绍该软件操作要点的同时，也着重讨论了非线性编辑的普遍规律和应用特点，使读者全面掌握非线性编辑理念，获得适应现代编辑手段的思维和技能。掌握了这些普遍规律，我们就可以从容面对各种编辑环境的挑战了。

本书以节目制作实例中的各个环节为线索，当读者在节目制作的实践过程中遇到困难时，可以较为方便地查找对应内容，为解决问题提供参考。

作为一名合格的电视节目制作人员，有必要掌握充足的影视基础知识，尤其是数字视频基础。为了更加轻松地接触它们，本书并未集中讲解这些基础知识，而是将其分散在各操作环节的讲述中，以小知识的形式存在。当具体的操作和应用涉及到这些基础知识时，我们会结合实例予以讨论。

为了巩固实际操作能力，每章中都配有若干练习。这些练习均选自电视后期制作中的常见实例。多数练习具有很强的实用性，部分练习还列举了常见的错误以及解决办法。

涉及到一些操作技巧时，我们专门以小窍门的形式加以介绍。了解这些编辑过程中的宝贵经验，可以起到事半功倍的作用，或许还会带来意料之外的效果，大大增加了视频编辑的乐趣。

笔者在撰写本书的过程中，始终力求让视频编辑的初学者更轻松地汲取更为深入和全面的知识，同时也希望此书能为广大从业人员提供更为实用的帮助和参考，但由于水平所限，必定存在纰漏和不足，愿与广大读者切磋。

借此机会，感谢我的妻子始终如一的支持和勉励，也感谢郑浩导演及其创作团队的精美作品为本书的讲解提供了赏心悦目的素材。

第一章
软件安装与新建项目

现在，让我们赶快进入到这个软件的操作学习中，着手创建属于你的精彩视频吧。也许你现在还对数字视频编辑的基本知识一无所知，或者只有少得可怜的编辑经验，但这些并不重要，因为，跟随着下面的内容开始学习，你会在短期之内成为令人羡慕的制作高手。

当我们的操作涉及到你所陌生的概念时，我们会仔细加以介绍，逐一扫清这些障碍，使你在轻松和愉快中领悟全部的编辑要领。

准备好了吗？ Let's go!

第一节　软件安装与启动

Premiere Pro CS4的安装是一个高度自动化的过程。仅在少数必要的环节需要人工干预。

系统需求

安装 Premiere Pro CS4 的系统需求如下：

编辑 DV 格式需至少 2GHz CPU，编辑 HDV 格式需至少 3.4 GHz CPU，编辑 HD 格式需至少 2.8 GHz 双 CPU。

Microsoft®Windows®XP Service Pack 2 版本（建议使用 Service Pack 3版本）或 Windows Vista®Home Premium、Business、Ultimate 或 Enterprise Service Pack 1 版本（经验证明可用于 32 位 Windows XP 和 32 位及 64 位 Windows Vista）。

2GB 内存。

10GB 硬盘空间用于软件安装。

兼容 OpenGL 2.0 显示卡，支持至少 1280 × 900 分辨率。

用于 DV 编辑或 HDV 编辑的 7200R PM 素材硬盘；或用于 HD

编辑的硬盘阵列（RAID 0），优先选用 SCSI 硬盘。

经 Adobe 认证的视频处理卡，用于标清或高清视音频的采集和输出。

兼容 OHCI 的 IEEE 1394 接口，用于 DV 或 HDV 编辑的采集和输出。

DVD-ROM 光盘驱动器。如果刻录 DVD 视频光盘，需 DVD+/-R 刻录机；如果刻录蓝光盘视频，需 Blu-ray 刻录机。

Microsoft Windows 驱动模式声卡或兼容 ASIO 声卡。

QuickTime 7.4.5 级以上版本以确保 QuickTime 应用。

网络连接用于在线支持。

软件安装

启动安装文件 Setup.exe 后，安装程序将自动检测系统配置，如发现不满足条件，则会弹出相应提示（图 1-1-1）。

对于某些提示，可以忽略，选择继续按钮，但有可能因配置不足导致软件运行不稳定。

进入安装过程，输入序列号安装正式版本，或选择限期 30 天的试用版（图 1-1-2）。

签署 Adobe 最终用户许可协议，点击接受按钮（图 1-1-3）。

在选项窗口中，选择轻松安装将自动装载全部 Premiere Pro CS4 套件，或选择自定义安装指定所需的套件。对于初学者，推荐使用轻松安装选项。

在下拉菜单中选择安装语言。点击更改按钮，可以自行定义软件的安装路径。

设置好以上各项，点击安装按钮继续（图 1-1-4）。

等待安装过程结束，出现完成提示即可（图 1-1-5）。

启动软件

图 1-1-6

在 Windows 任务栏中，点击开始→所有程序，从中选择 Adobe Premiere Pro CS4（图 1-1-6）。

当起动界面（图 1-1-7）消失后，将出现欢迎界面 Welcome to

图 1-1-1

图 1-1-2

图 1-1-3

图 1-1-4

图 1-1-5

图1-1-7

图1-1-8

Adobe Premiere Pro（图 1-1-8）。

　　在欢迎界面中，你不仅收到了问候，而且可以选择以下五种操作：

　　打开新近的项目。注意到欢迎界面中的Recent Projects 了吗？它专门用于快速打开最近编辑过的节目。当然，现在 Recent Projects 下面是空的，那是因为我们还没有在Premiere　Pro中创建过任何节目。如果你今天完成了本章第三节中的内容，当下次启动 Premiere 时，就会在 Recent Projects 下面找到自己命名的项目了。这时点击项目名称，可以直接进入编辑界面浏览和修改作品。

图1-1-9

　　创建新项目 New Project（图 1-1-9）。这项正是我们现在应该选择的。

图1-1-10

　　打开已有项目 Open Project（图 1-1-10）。用于打开一个已经创建的项目，以便继续编辑修改，或者在编辑界面中浏览已经完成的节目。

　　如果刚才提到的Recent Projects中，已经显示有想要打开的项目的名称，可以直接点击该名称，进入编辑界面。但是，如果想要打开的项目不是最近使用过的五个项目之一，则超出了 Recent Projects 的保存范围。这时，只能通过 Open Project 打开该项目。

图1-1-11

　　帮助 Help（图 1-1-11）。如果此时接入 Internet，可以点击该图标浏览 Premiere Pro 的在线帮助。

图1-1-12

　　退出 Exit（图 1-1-12）。如果你现在改变主意，可以点击它直接退出 Premiere Pro。或者点击欢迎界面右上角的关闭按钮，同样可以直接退出 Premiere Pro。

　　小知识：什么是项目文件

　　项目文件，也被称作工程文件。它由 Premiere Pro 所创建，用于存储 Premiere Pro 中制作的节目的编辑数据。项目文件的扩展名为 prproj，文件图标如下图 1-1-13 所示。

1.prproj
Adobe Premiere Project
310 KB

图1-1-13

那么，编辑数据又指的是什么呢？简单说来，编辑数据就是节目的镜头结构，包括施加的特效、字幕以及音频处理等信息。有了编辑数据，节目中每个镜头的位置、长度、来源于哪段素材、施加的特效处理等均被确定，从而整个节目也就被确定下来。可以说，有关节目制作的全部劳动成果都保存在项目文件中。

和其他文件一样，在 Windows 中双击项目文件的图标，可以直接启动 Premiere，并打开该项目。

本节练习：启动软件

启动 Premiere Pro，在欢迎界面 Welcome to Adobe Premiere Pro 中点击创建新项目的图标 New Project，出现 New Project 窗口（下一节将要讨论）后，点击 Cancel，回到欢迎界面，退出 Premiere Pro。

第二节　新建项目

进入到编辑界面之前，还需要经过一系列的设定工作。新建一个项目时，没有人可以越过这些设置而直接开始编辑一个新节目。

新建项目

所有设置集中在依次出现的 New Project 新建项目窗口和 New Sequence 新建序列窗口中。首先，让我们了解一下 New Project 新建项目窗口，并同时将它设置好。

Action and Title Safe Areas：字幕安全区框的设定。该设定用于控制在编辑界面中显示多大的字幕安全框。这个设定现在对我们来说并不重要，它是在制作字幕和运动效果时给设计者提供的一种位置参考和提示，可以留到后面再做讨论。如果你现在对此好奇，也可以直接在第十二章第十节中查阅相关内容。

现在，我们暂且不做任何改变，保留该选项的初始设置即可。

Video Display Format：视频刻度类型。对于任何编辑过程来说，该选项都非常重要，它决定了使用者在编辑界面中以何种刻度和单位查看节目的时间进程。尤其对于初学者，经常会因为该选项设置错误而带来麻烦。现在，我们逐一了解下拉菜单中的各个选项所对应的时间刻度类型（图1-2-1）。

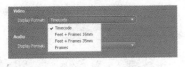

图 1-2-1

Timecode：通常称作时码，简称为 TC 码。众所周知，运动的电视画面是由若干静止图像衔接而成的。时码，就是用小时、分、秒和帧共八位数字来表示每幅静止图像的时间位置。在下拉菜单中选择 Timecode，进入到编辑界面后，时间线中的刻度类型将显示如（图 1-2-2）。

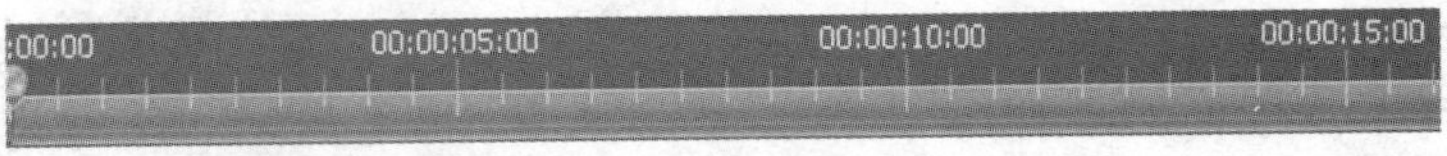

图 1-2-2

现在，我们将 Display Format 选择为 Timecode，这也是电视制作中最为常用的刻度类型。

Feet+Frames 16mm：按照 16 毫米胶片格式剪辑电影时使用该选项。这时，时间线中所显示的数字由英尺＋格构成。每英尺 16 毫米电影胶片中包含 40 格画面（图 1-2-3）。

图 1-2-3

电影画面是由胶片上依次曝光的底片逐格衔接而成，每一秒钟的电影画面需要连续播放 24 格底片。由于非线性编辑是迄今为止最为灵活和高效的编辑手段，因此，绝大多数的电影剪辑都放弃了传统的胶片剪接台，转而使用非线性编辑系统。一般来说，摄影机拍摄的胶片素材首先会被复制到非线性编辑系统便于采集的介质上，比如磁带，这一过程通常也被称作"胶转磁"。考虑到素材被编辑为完成片后，仍须重新被记录在胶片上，以拷贝的形式发行和放映，所以在剪接和输出电影的过程中，非线性编辑系统的时间线刻度通常被设定为与胶片相对应的格式。

Feet+Frames 35mm：按照 35 毫米胶片格式剪辑电影时使用该选项。每英尺 35 毫米电影胶片中包含 16 格画面（图 1-2-4）。

图 1-2-4

Frames：以帧为单位的显示时间线刻度（图 1-2-5）。

图 1-2-5

小知识：时码格式

时码由四组被冒号隔开的两位数组合而成。这些数值从左到右依次表示小时、分、秒和帧（图1-2-6）。

我国采用的电视制式为PAL制，这种制式每秒为25帧，也就是说每一秒钟的运动画面是由25个静止图像衔接而成的。因此，时码中帧位到秒位为25进制，即帧位可以显示的最大数值为24（逢25帧进位为1秒）。如果用时码来表示三分零五秒，则应该为00:03:05:00，而不可能是00:03:04:25。

图1-2-6

在NTSC制式中，每秒30帧。除此以外的其他数位上，各制式间的时码显示没有区别。不仅是在Premiere Pro中，时码以此种格式显示，在各非线性编辑系统中，乃至各种电视摄制和播出设备中，时码的格式也是全球统一的。

Audio Display Format：音频刻度类型。初始状态下，进入编辑界面后，时间线窗口中的时间刻度类型由Audio Display Format中的选项所确定。如果在窗口控制菜单中选中 Show Audio Time Units，时间刻度将切换为Audio Display Format中所选择的类型。

Audio Samples：按照采样频率显示声音刻度。

Milliseconds：以ms为单位显示声音刻度。

以上两个选项常用于声音的精确调整，现在，选择其中任何一个均可。

Capture：选择采集接口，为即将开始的编辑过程指定素材的来源，即从何种接口规格的录像机或摄像机上采集素材。

如果你的电脑具有IEEE1394 (FireWire/i.LINK)接口，下拉菜单中就会出现DV选项。除IEEE1394 (FireWire/i.LINK)接口外，电脑中如果还安装有其他 Adobe可兼容的视频采集硬件，如带有串行数字视频接口(SDI)、高清晰度串行数字视频接口(HD-SDI)或模拟视频接口（Composite模拟复合接口、Component模拟分量接口）的视频采集卡，则对应选项会同时出现在下拉菜单中（图1-2-7）。

经由这些接口采集素材时，则必须在此作出正确设定。

Location：指定项目文件的存储路径，点击右侧的Browse按

本节练习：了解时码

PAL制式与NTSC制式每秒钟分别有多少帧？100帧在PAL制式和NTSC制式中，用时码应分别如何表示？

PAL制式每秒25帧，NTSC制式每秒30帧。100帧在PAL制式中的时码表示为00:00:04:00，在NTSC制式中的时码表示为00:00:03:10。

图1-2-7

钮选择硬盘和文件夹。项目文件保存了所有的劳动成果，所以在任何时候都要牢记项目文件的存储位置。

如果不作修改，Premiere Pro 将自动为项目文件指定存储路径，即为该软件的安装路径。

Name：为创建的项目文件命名。如果不作修改，Premiere Pro 自动为项目文件命名为 Untitled（图 1-2-8）。

图 1-2-8

小窍门：设定存储路径

强烈建议把项目文件的存储路径指定在Windows系统盘以外的其他硬盘驱动器上。

除了素材和完成片外在编辑过程中，还会产生很多视频和音频缓冲文件。也许因为专注于操作，你并未意识到这些缓冲文件的存在，但是，它们的确在默默地为编辑工作提供着支持，帮助你顺利地进行视频和音频回放。根据编辑长度和复杂程度的不同，视频和音频缓冲文件有时会占据较大的硬盘空间。如果没有特意设置，这些文件将会存储于项目文件所在的位置。随着编辑过程的进行，缓冲文件占用的空间将越来越大。因此，建议大家不要把项目文件的存储路径指定在 Windows 系统所在的驱动器，这样，既方便日后的文件管理，也不至于因为缓冲文件占用过多空间导致 Windows 系统缓存不足，效率下降。

对于经常从事视频编辑的用户，建议预留出至少一个大容量磁盘驱动器，专门用于存储与视频编辑相关的各类文件。实际上，绝大多数专业用户也是这样做的。

磁盘管理

在 New Project 新建项目窗口，切换至 Scratch Disks标签，继续设定以下选项：

Captured Video：指定采集视频素材的存储路径。

Captured Audio：指定采集音频素材的存储路径。

Video Previews：指定视频预览文件的存储路径。

Audio Previews：指定音频预览文件的存储路径。

各选项的下拉菜单中，Documents是指Premiere Pro的安装路径，Same as Project指的是这些文件将存储于项目文件所指定的路径。点击右侧的Browse按钮，可自行设定存储路径。这时，下拉菜单中则显示为［Custom］。Browse按钮下方，显示指定路径所在的磁盘驱动器的当前剩余容量。

一般来说，为了方便文件管理，建议保持以上各选项的默认状态Same as Project。

本节练习：设置项目

按照如下步骤完成项目文件的设定，为下一节的序列设置做好准备。

1.启动 Premiere pro。

2.在欢迎界面中选择New Project，进入New Project新建项目窗口。

3.在 New Project 新建项目窗口中，逐一设置如下：

保持 Action and Title Safe Areas 的初始设定不变。

将 Video Display Format 选项指定为 Timecode。

将 Audio Display Format 选项指定为 Audio Samples。

将 Capture Format 选项指定为 DV。

在 Location 中，为创建的项目文件指定存储路径。例如，我们可以在硬盘驱动器 D 上新建一个名为 My first project 的文件夹，并将该文件夹指定为项目文件的存储路径。

在 Name 中为项目文件命名，这里，为了方便记忆，我们让项目文件的名称与文件夹相同。

上述操作完成后，New Project 窗口显示如图 1-2-9。

4.继续选择 New Project 新建项目窗口中的 Scratch Disks 标签，查看 Capture Video、Capture Audio、Video Previews、Audio Previews 四个选项的设定，确认这些选项的下拉菜单都处于 Same as Project 位置。

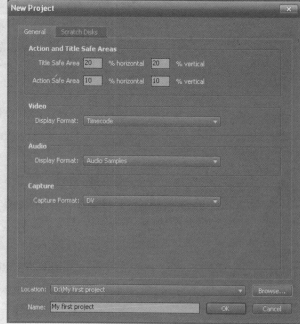

图 1-2-9

第三节　新建序列

完成上一节 New Project 新建项目窗口中的所有设定后，点击右下角的 OK 按钮，继续进入到 New Sequence 新建序列窗口，这也是进入 Premiere Pro 编辑界面之前的最后一个设置窗口。

关于序列

首先，让我们了解一下什么是序列。

众所周知，节目画面是由一个个镜头组接而成的。非线性编辑系统基本上都是利用时间线来放置这些组接好的镜头，而"Sequence"正是 Premiere Pro 中对时间线的称谓。在即将看到的编辑界面中，每一条时间线都是一个 Sequence，负责容纳一个节目中的所有镜头和特效。

可以说，每个 Sequence 都对应着一个节目，或者一个片段。在 Premiere Pro 中，可以同时新建多个 Sequence，这就意味着在编辑界面中，可以同时存在多条时间线。这时，Premiere Pro 允许用户同时展开多个节目的编辑，或者为一个节目制作多个版本，也可以将一个节目分解为若干段落，分别在不同的 Sequence 中编辑。作为初学者，现在我们只需要掌握对一个 Sequence 进行操作。关于如何巧妙借助多个 Sequence 完成编辑工作，我们将在第九章加以实践。

新建序列

既然每个 Sequence 都对应一段节目，那么 New Sequence 新建序列窗口则正是用于设定所要编辑的节目的视频音频格式，以及时间线中的轨道样式。

在 New Sequence 新建序列窗口中，总共有三个标签：Sequence Presets、General 和 Tracks。Sequence Presets 和 General 用于设定视频及音频格式，Tracks 用于设置轨道样式。

所谓视频和音频格式，实际上是指节目的画面和声音以何种技术手段被处理。对于观众来说，不同的视频和音频格式决定了不同的图像和声音质量。

小知识：视频和音频格式

现代科技对于视频和声音的处理基本摆脱了传统的模拟信号处理方式。当前，数字化的视频及音频处理技术无处不在，几乎充斥了我们所接触的绝大多数视听领域。从互联网、各种规格的视频及音频光盘、广播、电视乃至高清晰度电视，直至电影，图像和声音普遍以数字化的方式被处理、传输和存储。

在数字世界中，只有0和1两种符号。缤纷绚烂的图像和瞬息万变的声音都是借助这两个符号的不同组合而再现出来的。组合的规则在技术领域被称之为编码。正是因为采用了不同的编码方式，产生了视频和音频在格式上存在的差异，也决定了被数字化处理后的图像和声音信号具有不同的再现能力。再现能力越强，图像就越清晰，声音就越逼真。我们通常依据这种再现能力判定图像和声音的质量。

按照图像和声音质量的差异，可以将常见的视频、音频格式大致分为以下几个等级：

即时通讯级：网络视频、流媒体、手机视频等都属于该级别。如我们常见的RM、WMV、MP4以及手机视频3GP等格式，都可以纳入该范畴。这一级别的视频格式普遍采用较大的压缩比，将视频和音频数据处理为较低的速率，以便利用有线或无线网络实现流畅的视频、音频传输。通常来说，这类格式所提供的图像分辨率较低，视频、音频质量相对较差。

娱乐消费级：DVD视频光盘、Blu-ray视频光盘、HD-DVD视频光盘、DV、HDV、家用硬盘数码摄像格式等均属于该级别。此类格式针对普通消费者的日常娱乐需求而开发，所以采用了折衷的原则，既要做到图像和声音质量基本令人满意，又要兼顾处理设备和存储方式的制造成本及便携性。

专业级：通常也称作广播级。这些格式针对广播电视专业领域的应用，所以确保出众的图像和声音质量是这些格式的首要目标。如标准清晰度电视中的Digital Betacam、DVCPro25、DVCPro50以及高清晰度所采用的HDCAM、DVCProHD等，都属于广播级专业格式。这些格式代表了较高的图像质量和高稳定性，当然在设备体积和功耗方面也要比娱乐消费级产品高出很多。

不过，上述的等级划分只是一个参考，帮助大家对众多格式有个大致的了解。在实际应用中，等级界线有时会被淡化，并非不可逾越。比如，很多媒体都为新闻记者配备了准专业级的DV或HDV摄像机。比起专业摄像机来，这些摄像机在图像质量上略逊一筹，但是为快速灵活地捕捉新闻提供了极大的方便。我们经常看到的电视新闻中的很多画面，其实来源于DV或HDV摄像机拍摄的素材，而非广播级专业摄像机。对于新闻节目来说，毕竟抢到焦点画面要比确保图像质量更为重要。而在影视剧、综艺晚会等节目的制作中，专业格式的地位就不是其他低档产品能够撼动的了。

下面，我们开始对 Sequence Presets 标签进行设置。

Available Presets：预置格式，用于选择所编辑节目的视频和音频格式。这里罗列的都是Premiere Pro所提供的现成设定。为了方便操作，这些预置设定的所有细节都已经被定义好，用户只需直接选择对应的格式即可(图 1-3-1)。

例如，我们选择DV-PAL中的Standard 48KHz选项，那么在New Sequence 序列设置窗口右侧的 Preset Description 栏中，就会显示该格式预置的各种参数。通过查看这些参数，也就不难理解Standard 48KHz所代表的含义以及DV-PAL中的四个格式之间的区别了。

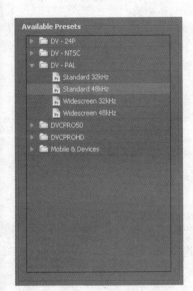

图 1-3-1

首先，根据 Preset Description 中的表述，了解一下 Standard 48KHz 格式所预置的参数。

For editing with IEEE1394 (FireWire/i.LINK) DV equipment：以 IEEE1394 (FireWire/i.LINK)作为编辑接口设备。IEEE1394 (FireWire/i.LINK)是 DV 及 HDV 格式的标准接口，所以在 DV 格式下，IEEE1394 (FireWire/i.LINK)被作为预置接口使用。

Standard PAL video (4:3 interlaced)：PAL 制式，画面宽高比例为 4:3，隔行扫描。

小知识：制式

制式是模拟时代彩色电视取代黑白电视时遗留的产物。由于标准清晰度的数字电视是在模拟彩色电视的基础上发展起来的，所以标准清晰度数字电视继承了模拟电视中的制式。

对于模拟电视或标准清晰度数字电视来说，在全球范围内，当前普遍存在三种制式：PAL、NTSC和SECAM制。这三种制式之间的主要差别在于：彩色图像信号的处理方式不同、画面的分辨率略有不同以及每秒显示的帧数略有不同。下表是三种制式的主要差异：

制式	彩色图像信号处理方式	扫描线数 （图像垂直分辨率）	帧频 （每秒显示的帧数）	采用这种制式的主要国家
NTSC	正交平衡调幅	525	30	美国、加拿大和日本等国
PAL	正交平衡调幅 逐行倒相制	625	25	中国、德国、英国和其他 一些西北欧国家
SECAM	行轮换调频制	625	25	法国、苏联和东欧一些 国家

当前，标准清晰度数字电视正在逐步向高清晰度数字电视过渡。我国确定采用的高清晰度电视制式为1080i，美国使用的高清晰度电视制式主要为720p，两种制式的主要参数如下：

制式	画面宽高比	扫描线数 （垂直分辨率）	水平分辨率	帧频 （每秒显示的帧数）
1080i	16：9	1080	1920	25(隔行扫描)
720p	16：9	720	1280	30(逐行扫描)

小知识：隔行扫描

隔行扫描与逐行扫描是电视机与电脑显示器在显示方式上的最大差别。上述三种模拟电视或标准清晰度数字电视制式，都是采用隔行扫描的方式，而电脑显示器的显示方式均为逐行扫描。

传统电视采用显像管（CRT）作为屏幕，其工作原理是控制电子束一行一行地扫描，激励显像管屏幕上无数微小的荧光体发光，从而显示整幅图像。为了节省信号的带宽，在扫描过程中，电视图像并不是自上而下，按照一行紧接着一行的顺序连续显示的。每一幅完整的电视画面（也就是通常所说的一帧）都被拆分为两部分（通常被称为场），先后显示出来。1、3、5等奇数行组成奇数场，在一帧画面的前半部分时间显示，2、4、6等偶数行组成偶数场，在一帧画面的后半部分时间显示。以PAL制式每秒25帧为例，每秒钟内总共会有包括奇数场和偶数场在内的50个场交替显现。由于两场画面之间的交替非常快，加之人眼的视觉暂留效应，观众最终看到的仍是完整连贯的画面。这就是隔行扫描。

标准清晰度数字电视沿用了模拟电视时代的隔行扫描技术。在高清晰度数字电视中，1080i制式仍采用隔行扫描，其中的"i"是interlace的缩写，代表隔行扫描。720p制式采用逐行扫描，"p"是progressive的缩写，代表逐行扫描。

48kHz (16 bit) audio：声音处理的采样频率为48千赫，量化比特数为16。

小知识：量化比特

数字信号只有0、1两个数值。以二进制为基础，通过0、1之间的组合来描绘千变万化的信号。量化比特，就是指用多少位二进制数组合在一起来表示模拟信号在某一瞬间的强度。每一位二进制数被称为一个量化比特，每一个量化比特位上的数值都可能是0或1。

举例来说，如果量化比特数为2，就代表有两个二进制位，每个二进制位上都有可能是0或者1，所以总共可能出现四种组合的结果：

00　　01　　10　　11

这就说明，量化比特数为2时，数字信号可以描绘模拟信号中的4种强度。

量化比特数越多，二进制数的组合结果也就越多。这时的数字信号可以描绘模拟信号中的强度等级也就越多，得到的数字信号也就越发接近于原始的模拟信号，信号质量通常也就越高。比如，采用的量化比特数为8（通常称作8比特量化），则8位二进制数总共可能出现2^8=256种组合，也就是说此时的数字信号可以描绘出256种模拟信号强度。

在New Sequence序列设置窗口中，声音的量化比特数为16，说明该数字信号可以描绘出2^{16}=65536种模拟音频信号的强度。

小知识：采样频率

通过量化比特，数字信号可以用若干个 0 或者 1 的组合描绘模拟信号在某个瞬间的强度。由于模拟信号常处于持续变化之中，那么，究竟每隔多长时间检测一次模拟信号的强度就变得非常重要。采样频率就是指每秒钟检测模拟信号强度的次数。

Hz（赫兹）这个单位特指有规律的重复事件在每秒钟内发生的次数。在 New Sequence 新建序列窗口中，声音的采样频率显示为 48kHz，就是说声音信号每秒钟被检测 48000 次。通常，采样频率的数值越高，所得到的数字信号质量也越高，系统所需处理的数据量以及存储信号占用的硬盘空间也相应增大。

正是通过采样频率的连续作用，不断对模拟信号加以检测，同时按照量化比特数将每次检测到的信号强度转化为二进制数值，模拟信号才得以转化为数字信号。上述这个过程就是数字信号的由来，常被称为模数转换（AD 转换）。

了解了上述知识后，让我们把目光转回 New Sequence 新建序列窗口。

General 标签用于自行设定各种格式的视频、音频参数。在 Editing Mode 中，我们可以选择某种现有的预置格式，以此为基础修改其参数，从而得到某种非常规的设定。当然，在预置格式可以满足编辑需求的情况下，自行设定各个参数是不必要的。修改设置的方式专门针对某些特殊的编辑需求。如果通过修改预置格式也无法满足用户的需要，还可以在 Editing Mode 中选择 Desktop，然后彻底自行定义标签中的各选项(图 1-3-2)。

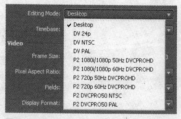

图 1-3-2

例如在某些舞台布景中，用于视频回放的显示屏既不是 4:3，也不是 16:9，而是由若干屏幕拼接而成的非常规尺寸。为这类特殊比例的屏幕制作视频时，显然任何一个预置格式都无法满足要求。在 Editing Mode 下拉菜单中选择 Desktop，根据需要自行定义 Video 中的各项参数(图 1-3-3)。

图 1-3-3

New Sequence 新建序列窗口中，Tracks 标签用于设置时间线中各类轨道的数量。

Video：设置 Sequence 中视频轨道的数量。

Master：选择完成片的声音输出类型。Mono 为单声道输出，Stereo 为立体声输出，5.1 为环绕声输出。

Mono：设置 Sequence 中单声道轨道的数量。

Stereo：设置 Sequence 中立体声轨道的数量。

5.1：设置 Sequence 中环绕声轨道的数量。

Mono Submix：设置 Sequence 中单声道辅助混合轨道的数量。

Stereo Submix：设置 Sequence 中立体声辅助混合轨道的数量。

5.1 Submix：设置 Sequence 中环绕声辅助混合轨道的数量。

在编辑界面中，也可以随时调整各类轨道数量。

关于各种类型的声音轨道，我们将在第十三章中仔细讨论。

本节练习：设置序列

继续上一节中的设置项目练习，按照如下步骤设定序列。

1.完成New Project新建项目窗口中的各项设定后，点击窗口右下角的 OK 按钮，进入到 New Sequence 新建序列窗口。

2.在 Available Presets 中，扩展开 DV-PAL 文件夹图标，选定 Standard 48KHz。在窗口下方保持 Sequence Name 的命名不变。点击 OK 确认。

经过一系列设置，现在终于进入了 Premiere Pro 的编辑界面。后面的章节中，我们将利用 My first project 这个项目尝试各种编辑操作，因此，选择菜单 File → Save，对新建的项目文件加以保存。

选择菜单 File → Exit，或点击软件界面右上角的关闭按钮退出。

小窍门：手动保存与自动保存项目文件

经验丰富的编辑者都会保持这样一个习惯，随时注意保存劳动成果。视频编辑是一项复杂而又多变的工作，根据所编辑节目的格式以及复杂程度，有些操作可能会为软硬件带来极大的数据处理负担。对于专注于画面的操作者来说，未必会察觉到这一点。因此，为了避免因突发情况造成数据丢失，经常保存项目文件是非常必要的。请选择菜单 File → Save，按照如下原则保存项目文件。

每工作一个小时，至少进行一次保存。

每当完成一个段落的编辑工作后，进行一次保存。

每当要离开计算机，即便只是短暂的休息，也要进行保存。

Premiere Pro 中的自动保存功能为完成片提供了另外一层安全保障。在编辑界面中，选择菜单 Edit → Preference → Auto Save，为自动保存设置各参数。

Automatically save projects：选中该项，将启用自动保存功能。

Automatically Save Every ___ minute (s)：自动保存时间间隔。假设输入 30，则每 30 分钟自动保存一个项目文件。该数值越小，安全系数越高，但在编辑过程中因自动保存而中断操作的情况也越发频繁。

Maximum Project Versions：自动保存最大版本数。假设输入 "5"，则可以为同一项目最多创建 5 个自动保存文件，且循环使用这些文件，确保这 5 个文件永远是自动保存的最新版本。

自动保存的项目文件全部放置于 Adobe Premiere Pro Auto-Save 文件夹中，该文件夹与 New Project 窗口中创建的项目文件的存储路径相同。自动保存的项目文件以手动创建的项目文件的文件名开头，后缀数字，以表示一旦遇到突发情况前未能及时手动保存，可以在此寻找最近一次的自动保存项目文件，尽量挽救编辑成果。

第二章
素材采集与管理

　　如果第一章中的最后一个练习已经完成，创建并保存了项目文件，无疑为我们这一章的学习开了个好头。

　　现在，启动 Premiere Pro。在欢迎界面 Welcome to Adobe Premiere Pro 窗口中 Recent Projects 下方，可以看到你所创建的项目 My first Project。直接点击，即可打开项目进入编辑界面。对于最近使用过的项目，这是最为快捷的开启方法。在 Recent Projects 中，最多可以记录 5 个最近使用的项目。

第一节　编辑界面

　　经过多个版本的不断优化，Premiere Pro 的界面布局越发实用。Adobe Premiere Pro CS4 为用户提供了一种浮动界面，所有窗口均可保持整齐排列。鼠标位于两个窗口之间的分界线或四个窗口间的对角位置拖拽时，可以同时调整多个窗口的大小。在调整过程中，所有窗口始终保持对齐状态。

编辑窗口

　　初始状态下的 Premiere Pro 编辑界面(图 2-1-1)。整个界面由以下窗口组成：

　　Project 项目管理窗口：主要用于放置和管理素材。

　　Media Browser 媒体浏览窗口：相当于 Windows 中的资源管理器。有了 Media Browser，可以在 Premiere Pro 中直接浏览 Windows 中的文件，而不必缩小或退出 Premiere Pro 软件后操作。

　　Source 素材回放窗口：专门用于浏览素材画面，以及对素材进行编辑设定。

　　Program 完成片回放窗口：用于浏览编辑结果。

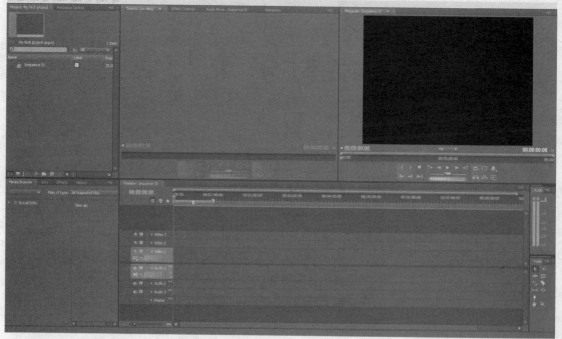

图 2-1-1

Timeline时间线窗口：时间线窗口中的轨道分为视频和声音两部分，用于显示完成片的镜头结构。

Audio 音频表窗口：对完成片的回放音量进行监看。

Tools 工具窗口：提供了各种简化编辑操作的快捷工具。

在部分窗口中，还存在多个标签。这些标签的功能，我们稍后再作介绍。

Premiere Pro的编辑界面中虽然分布着众多的窗口和标签，但是，当你了解了它们的分工后，会发现功能布局非常清晰。在本章和第三章中，我们将主要接触 Project 项目管理窗口、Media Browser 媒体浏览窗口、Source 素材回放窗口、Program 完成片回放窗口以及 Timeline 时间线窗口，因为它们对于完成基本剪接是必不可少的。

本节练习：调整窗口布局

在两窗口的分界线上或四个窗口间的对角位置，拖拽鼠标改变窗口布局。选择菜单 File → Save 保存项目，退出 Premiere Pro。然后重新打开该项目，你会发现经过改变的窗口布局也被保存了下来。

第二节　导入素材

现在，我们将导入各种类型的素材，为基本剪接工作做好充分的准备。

素材来源

一般来说，编辑节目时，涉及的素材来源主要包括三个方面：

1.通过录像机（或直接通过摄像机）采集磁带或拷贝记录在摄像机（或录像机）存储卡或硬盘上的文件。这些素材源于摄像机的拍摄。如果素材是广播级专业摄像机拍摄的，一般需要利用相应格式的专业录像机回放所拍摄的磁带，非线性编辑系统将视频及音频信号采集下来，以素材文件的形式存储在硬盘中。这个过程通常被称为采集或上载。如果素材是家用数码磁带摄像机拍摄的，则可以直接通过IEEE1394 (FireWire/i.LINK)接口连接摄像机和电脑，将HDV或DV磁带中记录的素材采集下来。采集的素材文件将直接存储于电脑中用户指定的路径。如果采集过程经由Premiere Pro控制完成，在Project项目管理窗口中，会自动添加该素材文件的图标。

关于采集的具体操作，我们将在下一节详细讨论。

如果是专业级或家用级硬盘、光盘或存储卡摄像机，则需要通过USB连接，将存储介质上的素材文件拷贝下来。

2.导入现有素材。例如：为编辑节目所搜集的视频、音频文件；从DVD、VCD等视频光盘获取的视频或从网络下载的视频，经过格式转换后成为Premiere Pro可识别的文件类型；需要在节目中呈现的各种图片、动画；音乐、声效等各种已经存在于电脑中的声音文件，都属于现有素材。这些素材只要是Premiere Pro可识别的文件类型，或经过转换成为Premiere Pro可识别的文件类型，就能够直接导入进行编辑。

本节中，我们将主要介绍导入素材的操作。

3.自建素材。指借助非线性编辑软件自身创建的素材。由于非线性编辑系统高度集成了传统线性编辑中几乎所有的流程，很多环节都可以在编辑软件中直接完成。例如在传统编辑过程中，字幕制作需要外接专门的字幕机完成，但在非线性编辑中，可以直接实现。由非线性编辑软件所创建的这些字幕就属于自建素材。与此相类似，在编辑过程中，有时需要将一段完整的母素材拆分为多段子素材，这些子素材会在Project项目管理窗口中显示为彼此独立的素材段，它们也属于通过非线性编辑软件自身产生的素材。在节目编辑过程中，自建素材的使用往往不可或缺。

导入素材

将已存在于硬盘中的素材文件导入，可以选择菜单 File → Import，在弹出的 Import 窗口中选择相应文件即可。在 Import 窗口中，文件类型下拉菜单中显示了 Premiere Pro 所支持的所有文件类型。如果等待导入的文件与下拉菜单中的类型不符，则必须通过格式转换工具转换。

借助Windows的多选操作(按住shift或ctrl键选择多个文件)，在 Import 窗口中可以一次导入多个素材文件。

导入整个文件夹

Premiere pro提供了另外一种一次导入多个文件的快捷方法。如果在 Import 窗口中选某个文件夹，点击 Import Folder 按钮，则可以一次性导入该文件夹中的所有文件。

需要特别注意的是，如果文件中包含 Premiere Pro 无法识别的文件类型，则会出现如下错误提示(图 2-2-1)。

无法识别的文件将不会被导入，除此以外，文件夹中可识别的文件将全部被导入。

Error Message
File format not supported.

图 2-2-1

本节练习：导入文件夹

在硬盘中新建一个名为clips的文件夹。在该文件夹中新建一个word文档，然后打开配套光盘中的素材文件夹，将视频素材文件夹中的Clip.avi文件和图片素材文件夹中的所有bmp文件拷贝到硬盘中的clips文件夹。

在 Premiere Pro 中，导入文件夹 clips。因为该文件夹中包含 Premiere Pro 无法识别的word文档，所以导入过程中会出现错误提示。此时，点击错误提示窗口的OK按钮。导入完成后，鼠标单击 Project 项目管理窗口中 clips 文件夹图标左侧的右箭

图2-2-2

头，被扩展开的文件夹显示如图2-2-2。

由此可见，导入整个文件夹时，Premiere Pro将自动滤除不可识别的文件类型。当需要导入大量素材文件时，将这些文件集中于一个文件夹中整体导入不失为一种高效的方法。

小窍门：导入素材的快捷操作

鼠标双击Project项目管理窗口中的空白区域，是导入素材的快捷操作。其结果等同于选择菜单File → Import。

如果习惯用鼠标拖拽操作，也可以借助Media Browser媒体浏览窗口导入文件或文件夹。Media Browser媒体浏览窗口的作用类似于Windows中的资源管理器，用法也基本相同。在Media Browser媒体浏览窗口中，选中需要导入的文件或文件夹，将其拖拽至Project项目管理窗口中即可。

第三节　采集素材

非线性编辑系统控制素材采集的方式分为手动采集和自动批采集两种。

手动采集是指在磁带回放过程中，手动按下采集按钮，控制非线性编辑系统开始采集或结束采集。一般来说，操作者可以一边浏览磁带上的素材，一边完成手动采集工作。也就是在浏览过程中，发现需要采集的素材出现，马上按下采集按钮开始采集，在采集过程中，随时决定何时终止。这种采集方式的优点是操作简单直观，对素材磁带的时码没有特殊要求，但是手动采集必须全程有人操控，而且，采集的开始与结束完全依赖于手眼配合，段落截取不是非常精确。所以在实际操作中，为了确保素材中供编辑使用的采集段落尽量完整，避免人工和设备的反应时间导致的遗漏，往往需要适度提前启动采集。这样，累计采集大量镜头后会额外占用较多的硬盘空间。

自动批采集是指操作者预先浏览所有素材，确定每个要采集的段落所对应的起始时码和结束时码，在非线性编辑系统中逐一输入这些时码，形成采集列表。上述准备工作完成后，即可启动自动批采集功能。非线性编辑软件将根据采集列表自动控制录像机（或摄像机）的回放，完成所有指定段落的采集。启动自动批采集过程，只需在更换磁带时人工介入，可以节省操作者在编辑系统前的守候时间。另外，开始点和结束点都是通过时码设定的，对采集段落的控制比较精确，但是自动批采集必须事先浏览所有镜头，以便确定采集列表。另外，供自动批采集的磁带所记录的时码必须连续，否则，非线性编辑系统控制录像机（或摄像机）自动走带时会出现错误，或者发生实际采集段落与指定范围不符的情况。

采集窗口

在 Premiere Pro 中，通过采集窗口控制手动采集或自动批采集过程。开始采集前，让我们先来熟悉一下采集窗口。

在编辑界面中，选择菜单 File→Capture，或通过快捷键 F5 直接启动 Capture 采集窗口(图 2-3-1)。

图 2-3-1

Capture 采集窗口中，黑色视频显示区域上方为采集状态显示区，用于显示磁带回放的当前状态以及编辑软件的采集状态。视频显示区域下方为时码显示区以及磁带回放控制按钮。在 Capture 采集窗口右侧的 Logging 标签中，可以为采集的素材设定各种参数。切换至 Settings 标签，可以设定素材的存储路径以及录像机（或摄像机）的遥控参数。

下面，我们将分别实践手动采集与自动批采集，同时熟悉采集窗口中的各项操作。

手动采集

1.通过 IEEE1394 (FireWire/i.LINK)接口连接 DV 摄像机与电脑。

2.开启DV摄像机，置入素材磁带，将DV摄像机切换到VTR模式。

3.启动 Premiere Pro，打开现有项目 My first project。

4.在编辑界面中，选择菜单 File → Capture，或通过快捷键 F5 直接启动 Capture 采集窗口。

5.在 Logging 标签的 Setup 中，Capture 用于指定是否只采集素材带上的画面或声音。将下拉菜单设置为 Audio and Video，将同时采集素材带上的画面及声音(图 2-3-2)。

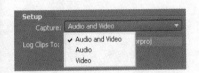

图2-3-2

6.在 Log Clips To 中，可以指定一个位置，当采集完成后，素材图标将显示于Project项目管理窗口的对应文件夹中。如果此处不作设定，采集后素材的图标将直接显示于Project项目管理窗口中，而不会位于任何一个文件夹内。当然，利用鼠标拖拽，我们仍然可以将其移入某个文件夹。

7.在 Clip Data 中，Tape Name 可以为当前采集的磁带命名或编号，Clip Name 可以为素材命名。采集时，上述两项不能为空。如果不作修改，软件会生成默认名称。在Description、Scene、Shot/Take、Log Note 中，还可以为素材标注各种文字注释。这些信息并非必须填写，但填写后能够为快速搜索素材提供便利(图2-3-3)。

采集终止时，在自动弹出的窗口中，还可以对各项内容进行修改。

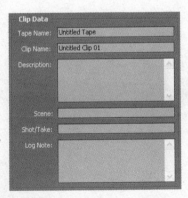

图2-3-3

8.切换至Settings标签，可以在Capture Settings中设定采集的格式。实际上，当前显示的采集格式是在 New Project 新建项目窗口的 Capture 中设定好的，在此，我们不必对其进行修改。

9.Capture Locations用于指定素材文件的存储路径。这部分在 New Project 新建项目窗口的 Scratch Disks 标签中也已经设置好。Browse按钮下的数值显示指定路经所在硬盘驱动器的当前剩余容量。

10.Device Control用于指定走带设备的遥控类型，Preroll Time 及 Timecode Offset分别用于设定遥控走带的预卷时间以及时码偏移。选中 Abort capture on dripped frames 后，一旦发生丢帧，采集过程立即中止。如果对于图像要求不苛刻，能够容忍偶尔发生的画面顿挫，则该选项可以不选。

11.利用采集窗口下方的回放控制按钮搜索素材磁带，浏览采集窗口中显示的画面。接近需要采集的段落时，可以改用搜索滑块控制回放速度。滑快上部是 Shuttle 快速搜索滑块，滑块下部为 Jog 微调旋钮（图 2-3-4）。

 图 2-3-4

如有必要，也可以通过逐帧按钮 ◀ ▶ 精确定位。

12.将磁带置于正常回放速度，按下采集按钮 ⦿ 开始采集。

13.采集过程中，素材名称、采集时长、丢帧数量以及剩余磁盘空间将显示于回放画面的上方。

14.再次按下采集按钮或 ESC 键结束采集。

15.在弹出窗口中为素材命名，并决定是否为其加入各种文字注释。点击"OK"按钮，素材的图标及名称将出现在 Project 项目管理窗口中。

16.重复以上步骤中的 5、7、11、12、13、14、15，继续采集其他素材。除此以外的步骤无须每次均作设定。如果在步骤 7 中不对 Clip Name 命名，软件会自动为素材顺序命名。

本节练习：手动采集

在上一节的练习中，我们导入了文件夹 Clips。在 Project 项目管理窗口中，存在该文件夹的图标。

现在，手动采集若干素材，尝试单独采集画面、声音，分别命名为 Video Capture 及 Audio Capture，并将采集完的素材直接放置在文件夹 Clips 中。

采集前，在 Capture 采集窗口 Logging 标签中，设置 Capture 以及 Log Clips To。

采集完成后，查看 Project 项目管理窗口中的文件夹 Clips。单独采集画面或声音，同时采集画面及声音的素材具有不同的图标(图 2-3-5)。

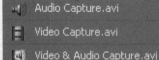
图 2-3-5

自动批采集

1.通过 IEEE1394 (FireWire/i.LINK)接口连接 DV 摄像机与电脑。

2.为所有需要采集的素材磁带编号或命名。如果仅有一盘素材磁带，则不必编号。

3.在 Capture 采集窗口 Logging 标签中，为 Tape Name 栏输入待采集的第一盘磁带的编号或名称。如果仅有一盘素材磁带，则不必输入。

4.开启 DV 摄像机，置入该磁带，将 DV 摄像机切换到 VTR 模式。

5.在编辑界面中，选择菜单 File→Capture，或通过快捷键 F5 直接启动 Capture 采集窗口。

6.在 Logging 标签的 Setup 中，利用 Capture 的下拉菜单指定是否只采集素材带上的画面或声音。Audio and Video 为同时采集素材带上的画面及声音。

7.在 Log Clips To 中，为将要采集的素材指定一个位置，当采集完成后，素材图标将显示于 Project 项目管理窗口的对应文件夹中。如果此处不作设定，采集后素材的图标将直接显示于 Project 项目管理窗口中，而不会位于任何一个文件夹内。当然，利用鼠标拖拽，我们仍然可以将其移入某个文件夹。

8.利用采集窗口下方的回放控制按钮搜索素材。当接近需要采集的段落时，可以使用搜索滑块控制搜索速度。

9.在采集的起始帧和结束帧暂停，分别点击编辑点组件中的 Set In Point 入点按钮和 Set Out Point 出点按钮。此时，从磁带上读取的入点时码和出点时码将被记录下来。在 Capture 采集窗口的时码显示栏，从左至右依次为：当前走带位置时码、记录下的入点时码、记录下的出点时码、自动计算得出的入出点之间的长度（也就是将要采集的素材时长)(图 2-3-6)。

| ● 00:04:58:13 | ⦂ 00:04:52:07 | 00:04:57:22 ⦂ | 00:00:05:16 ⊲⊳ |

图 2-3-6

这些信息同时也显示在 Logging 标签中(图 2-3-7)。

如果入点时码和出点时码已经设置，可以使用 Go to In point 按钮及 Go to Out point 按钮直接控制走带至相应编辑点。

图 2-3-7

如果连接的摄像机（或录像机）带有自动场景检测功能，并且素材磁带在拍摄过程中启用了该功能，记录有场景检测信号，那么利用 Previous Scene按钮及 Next Scene按钮可以直接控制走带至镜头接点。

小窍门：时间码的调整与输入

如果需要对入点、出点以及采集长度进行调整，除了控制走带重新设定外，也可以在视频回放区域下方的时码显示栏或Logging标签中直接操作。

鼠标在入点、出点以及采集长度时码数值上左右拖拽，将使该时码递增或递减。调整入点或出点时码时，采集长度将被自动计算。当调整采集长度时码时，入点时码将保持不变，出点时码被自动计算。

鼠标单击入点、出点以及采集长度时码数值，可直接输入新的时码数值。当输入入点或出点时码时，采集长度时码将被自动计算。当输入采集长度时码时，入点时码将保持不变，出点时码被自动计算。

10.点击Logging标签Timecode中的Log Clip按钮。在弹出的Log Clip窗口中为素材命名，根据需要决定是否为素材加入各种文字注释（图2-3-8）。

图2-3-8

点击OK按钮确认后，Project项目设置窗口中会出现该素材，但图标显示该素材为脱机状态，即offline（图2-3-9）。

图2-3-9

11.重复上述步骤8、9、10。直至该盘磁带上所有需要采集的素材全部被标记。更换磁带，在Capture采集窗口Logging标签Clip Data中Tape Name栏输入新的磁带编号或名称。继续上述步骤8、9、10，直至所有素材磁带都被标记。

12.关闭Capture采集窗口。选中Project项目管理窗口中的所有脱机素材，选择菜单File → Batch capture。在弹出的Batch Capture窗口中，Capture with Handles 允许在现有采集时长的基础上为所有镜头扩展长度；Override Capture Settings选项可以确保所有选中的脱机素材都强行按照当前项目设定的格式被采集，如果脱机素材事先被设置为其他格式，采集过程将忽略素材自身的格式设定。

13.点击Batch Capture窗口中的OK按钮，Capture采集窗口自动被载入。按照提示，插入相应编号或名称的磁带，按OK确定，Premiere Pro将按照磁带上的录制顺序（素材入点由小到大的顺序）依次采集所有素材。除需要手动更换磁带外，所有的采集工作都将自动完成。

小窍门：确保自动批采集成功，关键在拍摄环节

自动批采集可以集中处理大量素材。为了确保采集过程的顺利，应做到以下几点：

1.如果供后期编辑的素材量较大，在拍摄过程中，就需要将重要场景的起止时码和内容摘要记录下来，业界将此称为场记单。在影视剧拍摄中，甚至需要专人从事该项工作，可见面对大量素材时，场记单是何等的重要。自动批采集时，可以依照场记单批量输入场景的时码，提高工作效率。

2.为每盘素材带编号，以便在自动批采集过程中区分磁带。

3.保持每盘磁带中的时码连续，这一点对于自动批采集至关重要。自动批采集过程完全依靠时码控制，如果素材带上的时码发生间断或者混乱，将为自动批采集埋下隐患。假设磁带上的时码存在重叠，即磁带中有两段相同的时码，那么自动批采集控制走带时就可能找错位置，采集错误的段落。

如何在拍摄时确保磁带的时码连续呢？广播级专业摄像机上的RET按钮专门用于保证时码连续。开机拍摄前，摄像师通常会先按下RET按钮，磁带将自动定位至上次拍摄的末尾。此时再开始录制，就可以确保磁带上镜头接点处记录的时码保持连续。大多数家用数码摄像机上，也有类似功能按键或菜单选项，激活此功能后，磁带将预卷至上次拍摄的末帧位置，以便下次拍摄时时码连续。比起专业摄像机，家用数码摄像机的这一功能具有一定的局限。一旦磁带从家用数码摄像机取出，即便再放回原摄像机中，也无法启动RET功能。只有磁带未脱离摄像机（中途允许关机），才能确保RET功能可用。

实际上，只要顺序拍摄，就可以保证家用数码摄像机中磁带时码的连续。RET功能多用于回看后为继续拍摄定位。

对于没有RET功能的家用数码摄像机，顺序拍摄即可确保磁带的时码连续。回看之后，可以使用VTR模式中的回放控制，将

磁带暂停在末尾镜头结束位置的左侧，以便继续拍摄时的时码接续。

本节练习：自动批采集

先后在三盘磁带上挑选若干镜头，尝试自动批采集。注意采集前为磁带编号或命名。

第四节　管理素材

任何经验丰富的节目制作者都会对素材管理非常重视。因为编辑的节目越复杂，操作人员面对的素材种类和数量就会越多。编辑过程一旦展开，你会突然发现，在庞杂海量的素材中快速锁定某个特定镜头并不是一件容易的事情。

一般来说，在整个节目制作过程中，即便是操作熟练的编辑人员，在寻找素材和确定镜头上的耗时也会占据整个编辑过程的一半以上，所以，想要提高编辑效率，首先需要做到的就是科学合理地管理素材，尽量节省搜索素材的时间。

与在Windows中管理文件相类似，利用文件夹分类放置素材是非线性编辑中管理素材的基本方法。

分类放置素材

分类的目的是将各类素材分别放置在不同的文件夹中，让每个文件夹中的素材条目相对减少。可以依据个人喜好或操作习惯对素材进行分类，如按拍摄日期、人物、场景或画面内容、景别分类等。

点击Project项目管理窗口下方的 New Bin 按钮，或选择菜单 File → New → Bin，可以创建放置素材的文件夹。

鼠标单击创建的文件夹名称，可以为其更名(图 2-4-1)。

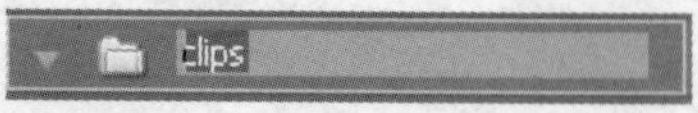

图 2-4-1

通过鼠标拖拽，可以在各文件夹之间移动素材，也可将一个文件夹移至另一个文件夹中。素材经过分类，每个文件夹中的素材条目相对变少，有利于提高编辑效率。

删除素材

选中素材图标，点击Project项目管理窗口下方的 Clear按钮，或者按 delete 键，可以从 Premiere Pro 中删除素材。

需要特别说明的是，无论是导入的素材，还是采集的素材，从New Project窗口中删除素材图标并不意味着真正从硬盘上删除了

图2-4-2

该文件。只有在 Windows 中操作，才能彻底删除该文件。

搜索素材

　　Project 项目管理窗口中提供了两个自动搜索素材的工具。如果知道素材的名称，可以在窗口上方的搜索栏中输入素材名称，与输入字符相符的素材会被逐步筛选出来(图2-4-2)。

小窍门：巧用搜索栏

　　繁多的素材条目无疑是影响快速定位素材的重要因素。在搜索栏中输入若干字符，相关素材就会显示出来，其他素材则被屏蔽，所以利用搜索栏，可以起到隐藏无关素材，显示相关素材的作用。如果素材命名合理，可以在编辑过程中频繁使用搜索栏，保证在 Project 项目管理窗口中只显示少量与当前编辑相关的素材。

　　另外，因为搜索栏具有屏蔽作用，当在 Project 项目管理窗口中找不到某些素材时，可检查是否因为搜索栏中存在无关字符。只要删除所有字符，全部素材就会显示在 Project 项目管理窗口中。

　　如果素材曾经被标注过附加信息，也可以点击 Project 项目管理窗口下方的 🔍 Find 工具，或在 Project 项目设置窗口的空白位置点击鼠标右键，选择"Find"，在弹出的 Find 窗口中指定要搜索的附加信息类型及内容。为了提高准确性，Find 窗口中可以同时设定两个搜索条件。在 Column 的下拉菜单中指定搜索条件，在 Operator 中选择包含以××开始、以××结束、精确、相同四种符合条件，在 Find What 中输入搜索字符，点击 Find 开始搜索。搜索结果会在 Project 项目设置窗口中被选中显示(图2-4-3)。

图2-4-3

排列素材

如果希望手动查找素材，或是按指定方式排列素材，可以对素材列表上方的标题栏进行操作。鼠标单击某个标题栏，全部素材将按照该栏信息重新排列，再次单击，全部素材反向排列。如需更改标题栏的左右顺序，可以用鼠标拖拽标题栏的名称。如需调整标题栏的宽度，可以用鼠标左右拖拽各标题栏之间的分界线（图2-4-4）。

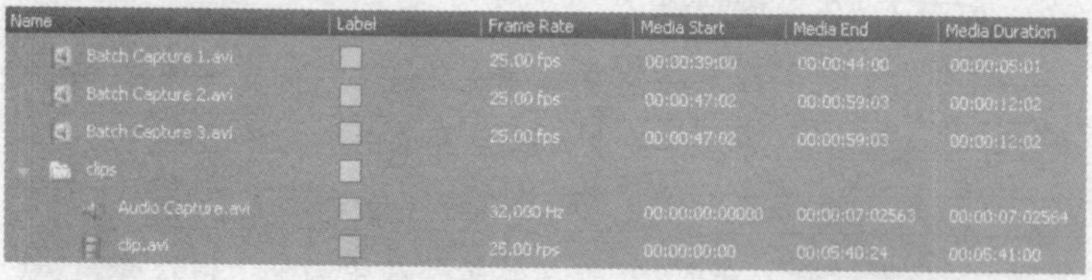

图2-4-4

标题栏中，各项参数如下：

Name：素材名称，同时显示素材文件的扩展名。

Label：标签。不同类型的素材具有不同颜色的标签。如果要自定义标签的颜色，可以选择菜单 Edit → Preferences，在 Label Defaults 和 Label Colors 中设定。

Frame Rate：帧率。视频或声音素材具有帧率，如果是静止图片，则没有帧率。

Media Start：采集素材的开始时码。

Media End：采集素材的结束时码。

Media Duration：采集素材的时长。

Video In Point：编辑入点。如果尚未对素材设定编辑入点，则默认入点与 Media Start 相同，即默认入点在素材首帧。

Video Out Point：编辑出点。如果尚未对素材设定编辑出点，则默认出点与 Media End 相同，即默认出点在素材尾帧。

Video Duration：入出点之间的长度。如果尚未对素材设定编辑点，则数值与 Media Duration 相同。

Video Info：图像尺寸。

Audio Info：声音的采样频率、量化比特与声道属性。

Tape Name：素材的磁带编号。

Description：用户输入的镜头描述。

Log Note：用户输入的注释信息。

Capture Settings：选中表示该素材是被采集进来的，未选表示该素材是导入的。

Status：素材是否在线（Online）。如果素材脱机或丢失，将会显示为 Offline 离线。

Scene：用户输入的场景描述。

Good：可单击该选项，将素材标记为"好镜头"或"必用镜头"。

缩略图

非线性编辑提供了一种比以往更为直观的素材浏览方式——缩略图。

点击Project项目管理窗口左下角的  List View/Icon View 按钮，可以在列表和缩略图之间进行切换。列表显示可以提供素材的详细参数，缩略图可以直接显示画面内容。

在Project项目设置窗口的右上角，激活窗口控制菜单，可以设定缩略图的大小进行(图2-4-5)。

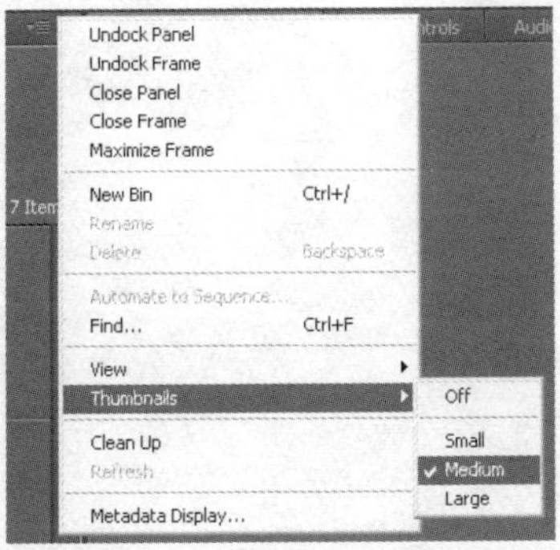

图 2—4—5

素材的缩略图默认显示为入点画面。如果尚未对素材设置编辑入点，默认入点位于素材首帧，所以缩略图也显示为素材的首帧。

本节练习：通过编辑入点设置缩略图

将Project项目设置窗口切换为缩略图显示方式。双击某段素材，在Source素材回放窗口中浏览。利用Source素材回放窗口中的 Set In Point 按钮为素材设定编辑入点，同时观察Project窗口中缩略图的变化。

为了进一步方便用户寻找素材，也可以自行定义素材的缩略图。在Project项目管理窗口中，单击素材的缩略图，拖动窗口上方浏览器中的播放滑块，将素材定位到某帧上，按下 Poster Frame 按钮。此时，素材的缩略图将更新为该帧画面(图2-4-6)。

如果该段素材已经被设置过编辑入点和编辑出点，当自定义的缩略图超出两个编辑点所限定的范围时，入点画面将被作为缩略图显示。

图 2—4—6

小窍门：自定义缩略图

实践证明，自定义缩略图对于手动采集素材非常重要。在手动采集过程中，为了充分确保素材采集的完整性，给即将展开的编辑过程预留足够的画面，避免因为人工和机器的反应时间而错过起始部分，往往需要提前启动采集按钮。这样，多余画面就会附加在素材的开头。有时，这些多余画面会包括磁带中上一个镜头的末尾。

默认的缩略图显示素材的首帧，会导致无法正确反映素材的真实内容。如果大量素材的缩略图与实际内容无法对应，那么缩略图也就失去了存在的意义，寻找素材的便利性将大打折扣。

自定义缩略图恰好可以解决这一问题。因此，手动采集素材后，应立刻查看其缩略图适用与否，如有必要，可以为素材自定义缩略图。

第三章
基本剪接

　　本章中，我们将介绍剪接所需的最基本的技巧、基本剪接的Source素材回放窗口、Program完成片回放窗口以及Timeline时间线窗口。

　　基本剪接是用素材搭建节目的基础。在绝大多数非线性编辑系统中，基本剪接的操作步骤相同，所涉及的窗口也极其相似。因此，只要掌握操作要点和一般规律，在任何非线性编辑软件中完成基本剪接都不是一件难事。

　　包括Premiere Pro在内，绝大多数非线性编辑软件利用素材管理窗口、视频回放窗口以及时间线窗口来完成基本剪接。在各种非线性编辑软件中，这三种窗口的基本形式一致，且易于辨认，被称为基本剪接的三个基本窗口，所以，不管使用什么软件，只要找到这三种窗口，基本剪接的问题就迎刃而解了。

第一节　基本剪接的相关窗口

　　在 Premiere 中，视频回放窗口包括 Source 素材回放窗口和Program完成片回放窗口两个独立窗口。因此，基本剪接操作共与四个窗口相关：

　　Project项目管理窗口：在上一章，我们已经对该窗口有所了解。基本剪接前，需要在该窗口选中素材。

　　Source 素材回放窗口：用于控制素材回放，浏览画面以及为镜头设定编辑点。

　　Timeline时间线窗口：放置完成片，显示完成片的镜头结构。

　　Program 完成片回放窗口：用于控制完成片回放，浏览编辑结果以及设定编辑点。

Source 素材回放窗口

在Project项目管理窗口双击采集或导入素材的图标，该素材将在Source素材回放窗口中被打开。

屏幕正下方的下拉菜单可以控制画面的显示比例，其中Fit选项为自动充满屏幕（图3-1-1）。

左侧的时码显示了当前的回放位置，鼠标在时码上左右或上下拖拽可起到改变回放位置的作用。

右侧的时码为自动计算的入出点之间的长度。如果尚未对素材设定入点和出点，默认入点和默认出点分别位于素材的首帧和尾帧，这时，该时码显示的就是整个素材的长度（图3-1-2）。

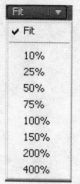

图3-1-1

图3-1-2

调整播放进度条时码刻度上方的滑块，可以放大或缩小进度条时码刻度的显示范围。滑块越窄，则显示范围越大 。

回放控制按钮中， ▶ Play-Stop Toggle 为正常回放按钮，◀▶ Play In to Out 为入出点之间的回放按钮。如果 🔁 Loop 被按下，使用 ▶ 或者 ◀▶ 回放时，素材将循环播放。否则，素材播放一次后停止。

如果操作中不小心关闭了 Source 素材回放窗口，可以在 Project项目管理窗口中鼠标双击素材图标，Source素材回放窗口将重新被打开。或者，选择菜单 Window → Source Monitor。

本节练习：搜索素材画面

使用多种途径搜索素材画面，并体会它们之间的差异。

1.利用显示范围滑块调整播放进度条的显示比例。在不同显示比例下，滑动当前回放标志 搜索素材画面。

2.上下或左右拖拽当前回放位置时码，搜索素材画面。

3.利用 Shuttle 快速搜索滑块及 Jog 微调旋钮搜索素材（图3-1-3）。

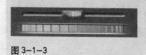

图3-1-3

Program 完成片回放窗口

Program 完成片回放窗口中的控制组件与 Source 素材回放窗口类似，用于浏览完成片。

如果操作中不小心关闭了 Program 完成片回放窗口，可以在 Project 项目管理窗口中鼠标双击 Sequence 序列的图标 ，Program 完成片回放窗口将重新打开，或选择菜单 Window → Program Monitor。

Timeline 时间线窗口

时码刻度上方的显示范围滑块及窗口右下角的缩放滑块均可控制时间线的显示比例（图 3-1-4）。

图 3-1-4

还可在 Tools 工具窗口中选择 Zoom Tool 放大镜工具，用于放大或缩小（按住 alt 键使用放大镜工具）时间线的显示比例。当时间线被放大显示时，可以在 Tools 工具窗口中选择 Hand Tool 移动显示范围。以上工具使用完毕后，在 Tools 工具窗口中重新选择 Selection Tool 选择工具，以确保鼠标的正常操作。

时间线时码刻度被放大到最大比例时，当前回放标志右侧将出现一条蓝线，这条蓝线的宽度代表着一帧画面的时长（PAL 制式为 1/25 秒）。实际上，Program 完成片回放窗口中所显示的画面即为蓝线所覆盖的那一帧（图 3-1-5）。

图 3-1-5

时间线窗口左上角的时码显示当前回放标志所在的时码刻度，该时码始终与 Program 完成片回放窗口左侧的当前回放位置时码一致。

按照默认设置，一个崭新的时间线包含三个视频轨道和三个声音轨道，外加一个 Master 主输出轨道。

在操作中如果不小心关闭了 Timeline 时间线窗口，可以在

Project项目管理窗口中鼠标双击Sequence序列的图标，该序列将会在Timeline时间线窗口中重新打开。

第二节　基本剪接的步骤

熟悉了相关窗口后，我们开始尝试基本剪接操作。

基本剪接的三个步骤

无论使用何种非线性编辑软件，基本剪接都遵照以下三个步骤：

1.确定素材文件。

2.浏览素材画面，设定编辑入点及编辑出点截取素材。

3.将截取的镜头添加至完成片的指定位置，回放编辑结果。

要完成基本剪接，可以通过按钮操作和拖拽操作两种方式，这两种方式在编辑结果上略有差异，在实际操作中互为补充，可以交替使用。

基本剪接：按钮操作

按钮操作是指通过 ⊞ Insert插入按钮或 ⊡ Overlay覆盖按钮将素材置入时间线的指定位置的操作过程。按钮操作可按照以下步骤完成：

1.在Project窗口中搜索素材。可以在列表显示方式下根据素材的名称、类型、标注信息等寻找素材，或者切换到缩略图显示方式，根据图标确定素材。

2.双击素材图标，在Source素材回放窗口打开素材。

3.利用 ▶ Play-Stop Toggle 回放素材。如果素材较长，也可利用Shuttle快速搜索滑块快进到大致位置，再用Jog微调旋钮精确定位。

4.分别确定素材的编辑入点和编辑出点，利用 ⦃ Set In Point入点按钮和 ⦄ Set Out Point出点按钮设置入点和出点。还可以利用 ⦃ Go to In point按钮及 ⦄ Go to Out point按钮随时查看入点和出点画面。当前回放位置标位于入点或出点时，窗口中将分别显示 ⧆ 及 ⧆ 标志。

5.设置完入出点后，如有必要，可在窗口右侧的时码栏查看

图 3-2-1

图 3-2-2

入出点之间的长度。

6.在 Timeline 时间线窗口中，鼠标单击轨道名称，被选中的轨道将呈现浅色。如图 3-2-1 所示， Video 1 和 Audio 1 被设定为目标轨道，与左侧的 V 及 A1 标志对齐。

7.选择 ▣ Insert插入或 ▣ Overlay覆盖按钮，将素材放置于时间线中。可以看到，镜头被放置于 V 和 A1 所对齐的目标轨道中。镜头的首帧对齐本次编辑操作前当前回放标志所处的位置。镜头的长度为入出点之间的段落。

因为此前时间线中为空，这是添加的第一个镜头，所以无论选择插入按钮还是覆盖按钮，得到的编辑结果没有差异(图3-2-2)。

8.调整缩放滑块，得到适合操作的显示比例。在Program完成片回放窗口中，浏览时间线中的编辑结果。

插入编辑与覆盖编辑

插入编辑中，在新镜头加入时间线的同时，会导致特定轨道上加入位置右侧的原有镜头整体向右移动，腾出的空间正好用于放置新的镜头。这里，我们所说的特定轨道，是指轨道控制组件中带有 ▣ Toggle Sync Lock 标志的轨道。默认状态下，Premiere Pro中的全部视频轨道与声音轨道 (不包括Master主输出轨道) 均带有该标志。

覆盖编辑中，时间线全部轨道上原有镜头的位置不变，但部分轨道中的镜头会被新加入的镜头替换，被替换的长度等同于新加入镜头的长度。

如果时间线中原始的镜头结构如图 3-2-3：

图 3-2-3

那么，利用 ▣ Insert插入按钮，在当前回放标志 (图中红线) 所在位置插入新的镜头后，因为默认状态下全部轨道均带有▣ Toggle Sync Lock 标志，导致所有轨道上插入点右侧的镜头均会向右移动。新的镜头结构如图 3-2-4 所示。从编辑结果可以看出，插入编辑后新的镜头被加入进来，原有的镜头没有消失，但向右顺延。

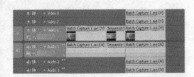

图 3-2-4

如果选择 Overlay 覆盖 ▣ 按钮，Video 1 和 Audio 1 这两个被选中的轨道上，原有镜头中的一部分被替换。新的镜头结构如图 3-2-5 所示。从编辑结果可以看出，覆盖编辑后新的镜头被加入进来，代替了目标轨道中的原有段落。

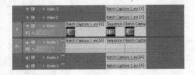

图 3-2-5

由此可见，默认状态下，插入编辑会影响到全部带有 Toggle Sync Lock 标志的轨道，覆盖编辑则影响处于被选中状态的轨道。

如果希望在插入编辑中，只有部分轨道受到影响，而其他轨道保持不变，则需要在轨道控制组件中对 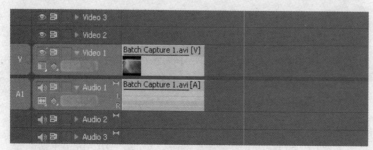 Toggle Sync Lock 做出设定。

如果希望在覆盖编辑中，只有部分轨道受到影响，而其他轨道保持不变，则需要在轨道控制组件中对轨道的选中状态做出设定。

本节练习：插入编辑与覆盖编辑

先按照基本剪接的步骤在时间线中加入若干镜头。尔后，将当前回放标志定位于某两个镜头之间。分别尝试插入编辑与覆盖编辑，比较编辑结果的差异。

按钮操作时如何控制镜头在时间线中的位置

每次为完成片添加的镜头，都绝非是随意放置的。出于编辑需求，我们总是会将该镜头放置在时间线中的特定位置。那么，在按钮操作中，镜头在时间线中的位置是如何被确定的呢？

镜头在时间线中的位置，通常包含两层含义：一是水平方向上，镜头对齐哪段时码刻度；二是垂直方向上，镜头的画面和声音分别位于时间线中的那个轨道。

在水平方向上，镜头的位置是根据编辑发生前当前回放标志所处的位置决定的。也就是说，新镜头的首帧将会对齐当前回放标志。

以图3-2-6为例，编辑前，当前回放标志（图中红线）在时间线中定位如下：

图3-2-6

那么，无论是插入编辑还是覆盖编辑，新镜头都会放置于当前回放标志的右侧（图3-2-7）。

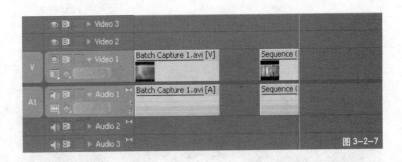

图 3-2-7

图 3-2-8

图 3-2-9

图 3-2-10

在垂直方向上，镜头的位置是根据轨道控制组件中的关于目标轨道的设置确定的。

在时间线窗口左侧的轨道控制组件中，V 代表 Video，指素材的视频部分，A1 代表 Audio，指素材的声音部分（该素材的声音部分只占据一个轨道）。如图 3-2-8 所示，默认状态下，V 与 A1 分别对齐完成片的 Video 1 及 Audio 1 轨道，表示素材的视频和声音部分将分别放置于 Video 1 和 Audio 1 轨道。这时，Video 1 和 Audio 1 被设定为目标轨道。

要重新定义目标轨道，可以用鼠标拖拽 V 或 A1 图表至右侧的 Video 或 Audio 轨道上，这时，将构成新的目标轨道设置。如图 3-2-9 所示，Video 2 和 Audio 2 被定义为目标轨道。

定义好目标轨道后，素材是否会真正被加入到该轨道还取决于覆盖编辑时目标轨道是否处于被选中状态，或插入编辑时目标轨道中的 ⑤ Toggle Sync Lock 是否被选中。图 3-2-9 中，Video 2 和 Audio 2 被定义为目标轨道，同时 ⑤ Toggle Sync Lock 处于被选中状态。所以，选择插入编辑时，素材会加入到 Video 2 和 Audio 2 中。但由于只有 Video 1 和 Audio 1 处于被选中的状态，所以选择覆盖编辑时，素材不会被加入到 Video 2 和 Audio 2 中。

继续操作轨道控制组件，让 Video 2 和 Audio 2 也分别处于被选中状态，如图 3-2-10 所示。这时，无论选择插入按钮还是覆盖按钮，素材都会被放置于 Video 2 和 Audio 2 中。

实际上，轨道控制组件中，V 和 A1 图标的位置表示素材的视频和音频对齐的那个轨道，Video 1、2、3 和 Audio 1、2、3 等轨道是否被选中表示覆盖编辑，是否会影响到该轨道上的镜头，⑤ Toggle Sync Lock 是否被选中表示插入编辑，是否会影响到该轨道上的镜头。另外，还可以控制 V 和 A1 图标的选中状态，决定是否单独将素材的视频部分或声音部分加入到完成片。我们可以在以下练习中进一步理解轨道控制组件是如何发挥作用的。

本节练习：实践以下操作，体会轨道控制组件的作用

编辑前轨道控制组件及原始镜头结构如图 3-2-11：

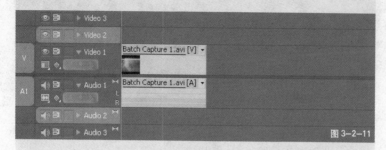

图 3-2-11

将当前回放标志定位在时间线已有镜头的首帧，选择插入编辑，则新的镜头结构如图 3-2-12 所示。在这次编辑中，Video 1 和 Audio 1 未被选中，受轨道控制组件的作用，新的镜头并未被加入，但是，所有带有 ▤ Toggle Sync Lock 标志的轨道上的镜头都会向右移动，移动的长度等于插入镜头的长度。实际上，该操作相当于在时间线中插入一段空白。

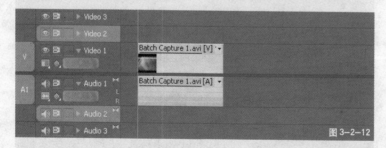

图 3-2-12

如果选择覆盖编辑，因为 V 和 A1 所对应的目标轨道 Video 1 和 Audio 1 未被选中，所以新镜头不会被加入到 Video 1 和 Audio 1 轨道中。由于 Video 2 和 Audio 2 被选中，因此会受到覆盖编辑的影响，但由于 Video 2 和 Audio 2 轨道上原本就没有镜头，所以在这次编辑中，所有轨道上的原有镜头结构都不会发生改变。只是当前回放标志向右移动了一段距离，这段距离与素材入出点之间设定的长度相等（图 3-2-13）。

如果轨道控制组件如图 3-2-14 所示，V 与 A1 所对应的目标轨道 Video 2 及 Audio 2 都被选中，所以无论插入编辑还是覆盖编辑，新的镜头都会被加入到 Video 2 及 Audio 2 轨道中。

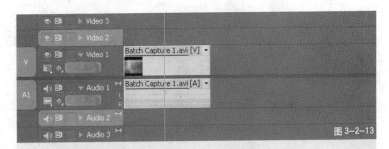

图 3-2-13

图 3-2-14

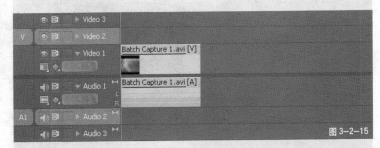

图 3-2-15

图3-2-14中，如果编辑前各轨道原始的镜头结构如图3-2-15，那么，插入编辑后，新的镜头结构如图3-2-16所示。在这次编辑中，新的镜头被加入到 Video 2 和 Audio 2 中。受插入编辑的影响，所有轨道上原有的镜头都会向右移动插入镜头的长度。

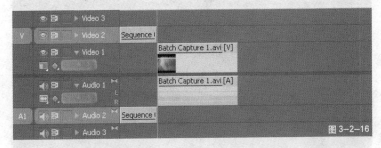

图 3-2-16

如果选择覆盖编辑，因为Video 1和Audio 1未被选中，所以该轨道中的原有镜头不会受到影响，新的镜头被加入到Video 2 和 Audio 2 中（图3-2-17）。

现在，让我们再来看看轨道控制组件在另一种设置下的编辑结果。

编辑前，轨道控制组件设定以及原始镜头结构如图3-2-18所示。

插入编辑后，新的镜头结构如图3-2-19所示：在这次编辑中，新的镜头被加入到 Video 2 和 Audio 2 中。受插入编辑的

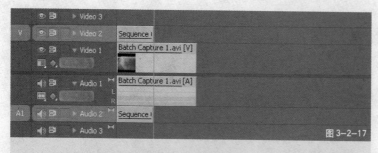

图 3-2-17

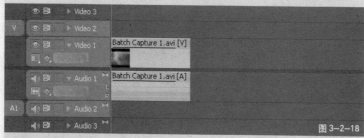

图 3-2-18

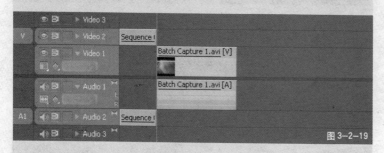

图 3-2-19

影响，所有轨道上原有的镜头都会向右移动插入镜头的长度。

如果选择覆盖编辑，新的镜头被加入到 Video 2 和 Audio 2 中，同时，因为 Video 1 和 Audio 1 也被选中，所以该轨道中的相同的位置上，原有镜头被覆盖以空白图 3-2-20。

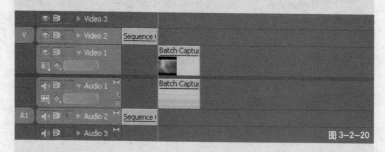

图 3-2-20

在编辑过程中，改变轨道控制组件中素材图标的选中状态，也会使编辑结果发生相应变化。例如，如图 3-2-21 所示，我们取消素材中 A1 的被选中状态（在选中状态下鼠标单击，即可取消其选中状态），只保留V的被选中状态，则表示无论选择插入编辑还是覆盖编辑，素材中只有视频部分会被加入到时间线中，而声音部分不会参与编辑过程。

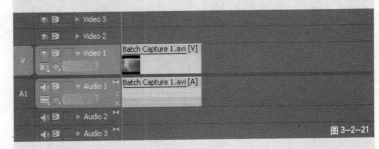

图3-2-21

选择插入编辑后，素材的音频部分未被加入到时间线中，在插入编辑的作用下，时间线中原有的镜头向右移动（图3-2-22）。

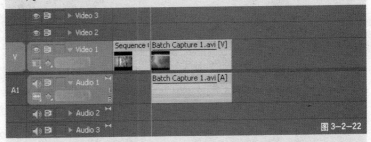

图3-2-22

如果选择覆盖编辑，素材的音频部分同样不会被加入到时间线中，但是因为Video 1和Audio 1轨道处于被选中状态，决定了Video 1和Audio 1轨道上的原有镜头都将会被覆盖（图3-2-23）。

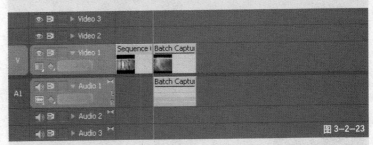

图3-2-23

通过以上练习，可以帮助大家理解在插入编辑和覆盖编辑时，轨道控制组件将如何发挥作用。

小窍门：巧用轨道控制组件

在实际的节目制作中，需要应对复杂多样的镜头结构，这就要求操作者能够合理设定轨道控制组件，并且正确选择插入或覆盖编辑。有时，想构建某种镜头结构，同时存在多种轨道控制方式，而有时，只能通过特定的轨道设定，才能得到正确的编辑结果。下面，我们举几个在实际操作中常见的例子，说明如何灵活应用轨道控制组件。

假如，我们想在某个镜头前插入一段素材，而且希望插入的素材只包括画面，不带有声音，那么，在按下插入按钮前，将轨道控制组件设置成以下三种状态都是可行的（图3-2-24至图3-2-26）。

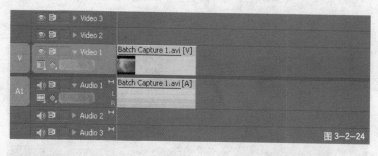

图3-2-24

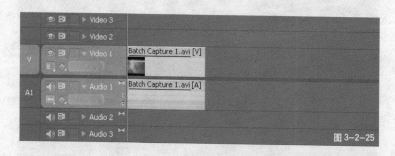

图3-2-25

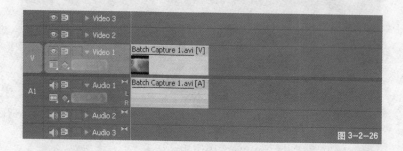

图3-2-26

插入编辑后，结果如图3-2-27：

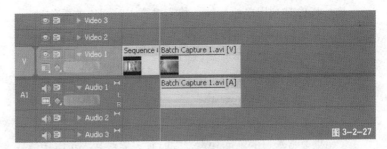

图3-2-27

如果我们想用一个新的镜头取代时间线中部分原有的画面，但保持时间线的声音轨道不发生任何变化，则在按下覆盖按钮前，将轨道控制组件设置成以下两种状态都是可行的（图3-2-28、图3-2-29）。

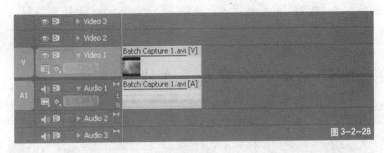

图3-2-28

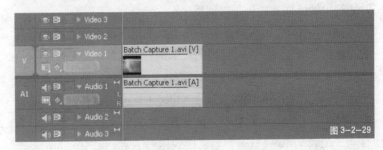

图3-2-29

覆盖编辑后，结果如图3-2-30。

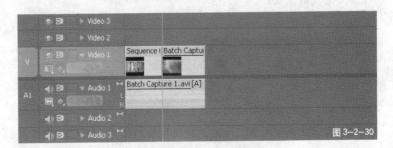

图3-2-30

基本剪接：拖拽操作

拖拽操作是利用鼠标拖拽，将素材置入时间线的操作过程。这是非线性编辑中除按钮操作之外的另一种常用编辑操作。

拖拽操作可遵照以下步骤：

1.在 Project 项目管理窗口中双击素材图标，在 Source 素材回放窗口打开素材。

2.确定素材的编辑入点和编辑出点。

3.如果要将素材的画面和声音同时加入完成片，可以用鼠标拖拽 Source 素材回放窗口中的画面，将其拽入时间线窗口。如果单独加入素材的视频画面或声音，可以用鼠标拖动画面下方的 ▣ Drag Video Only 或 ◂ Drag Audio Only 图标，将其拽入时间线窗口。拖动 ▣ Drag Video Only 图标时，素材的视频部分只能被放置于时间线的 Video 轨道中；拖动 ◂ Drag Audio Only 图标时，素材的声音部分只能被放置于时间线的 Audio 轨道中。

拖拽操作时如何控制镜头在时间线中的位置

相比按钮操作，拖拽操作更加简单直观。新加入的镜头无论是在垂直方向上位于哪个轨道，还是水平方向上位于哪个时间刻度，全都依靠移动鼠标确定。如果放置的位置不合适，还可以在时间线中继续拖动镜头加以调整。

拖拽操作中，镜头被放置于哪个轨道将不再受轨道控制组件的影响，完全取决于鼠标拖拽的目的地。需要特别说明的是，将素材的视频与声音一同拖拽至时间线时，被放置的视频与音频轨道是对应的，如果视频被放置于 Video 1 轨道，声音就会自动分配到 Audio 1 轨道，如果声音被放置于 Audio 2 轨道，视频就会自动分配到 Video 2 轨道。若要摆脱这种限定，必须分为两步操作——先将素材拖拽至时间线中，再利用鼠标拖拽改变视频或声音部分的轨道位置。

小窍门：拖拽操作的镜头对齐

Timeline 时间线窗口中，▣ Snap 图标被按下，表示吸附功能处于开启状态。此时，被移动的镜头首帧或尾帧接近时间线中的特定位置时，镜头将会自动靠拢并对齐这些特定位置。这里所说的特定位置，包括时间线起始点、其他镜头的首帧及尾帧、当前回放标志、时间线工作区域起始及结束位置、编辑入点及编辑出点、标记点等。

利用吸附功能，我们可以精确控制镜头在时间线中的位置。

1. 先将当前回放标志定位在某位置。

2. 选中 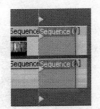 Snap吸附功能图标，拖拽镜头使其首帧对齐当前回放标志。

拖拽操作中的插入与覆盖

覆盖编辑：拖拽操作默认为覆盖编辑。也就是说，如果将素材拖拽至时间线中的现有镜头上，新的镜头将替换现有镜头中的相应段落。

插入编辑：按下ctrl键的同时鼠标拖拽操作，在新镜头的首帧将出现若干向右的箭头，此时为插入编辑，所有选中 Toggle Sync Lock标志的轨道中，当前位置右侧的镜头将向右移动相应的距离(图3-2-31)。

图3-2-31

等长度覆盖编辑：按下alt键的同时鼠标拖拽操作。这时，新镜头必须被放置在时间线中现有镜头之上，否则，将出现禁止操作的标志。该操作将保持现有镜头的长度，但画面及声音被新加入的镜头替换。新镜头以Source素材回放窗口中设定的编辑入点为准，按照时间线中现有镜头的长度重新确定编辑出点。

在等长度覆盖编辑中，如果当前入点右侧的素材长度不足，则编辑结果如图3-2-32。图中灰色斜线覆盖的区域表示因素材长度不足，该段落没有实际画面及声音，回放效果与空白轨道相同（黑场及静音）。

图3-2-32

小窍门：合理选择按钮操作或拖拽操作

按钮操作与拖拽操作都能将素材置入时间线，而且都能够做到插入编辑与覆盖编辑。当我们面对某种编辑需求时，到底采用哪种编辑方式最为便捷和准确呢？

通过以上讲解，我们已经了解，按钮操作和拖拽操作的特性有较大区别。

按钮操作时，镜头位置被轨道控制组件和当前回放标志精确限定，所以，按钮操作更适合于对镜头位置有严格要求的编辑过程。由于需要预先设置轨道控制组件和当前回放标志，按钮操作控制起来比较繁琐。

拖拽操作便捷直观，镜头位置完全依靠鼠标拖拽确定，但是，要达到某些特殊的镜头结构和精确编辑的要求，拖拽操作则显得力不从心。因此，两种操作方式各司其职、功能互补，其作用在非线性编辑中无法相互替代。

例如，时间线中原始镜头结构如图3-2-33。

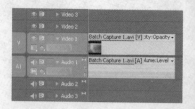

图3-2-33

如果要用新的镜头覆盖原有镜头的起始部分，选择拖拽操作和按钮操作都可以得到如图3-2-34的编辑结果。此时，选择拖拽操作更为简便，大可不必关心轨道控制组件和当前回放标志的设置是否正确。

图3-2-34

如果需要得到的编辑结果如图3-2-35，即用新镜头的画面覆盖原有镜头的起始部分，同时将该段声音抹除为空白，这时选择按钮操作(覆盖按钮)可以一次做到。请注意图中轨道控制组件的设置。

图3-2-35

针对各种编辑需求正确选择操作方式，这是非线性编辑操作者所必须掌握的技能。

第三节　移动与删除镜头

本节，我们将掌握如何移动单个或多个镜头，以及删除整个镜头。关于删除镜头中的某个局部，将在下一章中再作讨论。

在时间线中移动镜头

在时间线中移动镜头的位置，可通过鼠标拖拽完成。

1.移动前，查看编辑界面Tools工具窗口中 ▶ Selection Tool 选择工具图标是否被选中。选择工具专门用于移动与删除等常规操作。如果Tools工具窗口中选中了其他工具，在下述操作中可能会出现不同结果。

2.鼠标选中时间线中的某个镜头，拖拽改变其位置。如果新位置上已经放置有镜头，则遵循覆盖编辑的规律，已有镜头被部分或完全替换。若希望编辑结果按照插入方式处理，可在鼠标拖拽的同时保持按下ctrl键。

3.回放修改后的镜头，浏览编辑结果。

默认状态下，鼠标单击某镜头，其画面和声音同时会被选中（如果该镜头的画面和声音同时存在于时间线中）。此时拖动该镜头，画面和声音会同步移动。若要单独移动镜头的画面或声音，可以按以下步骤操作：

1.选中镜头。

2.在鼠标右键菜单中选择"Unlink"，将该镜头的画面和声音拆分。

3.拆分后，即可单独选中该镜头的画面或声音。

4.拖动鼠标移动镜头。

如果要将经过拆分的画面和声音合并，可同时选中这些段落（这些段落必须源于同一镜头），在鼠标右键菜单中选择"Link"。合并后，这些段落将重新成为一个整体。

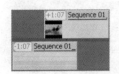

图3-3-1

如果不启用Link拆分功能，也可以先按下alt键，然后直接选中并移动镜头的画面或声音。这时，镜头上将出现声画错位的提示（图3-3-1）。实际上，该操作相当于先选择"Unlink"，然后移动镜头的画面或声音，最后再选择"Link"将视音频合并。

如果要将并非源于同一镜头的若干段落合并，可同时选中这些段落，从鼠标右键菜单中选择"Group"。合并后，这些段落将成为一个整体。选中该整体，从鼠标右键菜单中选择"Ungroup"，各镜头将恢复为合并前的状态。

如果要整体移动若干镜头，可以同时选中多个镜头，然后鼠标拖拽即可。同时选中多个镜头的方法如下：

1.按住shift可选中多个镜头。

2.在选择工具状态下，鼠标在Timeline时间线窗口中划出一个范围，该范围所涉及的镜头将被全部选中（图3-2-2）。

3.在Tools工具面板中选择 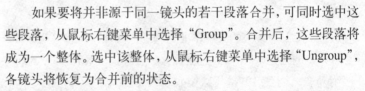 Track Select Tool，点击时间线中的某镜头，则同一轨道中该镜头右侧的全部镜头一起被选中。

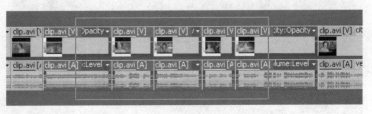

图3-3-2

删除时间线中的镜头

1.鼠标单击选中镜头。

2.按delete键，或在鼠标右键菜单中选择Delete，该镜头将被删除。轨道中其他镜头不受影响。

3.如果同时按下alt+delete键，选中镜头被删除的同时，所有 ▣ Toggle Sync Lock轨道中删除点右侧的镜头集体向左移动，填补因删除而出现的轨道空缺。

本节练习：调换镜头顺序

1.借助按钮操作或拖拽操作，选择插入编辑或覆盖编辑，在时间线 Video 1 及 Audio 1 轨道中加入三个长度不等、首尾相接的镜头（图3-3-3）。

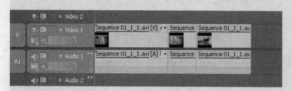

图3-3-3

2.保持三个镜头的长度不变，利用拖拽操作，将镜头顺序由A-B-C调整为C-B-A。注意在操作中合理搭配ctrl键以及Snap吸附功能。调整后的镜头结构如（图3-3-4）。

图3-3-4

3.单独调整三个镜头的声音部分，将声音的顺序恢复为A-B-C。注意在操作中启用 ctrl 键、alt 键或 Unlink 功能。调整后的镜头结构如（图3-3-5）。

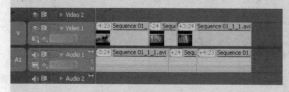

图3-3-5

第四章
精确编辑与剪接技巧

精确编辑是驾驭镜头的法宝,而剪接技巧可以提高编辑效率。

影视创作离不开主观感受的支撑,但镜头剪接也存在客观规律可循。画面编辑工作看似随意性很强,其实对准确度的要求很高。有时,镜头长度和镜头位置甚至会苛求到正负1帧的精确程度。这种精确到帧的编辑需求被称为帧精度编辑。可以说,帧精度编辑是衡量专业剪辑的标准之一。

在专业剪辑领域,时码就如同一把标尺,衡量着每一个镜头。任何帧精度编辑都离不开时码,让我们从时码开始,逐步深入,全面掌握精确编辑的要领。

第一节 认识时码

采集素材和基本剪接中,我们已经不止一次地接触过时码,而且,我们在进行有些操作时根本无法忽视时码的存在,例如启动设置、自动采集等。现在,让我们再来全面认识一下时码在编辑过程中的作用。

时码的数值

时码中被":"隔开的四组数值,从左到右分别表示小时、分、秒、帧。对于PAL制式来说,每秒为25帧,因此,帧位至秒位为25进制,秒位至分位为60进制,分位至小时位为60进制,小时位累计至24将复位为0。所以,PAL制式下时码最大显示数值如图4-1-1所示。

```
23:59:59:24
```

图4-1-1

时码从何而来

当我们在Source素材回放窗口浏览素材时，窗口左下角的时码会不停变化，始终与当前显示的每一帧画面相对应。那么，在非线性编辑软件中，这些素材的时码从何而来？

当我们采集素材时，不仅采集了磁带上的画面和声音，同时还采集了时码。也就是说，摄像机在拍摄过程中，会将产生的时码记录在磁带上。采集素材时，非线性编辑系统将这个时码原封不动地读取下来，保持其与画面及声音的对应关系不变。因此，Source素材回放窗口中的当前回放位置时码与该帧画面在磁带上对应的时码一致。

缺乏经验的操作者经常会犯的错误是把Source素材回放窗口中当前回放标志拖动到时间刻度的最右侧，依靠此时的时码显示判断该段素材的总长。现在我们知道，这种判断是不可靠的。

但是，有一种特殊情况必须说明：如果我们在Source素材回放窗口中浏览的是一张图片，或是一段本身不具备时码信息的视频或音频素材（通常，这些素材不是经由摄像机摄取的），Premiere Pro会自动为其生成时码。在首帧位置，时码的起始数值为00:00:00:00。

通过时码定位当前回放位置

在第二章素材采集与管理中，我们曾经提到场记这个概念，并建议在拍摄中为素材记录时码，并借助场记单提高自动采集的效率。在编辑过程中，同样也可以根据场记单中的时码直接定位素材，加快搜索画面的进度。

在Source素材回放窗口及Program完成片回放窗口中，可以通过输入时码数值的方式定位当前回放标志。在Source素材回放窗口，定位当前回放标志，可以直接找到场记单中标注的素材；在Program完成片回放窗口，直接定位当前回放标志，可以控制素材镜头精确加入时间线。

在Source素材回放窗口或Program完成片回放窗口中，当前回放位置时码不仅起到显示的作用，还可以接受输入的数值。如果希望当前回放标志停留在某个特定位置，就可以用鼠标单击时码，输入数值。输入完毕，鼠标在输入区域之外单击或者按enter

键确定，当前回放标志将直接定位于该时码位置。

将鼠标置于时码上左右或上下拖拽，时码数值将递增或递减。此时，当前回放标志也会随之移动。

如果输入的时码超出了素材或完成片所囊括的范围，则被视为无效输入，当前回放标志不会移动。

小窍门：如何输入时码

输入时码时，可以按下列规则简化操作：

1. 不必输入时码中的全部“:”。

2. 不必输入时码中开头部分的“0”，但时码数值中间或结尾部分的“0”不能省略。

例如：时码00:02:45:10，则可以直接输入24510。鼠标在输入区域之外单击或者按enter键确定后，当前回放标志将移动至该位置。

如果输入的数值中，最后两位数（帧位）等于或大于25，则超过了PAL制式时码的显示范围。此时，输入的数值将被视为帧数处理，自动转化为正确的时码格式。

例如，如果输入30，则被视为30帧，因此输入完毕后时码显示为00:00:01:05。

同理，输入的数值中，若秒位数值等于或大于60，则该数位上输入的数值将被视为秒数处理，自动转化为正确的时码格式。

例如，如果输入7015，则70被视为70秒，因此输入完毕后时码显示为00:01:10:15。

同理，输入的数值中，若分位数值等于或大于60，则该数位上输入的数值将被视为分钟数处理，自动转化为正确的时码格式。

例如，如果输入1923015，则92被视为92分钟，即1小时32分钟，而原有小时位上的数值为1，因此输入完毕后时码显示为02:32:30:15。

输入的数值中，若小时位数值等于或大于24，则该数位上输入的数值将被减24处理，自动转化为正确的时码格式。

例如，如果输入33123515，则小时位数值33被换算为9，因此输入完毕后时码显示为09:12:35:15。

通过时码移动当前回放位置

输入时码数值可以直接定位当前回放标志。如果输入的时码数值前带有"+"或"-"符号，则可以控制当前回放标志的移动。"+"代表向右移动，"-"代表向左移动。移动的距离由输入的时码数值决定。

例如，在Source素材回放窗口或Program完成片回放窗口中，我们先输入1000，将当前回放标志定位于00:00:10:00。然后，输入+300，鼠标在输入区域之外单击或按enter键确定。这时，当前回放标志将向右移动3秒，定位至00:00:13:00。此时，再输入-600，确定后，当前回放标志将向左移动6秒，定位至00:00:07:00。

如果输入数值超出时码各数位的显示范围，将被自动换算为正确的时码格式。

本节练习：时码定位与移动

加入一个包含视频和声音的镜头，使其首帧位于时间线中00:00:03:00位置，然后，再将其视频部分向右移动3秒20帧。以上操作均要求精确到帧，各步骤如下：

1.浏览素材，设定编辑入点及编辑出点截取素材。

2.在Timeline时间线窗口或Program完成片回放窗口，为当前回放位置时码输入300，定位时间线中的当前回放标志。

3.选择插入或覆盖按钮添加镜头。或者打开 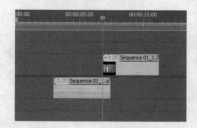 Snap 吸附功能，用拖拽操作添加镜头，放置时将镜头的起始位置对齐当前回放标志。

4.在Timeline时间线窗口或Program完成片回放窗口中，为当前回放位置时码输入+320，使当前回放标志向右移动3秒20帧。

5.按下alt键，鼠标拖动镜头的视频部分，将其首帧重新对齐当前回放标志。这时，可看到镜头上显示的声画错位提示为3:20。如果未看到声画错位提示或数值不符，则说明上述操作中存在错误（图4-1-2）。

图 4-1-2

第二节　精确编辑：添加镜头

现在，依靠时码，我们可以自如地实现精确到帧的编辑，真正做到了驾驭镜头。

在实际操作中，每次为时间线添加镜头，都要满足两方面的要求：限定长度和限定位置。所谓限定长度，是指加入时间线的镜头的长度不可能是随意的，需要在素材中借助编辑入点和编辑出点截取一个特定段落。所谓限定位置，是指镜头加入时间线的位置不是任意的，而是要根据编辑需求做出安排。在真正的编辑过程中，没有任何镜头能够摆脱这两个要求，这就是精确编辑。

限定长度：精确截取素材

截取素材时通常会依据以下两种情况之一：通过画面确定编辑点或通过指定时长确定编辑点。

多数情况下，我们会在浏览画面时确定素材的编辑入点和编辑出点。这时，被截取的时长将显示于 Source 素材回放窗口中。

如果需要修正编辑点，可以使用 ⦗← Go to In Point、→⦘ Go to Out Point、◁ Step Back、▷ Step Forward 以及 Jog 微调旋钮控制画面位置。

并非任何情况下，截取素材都依赖于画面。有时，我们可能会在时间线中加入特定长度的镜头，需要根据特定的长度确定入出点，而不是根据入出点确定长度。此时，时码将起到重要的作用。

例如，我们要从素材中截取一段时长为 3 秒的画面，各步操作如下：

1.鼠标双击 Project 项目管理窗口中的素材图标，在 Source 素材回放窗口中打开。

2.浏览画面，设定入点。此时，当前回放标志与入点位于同一帧。

3.为当前回放位置时码输入 +224，使当前回放标志从当前位置（也是入点位置）向右移动 2 秒 24 帧，也就是将当前回放标志定位到入点位置右侧第 3 秒 0 帧上。

4.在该帧设置出点。自动计算得出的入出点截取长度显示为

00:00:03:00。

以上操作中，先确定入点画面，然后根据指定长度截取素材。

本节练习：先确定出点画面，然后根据指定长度截取素材

在特定画面上设置出点，截取一段5秒10帧的镜头。操作步骤如下：

1.鼠标双击Project项目管理窗口中的素材图标，在Source素材回放窗口中打开。

2.浏览画面，确定出点。此时，当前回放标志与出点位于同一帧。

3.为当前回放位置时码输入－509，使当前回放标志从当前位置（也是入点位置）向左移动5秒09帧，也就是将当前回放标志定位到入点位置左侧第5秒10帧上。

4.在该帧设置入点。自动计算得出的入出点截取长度显示为00:00:05:10。

限定位置：精确定位编辑点

通过第三章《基本剪接》我们了解到，即便按钮操作在实现复杂镜头结构时比拖拽操作更为方便，但两种操作都能够将镜头放置于时间线中的指定位置。按钮操作时，镜头将自动放置于当前回放标志右侧；拖拽操作时，可以通过吸附功能将镜头首帧或尾帧对齐当前回放标志。由此可见，精确编辑中，当前回放标志决定了镜头在时间线中的位置。

那么，如何控制当前回放标志呢？本章第一节中，我们已经掌握了借助时码来定位和移动当前回放标志。此外，还可以通过Program完成片回放窗口中的 Go to Previous Edit Point和 Go to Next Edit Point按钮进行定位。

这两个按钮专门用于寻找时间线中镜头之间的接点。 Go to Previous Edit Point可以将当前回放标志直接定位于左侧最临近的镜头接点， Go to Next Edit Point可以将当前回放标志直接定位于右侧最临近的镜头接点。

需要特别注意的是，这两个按钮需要与轨道控制组件配合使用，他们只寻找被选中轨道上的镜头接点，未被选中的轨道不在寻找范围之列。

图 4—2—1

例如，图4-2-1中，虽然离当前回放标志最近的镜头接点位于Video 1 和 Audio 1 中，但是因为 Video 2 及 Audio 2 为被选中轨道，因此，按下向左或向右寻找镜头接点按钮后，当前回放标志将分别定位于 Video 2 和 Audio 2 上的接点位置。

本节练习：在时间线中精确编辑若干镜头

分别使用插入按钮和覆盖按钮，为时间线添加三个等长度的镜头。每个镜头时长均为 3 秒，各镜头首尾相接，放置于时间线中从00:00:01:30开始的位置上。为了便于区分，我们分别将三个镜头称为 A、B、C。各步操作如下：

1.在 Source 素材回放窗口中确定 A 镜头的入点。用时码控制当前回放标志，设定出点，使被截取的镜头长度为 3 秒。

2.将 Timeline 时间线窗口中的当前回放标志定位于时码刻度 00:00:01:30 上。

3.设定目标轨道，利用插入或覆盖按钮，将 A 镜头的画面和声音添加于 Video 1 和 Audio 1 轨道。

4.回放完成片，浏览编辑结果。

5.在 Source 素材回放窗口中确定 B 镜头的出点。用时码控制当前回放标志，设定入点，使被截取的镜头长度为 3 秒。

6.保持轨道控制组件的设定不变，利用向左或向右寻找镜头接点按钮，将当前回放标志定位于 A 镜头与其右侧空白轨道的接口位置。

7.利用插入或覆盖按钮，将 B 镜头的画面和声音添加于 A 镜头尾部。

8.回放完成片，浏览编辑结果。

9.在 Source 素材回放窗口中为 C 镜头确定入点和出点，使被截取的镜头长度为 3 秒。

10.保持轨道控制组件的设定不变,利用向左或向右寻找镜头接点按钮，将当前回放标志定位于 A、B 镜头间的接点位置。

11.利用插入按钮，将 C 镜头插入到 A、B 镜头之间。

12.回放完成片，浏览编辑结果。

13.利用向左或向右寻找镜头接点按钮,将当前回放标志定位于 B 镜头与其右侧空白轨道的接点位置，查看此时的当前回放位置时码是否显示为 00:01:39:00。如果不是，则说明上述操作中存在错误。

　　该练习完成后，请保存编辑结果。在此基础上，我们将完成后续操作。

关于镜头接点

　　何谓镜头接点？

　　实际上，镜头接点并不是一个点，而是由两帧画面衔接而成的，只不过，这两帧画面分别归属不同的镜头。

　　按下向左或向右寻找镜头接点按钮时，当前回放标志看似被定位于两个相邻镜头的接缝位置，实际上位于右侧镜头的首帧。这一点我们可以通过放大时间线求证，代表当前回放画面的蓝线位于接缝右侧镜头的首帧上(图 4-2-2)。

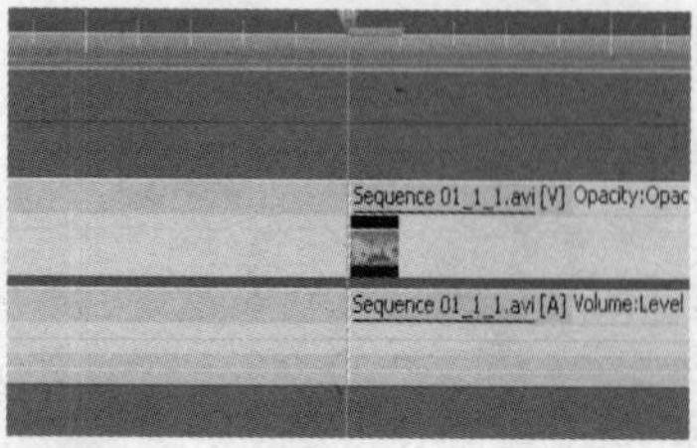

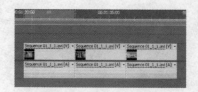

图 4-2-2

　　所以，我们通常所说的镜头接点，泛指接缝位置两帧画面中的第二帧，即接点位置右侧镜头的首帧。牢记此规则，对实现精确编辑至关重要。

精确编辑：在时间线中限定镜头长度

　　刚刚完成的练习中，A、B、C 三个镜头的长度都是在 Source 素材回放窗口设定的。有时，我们也会在时间线中设定添加镜头的长度。以下实例将说明如何在时间线中设定镜头长度。

　　继续上面的练习，在其基础上，用等长度的 D 镜头替换 A 镜头。当然，我们现在已知 A 镜头长度为 3 秒，但是，在真正的节目制作中，我们不可能记住时间线中每个镜头的长度。因此，让我们假设 A 镜头长度未知。

　　1.在时间线中，为 A 镜头设置编辑入点和编辑出点，确定镜头替换的长度。

　　利用寻找镜头接点按钮，将当前回放标志定位于 A 镜头的首帧，按下 Program 完成片回放窗口中的入点按钮。利用寻找镜头接点按钮，将当前回放标志定位于 A 镜头与 C 镜头的接点位置（实际为 C 镜头的首帧），按下 Program 完成片回放窗口中的 Step Back 按钮，将当前回放标志定位于 A 镜头尾帧，按下 Program 完成片回放窗口中的出点按钮。编辑点和编辑范围将显示于 A 镜头上方的时码刻度区域(图 4-2-3)。

　　2.在 Source 素材回放窗口中为 D 镜头设定入点。因为镜头长

图 4-2-3

度已经在时间线中限定，为了避免冲突，清除素材中已存在的出点。在 Source 素材回放窗口时码刻度位置，点击鼠标右键菜单 Clear Clip Marker → Out。如果 Out 菜单可选，说明素材已经存在出点，可选择 Out 菜单清除已有的出点。如果 Out 菜单不可选，则说明素材未设出点。

3.设定目标轨道，利用覆盖按钮，替换 A 镜头的画面和声音。

本节练习：在节目起始位置加入彩条和黑场

在专业制作领域，一般会在节目开始前加入彩条和黑场。彩条信号伴有测试音，用于对设备的视频、音频输出性能进行测试，黑场在彩条和节目画面之间起到间隔作用。有时，节目摘要也会以字幕形式叠加在黑场上。

我们在上一个练习的基础上，继续加入 1 分钟的彩条（伴有测试音）和 30 秒的黑场。

1.分别在时间线的起始位置和00:00:59:24设置入点和出点。

2.在 Project 项目管理窗口下方，选择  New Item 下拉菜单中的 Bars and Tone。在弹出窗口中，设置彩条信号的格式。由于彩条将被添加于时间线中，因此其格式应与时间线窗口中所编辑的 Sequence 01 一致。如图 4-2-4 与图 4-2-5 所示，弹出窗口中的各项参数应与 New Sequence 序列设置窗口中 Preset Description 栏的描述一致。

图 4-2-4

3.产生的彩条与测试音作为一条素材显示于 Project 项目管理窗口中，图标为 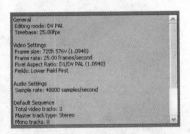 。

鼠标双击该素材，在 Source 素材回放窗口中打开。考虑到已经在时间线中设定了入出点，所以为了避免出现冲突，在 Source 素材回放窗口时码刻度位置，点击鼠标右键菜单 Clear Clip Marker → Out，清除系统自动为彩条设定的出点。

图 4-2-5

4.查看轨道控制组件的设定，点击覆盖按钮，将彩条和测试音加入时间线。

5.回放时间线，浏览编辑结果。

6.利用寻找镜头接点按钮，为彩条与节目之间的轨道空白区域设置入点和出点。注意，出点应设置在轨道空白区域的尾帧，而不是节目开始镜头的首帧。

7.再次选择  New Item 下拉菜单，点击 Black Video。在

弹出窗口中设定黑场的格式。同理，黑场格式应与序列设置相一致。

8.在 Project 项目管理窗口中找到黑场素材，图标为 ![Black Video] 。在 Source 素材回放窗口中打开并清除出点。

9.查看轨道控制组件的设定，点击覆盖按钮将黑场加入时间线。

10.回放时间线，浏览编辑结果。

该练习完成后，请保存编辑结果。在此基础上，我们将完成后续操作。

第三节　精确编辑：删除镜头

上一节中，我们掌握了向时间线中添加镜头时精确控制镜头长度和位置的操作方法。这一节中，我们的操作正好相反，讨论在时间线中如何做到精确地删除镜头。

移除与抽取

如同添加镜头分为插入和覆盖两种方式，删除镜头也有移除与抽取之分。

选择移除时，除时间线中被删除的镜头外，其他原有镜头均保持不变，被删除的镜头所在位置将出现空白区域。

选择抽取时，镜头被删除后，将导致删除点右侧全部 ![icon] Toggle Sync Lock 轨道上的原有镜头整体向左移动，填补由于删除镜头产生的轨道空缺。

![icon] Lift 移除与 ![icon] Extract 抽取按钮位于 Program 完成片回放窗口中，位置与 Source 素材回放窗口中的插入与覆盖按钮相对应。

无论移除与抽取操作，都需要事先在时间线中设置入出点，确定删除范围。

图 4-3-1

精确编辑：移除

时间线中的原始镜头结构如图4-3-1。在要删除的范围设定入出点。选择 ![icon] Lift 移除按钮，编辑结果如图 4-3-2。

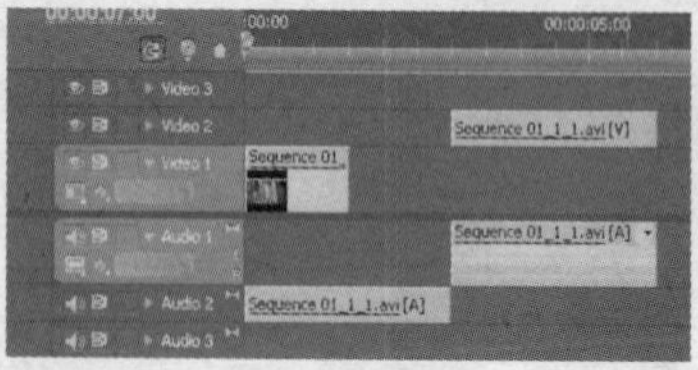

图 4-3-2

从图 4-3-2 中可以看出，移除按钮不会影响时间线中入出点（移除范围）以外的镜头，而且，在移除范围内，只有被选中轨道中的片段被删除，未被选中的轨道中的片段不受影响。

精确编辑：抽取

图 4—3—3

图 4—3—4

时间线中的原始镜头结构如图4-3-3。在要删除的范围设定入出点。选择 Extract 抽取按钮，编辑结果如图 4-3-4。

从实例中可以看出，抽取不仅与选中的轨道有关，还与 Toggle Sync Lock 有关。按下抽取按钮后，在被选中的轨道和显示 Toggle Sync Lock 标志的轨道中，入出点（删除范围）内的片段将被删除，被删除段落右侧的镜头，将集体向左移动，填补因抽取造成的空缺。

本节练习：移除与抽取

上一节的练习中，我们为时间线加入了三个3秒长的镜头，并添加了彩条和黑场。在此基础上，我们用不同方式将每个镜头都剪短为2秒。然后，再删除三个镜头的声音，只保留其画面。修改后，三个镜头仍然首尾相接。

1.对于A镜头，我们按照已知其长度为3秒处理。如果要保留A镜头结尾部分2秒长的内容，则需要删除开头1秒长的段落。

利用寻找镜头接点按钮将当前回放标志定位于A镜头的首帧，设置入点。用时码控制当前回放标志向右移动24帧，设置出点。查看 Program 完成片回放窗口中截取时长是否显示为 00:00:01:00。

2.检查轨道控制组件的设定，选择抽取，编辑结果如图4-3-5。

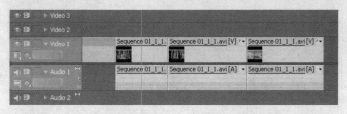

图 4—3—5

3.我们按照与实际工作更为接近的情形裁剪B镜头。假设B镜头的现有长度未知。保留其开头2秒钟的部分，删除尾部多余的段落。

利用寻找镜头接点按钮将当前回放标志定位于B镜头的首帧，用时码控制当前回放标志向右移动2秒0帧，即将当前回放标志定位于B镜头的第2秒01帧上，此位置为待删除段落的开始点，设置入点。利用寻找镜头接点按钮及逐帧移动按钮将当前回放标志定位在B镜头的尾帧，设置出点。

4.选择抽取，编辑结果如图4-3-6。

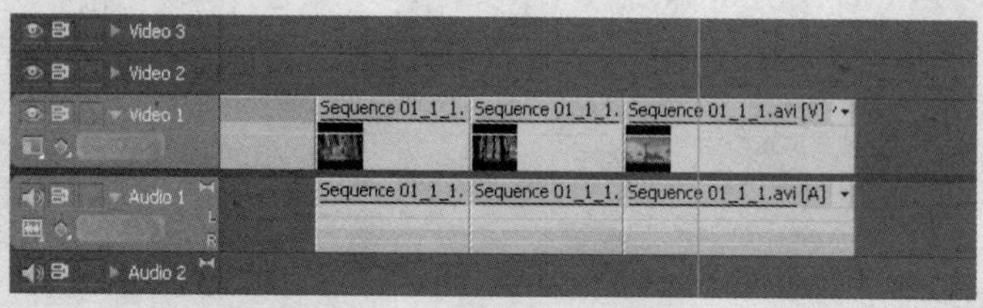

图 4-3-6

5.假设C镜头现有长度未知。保留其结尾两秒钟的部分，删除开头多余的段落。

利用寻找镜头接点按钮将当前回放标志定位于C镜头的首帧，设置入点。利用寻找镜头接点按钮及逐帧移动按钮将当前回放标志定位在C镜头的尾帧，用时码控制当前回放标志向左移动2秒0帧，即将当前回放标志定位于C镜头的倒数第2秒01帧上，此位置为待删除段落的结束点，设置出点。

6.选择抽取，编辑结果如图4-3-7。

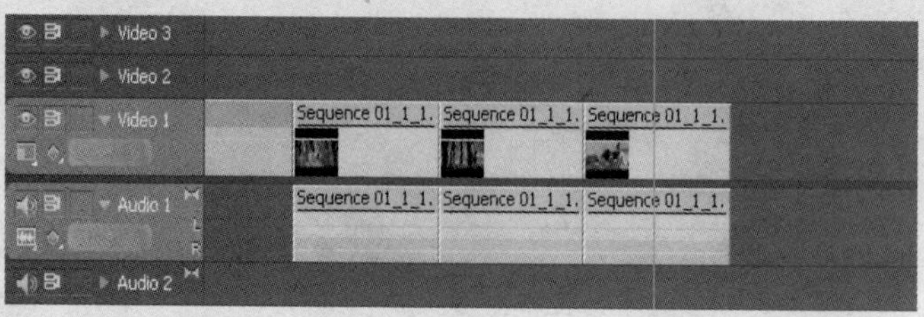

图 4-3-7

7.删除三个镜头的声音，只保留其画面。

利用寻找镜头接点按钮将当前回放标志定位于A镜头的首帧，设置入点。利用寻找镜头接点按钮及逐帧移动按钮将当前回放标志定位于C镜头的尾帧，设置出点。

    8.合理设定轨道控制组件，选择移除，编辑结果如图4-3-8。

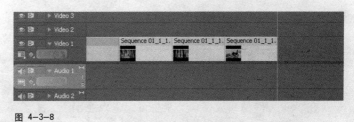

图 4-3-8

第四节　剪接技巧

灵活运用以下剪接技巧，可以大幅提高编辑效率。

三点编辑

    无论传统线性编辑还是非线性编辑，三点编辑都是应用最为普遍的剪接技巧。借助三点编辑，可以既准确又快捷地完成多种精确编辑。

    所谓镜头剪接就是将截取好的素材有序地排列在完成片中。这一过程需要同时对素材和完成片进行控制。在Source素材回放窗口中，入点和出点限定了被截取的镜头内容；在Program完成片回放窗口和Timeline时间线窗口中，入点和出点决定了镜头在完成片中的位置（某些情况下，也会决定镜头的长度）。实际上，素材入点、素材出点、完成片入点、完成片出点是与镜头剪接联系最为密切的四个编辑点。

    我们曾经提到，每个镜头的编辑过程都要满足限定长度和限定位置的要求。那么，面对限定长度和限定位置的编辑操作，在四个编辑点中，到底需要设定哪几个编辑点？哪些编辑点可以忽略？不同的编辑点组合又会产生怎样的编辑结果呢？

    所谓三点编辑，是指利用插入或覆盖按钮添加镜头时，要做到限定长度和限定位置，必须确定三个编辑点。这三个编辑点可以是素材入点、素材出点、完成片入点、完成片出点中的任意三个。具体是哪三个，还要视编辑需求而定。

既然每次添加镜头都需要从四个编辑点中选择三个，那么经过排列组合，则一共会出现四种情况。通过下面的练习，我们逐一说明每种情况所对应的编辑结果。

本节练习：四种编辑点组合下的编辑结果

编辑点组合一：素材入点、素材出点、完成片入点。

1.在Source素材回放窗口为素材设定入点及出点，注意查看截取镜头的长度。

2.在Program完成片回放窗口为时间线设定入点。如果不在时间线中设定入点，Premiere Pro会将时间线中当前回放标志默认作为入点。如果当前回放标志摆放合理，设置入点的操作可以省略。

为避免编辑冲突，在时码刻度区域点击鼠标右键选择Clear Clip Marker → Out，确认出点不存在或已被清除。

3.选择插入编辑或覆盖编辑。

镜头将按照素材中的截取长度，放置于时间线入点或当前回放标志的右侧（图4-4-1）。

图 4-4-1

编辑点组合二：素材入点、完成片入点、完成片出点。

1.在Source素材回放窗口为素材设定入点。为避免冲突，在时码刻度区域点击鼠标右键选择 Clear Clip Marker → Out，确认出点不存在或已被删除。

2.在Program完成片回放窗口为时间线设定入点及出点。注意，如果时间线中存在出点，则不可用当前回放标志代替入点。

3.选择插入编辑或覆盖编辑。

素材中入点位置右侧的内容，将按照时间线中限定的编辑长度，放置于时间线入出点之间（图4-4-2）。

图 4-4-2

编辑点组合三：素材入点、素材出点、完成片出点。

1.在Source素材回放窗口为素材设定入点及出点，注意查看截取镜头的长度。

2.在 Program 完成片回放窗口为时间线设定出点。在时间线中存在出点的情况下，当前回放标志不会被作为入点使用。

为避免编辑冲突，在时码刻度区域点击鼠标右键选择Clear

图 4-4-3

图 4-4-4

图 4-4-5

Clip Marker → In，确认入点不存在或已被删除。

3.选择插入编辑或覆盖编辑。

镜头将按照素材中截取的长度，放置于时间线中出点的左侧（图4-4-3）。

编辑点组合四：素材出点、完成片入点、完成片出点。

1.在Source素材回放窗口为素材设定出点。为避免编辑冲突，在时码刻度区域点击鼠标右键选择Clear Clip Marker→In，确认入点不存在或已被删除。

2.在Program完成片回放窗口为时间线设定入点及出点。注意，如果时间线中存在出点，则不可用当前回放标志代替入点。

3.选择插入编辑或覆盖编辑。

素材中出点位置左侧的内容，将按照时间线中限定的编辑长度，放置于时间线入出点之间（图4-4-4）。

上述操作中，如果编辑点设置不合理（例如素材长度不足，或同时设定了四个编辑点），会弹出如图4-4-5所示窗口。这时，请重新调整编辑点的位置。

通过以上练习，我们可以为三点编辑总结如下规律：

在三点编辑中，镜头的长度是由同时存在的入点和出点确定的。

在Source素材回放窗口与Program完成片回放窗口（或Timeline时间线窗口）中，同时存在入点和出点的窗口决定了镜头的长度，只单独存在入点或出点的窗口，则不能决定镜头长度。

在三点编辑中，镜头在时间线中的位置是由不同窗口中存在的相同编辑点确定的。

在Source素材回放窗口与Program完成片回放窗口（或Timeline时间线窗口）中，如果都存在入点，则镜头置入时间线时素材的入点画面与时间线的入点位置对齐。如果各窗口中都存在出点，则镜头置入时间线时素材的出点画面与时间线的出点位置对齐。

理解并灵活运用三点编辑对镜头剪接具有重要作用。在下面的练习中，我们将对此加以实践。

本节练习：运用三点编辑，完成镜头剪接

在时间线中，A、B、C三个镜头依次排列。用新的镜头（D镜头）替换B镜头。D镜头应与B镜头等长，且替换后，D镜头中的特定画面应与C镜头紧密衔接。

1.D镜头的长度应与B镜头一致，因此镜头长度由Timeline时间线窗口所确定。根据三点编辑的规律，在Timeline时间线窗口中B镜头的首帧和尾帧设置入点和出点。

2.浏览素材，确定哪帧画面将与C镜头衔接。在该帧上设置出点。

3.设置轨道控制组件，选择覆盖编辑。

4.查看编辑结果。

四点编辑

三点编辑中，需要从素材入点、素材出点、完成片入点、完成片出点中选择三个编辑点完成编辑过程。那么，如果四个编辑点全部设定，又会出现什么编辑结果？

当四个编辑点全部设定时，选择插入或覆盖编辑，将会弹出Fit Clip窗口。窗口中五个选项的含义分别如下：

Change Clip Speed (Fit to Fill)：改变素材的速度，以便适应性填充。因为同时存在四个编辑点，而当素材入出点之间的截取长度和完成片入出点之间的截取长度不一致时（如果恰好一致，则不会出现弹出窗口），为了将素材中截取的片段置入时间线入出点之间，需要改变镜头的速度。如果素材片段长于时间线入出点之间的长度，置入的镜头会被加速，呈现快动作效果。如果素材片段比时间线入出点之间的长度短，置入的镜头会被减速，呈现慢动作效果。

Trim Head (Left Side)：忽略素材入点，按照三点编辑添加镜头。

Trim Tail (Right Side)：忽略素材出点，按照三点编辑添加镜头。

Ignore Sequence In Point：忽略完成片入点，按照三点编辑添加镜头。

Ignore Sequence Out Point：忽略完成片出点，按照三点编辑添加镜头。

匹配帧

如果想迅速找到时间线中某个镜头的原始素材,运用匹配帧功能是最为便捷的手段。不过,在 Premiere Pro 的编辑界面中,并没有给匹配帧设计一个功能按钮,我们只能利用快捷键 M 激活该功能。

1.在 Timeline 时间线窗口中,将当前回放标志定位于某帧画面上。

2.在轨道控制组件中,选中该镜头所在的轨道。

3.按下键盘 M,激活匹配帧功能。包含该帧画面的源素材将自动在 Source 素材回放窗口打开,且素材回放窗口中的当前回放标志将自动定位于同帧上。

帧匹配功能用于自动寻找镜头的源素材及同帧。

小窍门:匹配帧与轨道控制组件的关系

通过下面的操作,我们可以了解轨道控制组件对匹配帧的影响。

图 4-4-6

1.时间线原始镜头结构如图 4-4-6。轨道控制组件中,Video 2 及 Audio 2 未被选中。

2.按键盘 M 激活匹配帧,源素材在 Source 素材回放窗口中打开。请注意查看画面,此时 Source 素材回放窗口与 Program 完成片回放窗口中的画面并不一致。

这是因为,Program 完成片回放窗口所显示的画面来自于 Video 2 轨道中的镜头,但由于该轨道未被选中,匹配帧功能找到的是 Video 1 中镜头的源素材。

3.保持 Source 素材回放窗口与 Program 完成片回放窗口中的当前回放标志不动。删除 Video 2 上的镜头,查看此时两个回放窗口中的画面是否一致。

可以看出,匹配帧功能只对被选中的轨道有效。

上面的练习中,如果 Video 1 和 Video 2 全部选中,轨道控制组件的状态如图 4-4-7。

那么,匹配帧功能则优先作用于上层轨道,即自动找到的是 Video 2 中镜头的源素材。

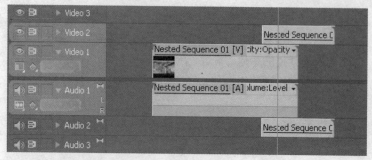

图4-4-7

本节练习：匹配帧的应用

将A镜头的声音延长至B镜头，并且替换B镜头已有的声音。时间线中原始镜头结构如图4-4-8：

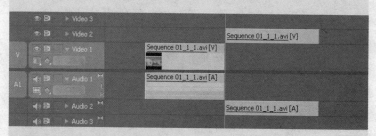

图4-4-8

1.确认Audio 1轨道处于被选中状态。利用自动寻找镜头接点按钮，将当前回放标志定位于A镜头首帧。设置入点。

2.按M键，在Source素材回放窗口中打开A镜头首帧的匹配帧。设置入点。

3.在时间线中，将当前回放标志定位于B镜头尾帧。设置出点。

4.如图4-4-9所示设定轨道控制组件。

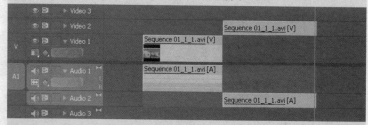

图4-4-9

5.选择覆盖编辑。编辑结果如图 4-4-10。

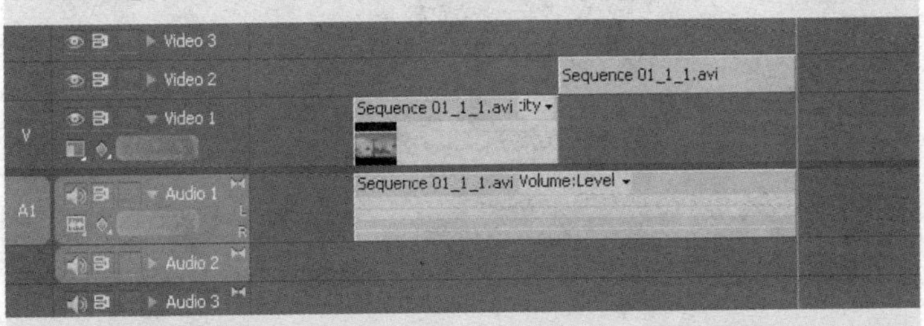

图 4-4-10

同步回放

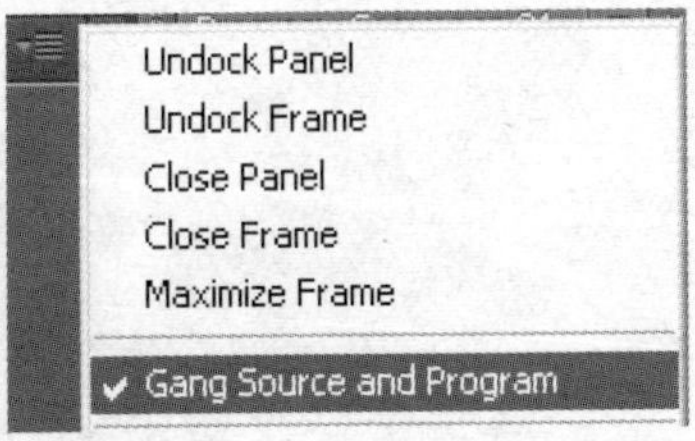

同步回放可以使 Source 素材回放窗口和 Program 完成片回放窗口的当前回放标志步调一致。

在 Source 素材回放窗口或 Program 完成片回放窗口右上角的下拉菜单中，选择 Gang Source and Program，开启同步回放功能（图 4-4-11）。

图 4-4-11

这时，移动 Source 素材回放窗口中的当前回放标志，Program 完成片回放窗口中的当前回放标志也跟随移动；若移动 Program 完成片回放窗口中的当前回放标志，则 Source 素材回放窗口中的当前回放标志也跟随移动。两窗口中当前回放标志移动的方向和距离始终保持一致。

需要特别说明的是，同步回放功能一旦开启，不会自动关闭，要想恢复正常操作状态，必须通过下拉菜单关闭 Gang Source and Program。

本节练习：匹配帧与同步回放的搭配应用

与上一个练习类似，时间线中原始镜头结构如图4-4-12。将 A 镜头的声音延长至 B 镜头、C 镜头等右侧镜头，替换这些镜头原有的声音。在替换前，我们想预先了解如果 A 镜头源素材中的声音延伸到时间线中分别会对应哪些镜头，则可以利用同步功能在替换前查看，以便为进一步编辑提供参考。

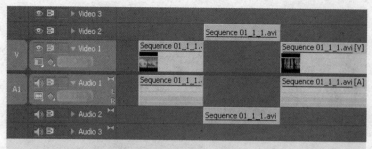

图 4-4-12

1.确认同步回放功能处于关闭状态。

2.确认Audio 1轨道处于被选中状态。利用自动寻找镜头接点按钮，将当前回放标志定位于A镜头首帧。

3.按M键，在Source素材回放窗口中找到A镜头首帧的匹配帧。

4.利用Source素材回放窗口或Program完成片回放窗口的控制菜单开启同步回放功能。

5.在Source素材回放窗口中回放素材。一旦停止，Timeline时间线窗口中的当前回放标志将跟随移动，Program完成片回放窗口中将显示此时对应的画面。

6.查看完成后，关闭同步回放功能。

标记点

在Source素材回放窗口及Program完成片回放窗口中，可以根据需要添加标记点。被添加的标记点显示于时码刻度中，用来在编辑过程中的特殊位置留下记号。浏览素材或完成片时，标记点不会显示在回放的画面上。

添加无编号的标记点：在Source素材回放窗口或Program完成片回放窗口中，按 Set Unnumbered Marker 按钮，或点击鼠标右键菜单Set Clip Marker → Unnumbered，可以在当前回放标志所在的帧添加标记点。

添加有编号的标记点：在Source素材回放窗口或Program完成片回放窗口中，点击鼠标右键菜单Set Clip Marker → Other Numbered，在弹出窗口中为标记点编号。

定位到标记点：在Source素材回放窗口中， Go to Previous Marker 和 Go to Next Marker 按钮可以寻找临近的标记点。在Timeline时间线窗口中，开启Snap吸附功能后，直接拖动当前回放标志即可定位到标记点。另外，在素材回放窗口、完成片回放窗口以及时间线窗口中，均可点击鼠标右键菜单Go to Clip Marker → Next 或 Previous 定位标记点，或点击鼠标右键菜单 Go to Clip Marker → Numbered，在弹出窗口中选择有编号的标记点。

移动标记点：当前回放标志不在某个标记点上时，可以直接通过鼠标拖拽移动该标记点。

删除标记点：将当前回放标志定位于某个标记点上，点击鼠标右键菜单 Clear Clip Marker → Current Marker 或 Numbered，删除该编辑点。

选择工具的功能

在 Tools 工具窗口中，![icon] Selection Tool 选择工具是用途最为广泛的。选中选择工具，通过鼠标拖拽可以完成如下操作：

1. 选中镜头。

2. 移动镜头、当前回放标志、编辑点和标记点的位置。

3. 按下 alt 键，可单独拖动镜头的视频或声音。

4. 将鼠标放置于镜头边缘，可以左右拖拽修改镜头长度。拖拽过程中，镜头长度的变化始终显示于边缘附近（＋表示向右移动，－表示向左移动）。同时，Program 完成片回放窗口中将显示当前画面在源素材中的时码。

编辑过程中的快捷键

使用如下快捷键，可以进一步提高搜索素材的效率：

回放：空格键。

停止：空格键或 K 键。

正向快速搜索：反复按下 L 键。每次按下 L 键，快进速度加倍。

逆向快速搜索：反复按下 J 键。每次按下 J 键，快退速度加倍。

逐帧移动：←键、→键。

使用如下快捷键，可以直接定位当前回放标志：

定位到时间刻度起始或结束位置：Home 键／End 键。

定位到选中轨道中最接近的镜头接点位置：Page Up 键／Page Down 键。

定位到入点位置：Q 键。

定位到出点位置：W 键。

使用如下快捷键，可以快速设置编辑点：

设置入点：I 键。

设置出点：O 键。

使用如下快捷键，可以添加或删除镜头：

插入：, 键。

覆盖：. 键。

移除：; 键。

抽取：' 键。

删除整个镜头：delete 键

本节练习：快捷键·

尝试使用以上所有快捷键。

第五节　　速度控制

改变镜头的速度可以得到某种夸张的回放效果：慢动作能够起到延展播放时间，强调运动细节的作用；快动作则压缩播放时间，为观众带来更强的视觉冲击或滑稽氛围。

改变速度

Premiere Pro中，改变速度主要借助四点编辑、变速工具、设置速度参数、设置速度渐变四种手段。

四点编辑：如果将素材入点、素材出点、完成片入点、完成片出点这四个编辑点全部设定，就可以进行适应性填充，在加入镜头的同时改变其速度。

本节练习：适应性填充

利用四点编辑，改变镜头的速度。

1.设定素材入点、素材出点、完成片入点、完成片出点这四个编辑点。

2.选择插入或覆盖编辑，将弹出 Fit Clip 窗口（除非素材入出点之间的截取长度和完成片入出点之间的截取长度恰好一致）。

3.在弹出窗口中选择 Change Clip Speed (Fit to Fill)选项，点击 OK 按钮确定。

4.回放查看编辑结果。

图 4—5—1

在时间线中，速度的数值以百分比的形式显示在镜头上。100%表示素材的原始速度（此时速度数值将不显示）。数值大于100%，镜头会被加速，呈现快动作效果；数值小于100%，镜头会被减速，呈现慢动作效果（图 4-5-1）。

四点编辑中，在画面加入时间线的同时，如果声音也被加入，则声音的速度同样被改变。

变速工具：在 Tools 工具窗口中，选择 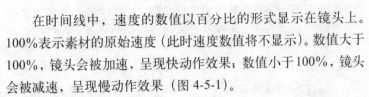 Rate Stretch Tool 工具。将鼠标接近时间线中镜头的边缘，左右拖拽。此时，镜头的原有入点和出点保持不变，速度随鼠标拖拽发生变化，镜头长度也随之改变。鼠标停止拖拽，当前速度的数值将以百分比的形式显示在镜头上。

Rate Stretch Tool 工具使用完毕后，在 Tools 工具窗口重新选择 Selection Tool，以便鼠标恢复正常操作。

本节练习：变速工具

使用变速工具，查看编辑结果。

设置速度参数：在时间线中选中镜头，通过鼠标右键选择 Speed/Duration。可以在弹出的 Clip Speed/Duration 窗口中直接指定速度数值。

Speed：按百分比方式直接指定速度数值。

如果 图标为连接状态，则 Duration 参数将随之发生变化。此时，镜头的原有入点和出点保持不变，伴随速度的变化，镜头长度也有所改变。

鼠标单击图标，其连接将变为断开状态 。此时，镜头的原有入点和长度保持不变，伴随速度的变化，镜头出点有所改变。

Duration：直接设定镜头长度。

如果 图标为连接状态，则 Speed 参数将随之发生变化。此时，镜头的原有入点和出点保持不变，伴随长度的变化，镜头速度也有所改变。

鼠标单击图标，其连接将变为断开状态 ▣ 。此时，镜头的原有入点和速度保持不变，伴随长度的变化，镜头出点有所改变。

Reverse Speed：速度反向，用于实现倒放效果。

本节练习：Speed 与 Duration 的关系

在 Clip Speed/Duration 窗口中，点击 ▣ 图标为连接状态。此时，Speed 与 Duration 参数具有联动关系。

1.将 Speed 参数设置为100%，这时镜头为原速，查看 Duration 参数中的数值。

2.将 Speed 参数设置为200%，镜头的速度加倍，此时 Duration 参数中的数值将相应减半。

设置速度渐变：可以得到速度逐渐变化的效果。

选中时间线中的镜头，在 Source 素材回放窗口中点击 Effect Controls 特效控制标签。在窗口中，点击 Time Remapping 左侧的扩展箭头，为其设置关键帧，即可得到速度渐变效果(图 4-5-2)。

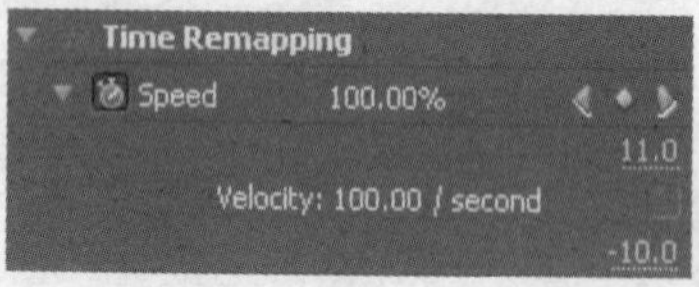

如果需要为镜头设置静帧效果，也可以使用Time Remapping。

关于如何设置关键帧，请参阅第八章第一节。

图 4-5-2

图像融合

无论是在快动作还是慢动作中，只要偏离正常速度较大，回放就会出现不流畅的现象。图像融合，指通过产生一些中间过程画面，弥补因变速而导致的像素缺失，能够在一定程度上改善回放的顺畅程度。

要启用图像融合，可以选中经过速度处理的镜头，在鼠标右键菜单中选择 Frame Blend。

第五章
调整镜头接点

几乎没有任何一部影视作品是"一次成型"的。

相比传统的线性编辑手段，非线性编辑允许以较高的自由度反复修改，所以，越来越多的视频与音频编辑工作被转移到非线性编辑系统中完成。

此前，我们已经掌握了如何精确地为完成片添加镜头，随着编辑工作的深入，镜头的接点可能还需要不断调整。正是考虑到在编辑过程中，调整镜头接点的情况会频繁发生，因而大多数非线性编辑软件都会提供专门的模块用于镜头接点的调整。Premiere Pro 当然也不例外。

第一节　接点调整模块

如图 5-1-1 所示，在时间线各轨道中存在若干镜头。为了便于识别，不同轨道上的镜头接点位于不同的时间刻度位置。

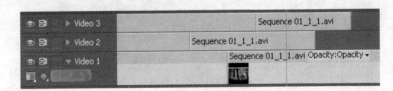

图 5-1-1

将时间线中当前回放标志定位于靠近 Video 1 中镜头接点的位置，在 Program 完成片回放窗口中点击 ▦ Trim Monitor 按钮。接点调整窗口将被打开，同时，当前回放标志自动对齐 Video 1 轨道中最为接近的镜头接点上。

图 5-1-2

　　接点调整窗口中，两帧画面均来自时间线 Video 1 轨道。左侧画面为 A 镜头的尾帧，右侧画面为 B 镜头的首帧（图5-1-2）。也就是说，所谓镜头接点，就是由这两帧画面切换形成的。在窗口中间的下拉菜单中（图5-1-3），可以选择控制其它轨道的镜头接点。这时，当前回放标志将自动寻找指定轨道中最近的接点位置。重新定位后，两帧画面也会随之更新。

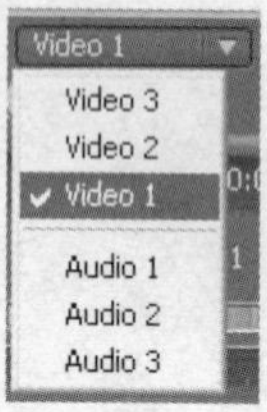

图 5-1-3

　　每次打开接点调整窗口，当前回放标志将寻找上次关闭窗口前所指定的轨道中最为接近的镜头接点。

接点调整窗口中的时码

　　在接点调整窗口中，共显示有七个时码。此前，我们从未同时面对这么多时码。不过，这些时码大多是我们在剪接过程中所熟悉的。

　　画面下方的五个时码从左至右依次表示：A 镜头的长度、A 镜头尾帧（出点画面）在源素材中的时码、时间线中镜头接点位置的时码、B 镜头首帧（入点画面）在源素材中的时码、B 镜头的长度。随着接点的调整，这些时码数值会发生改变，随时为操作提供参考。

　　另外两个时码中，Out Shift 表示 A 镜头出点被移动的量值，In Shift 表示 B 镜头入点被移动的量值。根据调整方式的不同，这两个时码可能始终保持一致，也可能显示不同数值。

接点回放

在调整前后，可以按下 ▶ Play Edit 按钮，回放接点附近的画面。如果此时 ↻ Loop 按钮处于按下状态，则可以循环播放接点附近的画面。

定位于其他接点

如果想要调整其他接点，只要在窗口中间的下拉菜单中，重新选择轨道，并使用窗口中的 ◂ Go to Previous Edit Point 和 ▸ Go to Next Edit Point 按钮定位到新的镜头接点即可。

第二节　拖拽调整

利用鼠标拖拽调整镜头接点，操作的同时，可以在接点调整窗口中看到被改变的画面衔接。

双边调整

所谓双边调整，是指在操作中同时调整 A 镜头的出点和 B 镜头的入点。

打开接点调整窗口，将鼠标置于两帧画面中央的空白区域，左右拖拽。此时，两帧画面同时改变。时间线中，镜头接点向拖拽的方向移动。

双边调整中，因为 A、B 两镜头的出点和入点同时被改变，且方向一致，因此两镜头在长度上的改变相互抵消。与调整前相比，两镜头的总长保持不变。

从时码 Out Shift 和 In Shift 可以看出，A 镜头出点的位移与 B 镜头入点的位移一致。双边调整改变的是两个镜头之间发生切换的时间点。

可以借助动作片中的镜头切换来说明双边调整的作用。例如，我们利用挥拳的过程将全景镜头切换至近景。按照动作将两个画面衔接好后，双边调整可以精确地选择挥拳过程中镜头切换的时间点。

鼠标拖拽容易使镜头接点位移过大，利用窗口中部的 Jog Roll In and Out Points 微调旋钮 ▭▭▭▭▭ 可以进行更为精细的调整。

单边调整

与双边调整不同，单边调整只是单独改变A镜头的出点或B镜头的入点。

在接点调整窗口中，将鼠标置于其中一幅画面上，左右拖拽。此时，该画面发生改变，时间线中对应镜头的长度发生变化，而另外一幅画面对应的镜头长度不变。

如果鼠标在左侧画面上向左或向右拖拽，则A镜头出点相应向左或向右移动，A镜头长度会缩短或延长。B镜头长度保持不变，但受到A镜头长度变化的影响，B镜头的位置向左或向右移动。

如果鼠标在右侧画面上向左或向右拖拽，则B镜头入点相应向左或向右移动，B镜头长度延长或缩短。A镜头长度、位置均保持不变。

单边调整时，只要没有其他镜头阻挡，所有 ▣ Toggle Sync Lock 轨道中接点右侧的镜头均同步位移。

> **小窍门：接点调整与锁定轨道搭配使用**
>
> 调整镜头接点时，如何避免其他轨道上的镜头受到影响？最为可靠的选择莫过于取消轨道控制组件中的 Toggle Sync Lock，或者将轨道锁定。
>
> 在轨道控制组件中，按下 Toggle Track Lock 启用锁定轨道功能，该轨道将被阴影覆盖，不会受到任何编辑操作的干扰（图5-2-1）。

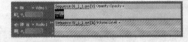

图 5-2-1

> 例如，图5-2-2中 Video 1 已被锁定。在接点调整窗口中选择 Audio 1 轨道，则操作只对声音部分有效，不会影响到画面。

图 5-2-2

第三节　精确调整

拖拽调整多用于依靠画面确定接点的位移，若需要知道调整的量值，也可以参考窗口中的时码显示；精确调整则直接依靠数值控制接点位置。

双边调整

在双边调整前，先查看接点画面上下的绿色显示条。如果该显示条贯穿整个窗口，则说明此时可以通过按钮或数值进行双边调整。如果绿色显示条的宽度仅覆盖某一个画面，则可以鼠标单击两帧画面中间的空隙，使绿色显示条同时出现在两帧画面的上下（图 5-3-1）。

图 5-3-1

选择按钮，或者直接填充数值，可以精确控制接点的移动。选择按钮或填充数值时，＋表示向右移动，－表示向左移动。数值则代表移动的帧数（图 5-3-2）。

图 5-3-2

单边调整

鼠标单击两接点画面其中的一帧，绿色显示条将仅位于该画面的上下（图 5-3-3）。这时可以通过按钮对此编辑点进行单边调整，或者直接在 Out Shift 或 In Shift 中输入数值。这时，无论绿色显示条的当前状态如何，都可以直接完成单边调整。

图 5-3-3

本节练习：利用接点调整抽取或延长镜头

接点调整模块可以发挥与抽取相同的作用。根据具体编辑状况，用户可以自行判断哪种操作更为便捷，选择其一完成剪接。

将当前回放标志放置于靠近镜头接点的位置，进入接点调整模块（图5-4-1）。

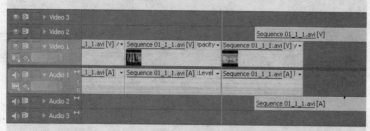

图5-4-1

在Out Shift中输入－100，则接点左侧镜头的尾部被删除1秒，接点右侧的所有 ▣ Toggle Sync Lock 轨道上的镜头均向左移动，得到的编辑结果与抽取相同（图5-4-2）。

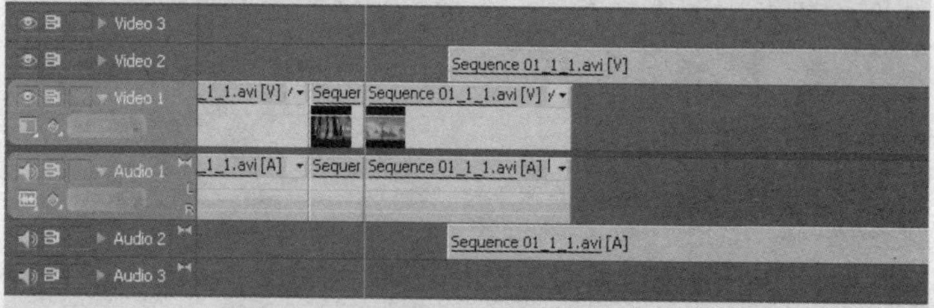

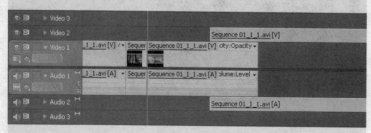

图5-4-2

如果想在接点右侧镜头的开始部分延长10帧，可以进入接点调整模块，点击右侧画面，确保绿色显示条为单边调整状态。按下 ▣ 按钮两次，In Shift 中将显示00:00:00:10，该镜头入点位置将延长10帧，同时，右侧所有轨道上的镜头集体向右移动10帧，保持相对位置关系不变（图5-4-3）。

图5-4-3

小窍门：自定义多帧移动按钮

下列多帧移动按钮，允许用户自行设置数值。

`-5  -1  [0]  +1  +5`

选择菜单 Edit → Preferences → Trim，在弹出的 Preferences 窗口中，调整 Large Trim Offset 的数值。确定后，接点调整模块中的多帧移动按钮将随之改变。

第四节　接点调整工具

在 Tools 工具窗口中，有专门用于接点调整的工具。使用这些工具，可以直接在时间线中调整镜头接点。使用接点调整工具的好处在于方便快捷，但因调整过程依靠鼠标拖拽完成，所以不如在接点调整窗口中操作那样精确。

Rolling Edit Tool 双边调整工具

在 Tools 工具窗口中，选择 ⊞ Rolling Edit Tool 双边调整工具。用鼠标在时间线中的镜头接点位置左右拖拽，其结果等同于在接点调整窗口中进行双边调整。在调整的同时，镜头接点的位移数值将显示在接点位置下方，Program 完成片回放窗口将显示接点位置的两帧画面，以及这两帧画面在源素材中的时码。

⊞ Rolling Edit Tool 双边调整工具使用完毕后，选择 ▶ Selection Tool 选择工具以便鼠标恢复常规操作。

Ripple Edit Tool 单边调整工具

在 Tools 工具窗口中，选择 ⊞ Ripple Edit Tool 单边调整工具。用鼠标在时间线中镜头接点左侧或右侧左右拖拽时，将分别单独调整接点处的出点及入点画面，其结果等同于在接点调整窗口中进行单边调整。在调整的同时，镜头接点的位移数值将显示在接点位置下方。另外，Program 完成片回放窗口将显示接点位置的两帧画面，以及这两帧画面在源素材中的时码。

⊞ Ripple Edit Tool 单边调整工具使用完毕后，选择 ▶ Selection Tool 选择工具以便鼠标恢复常规操作。

Slip Tool 入出点同步调整工具

Slip Tool 入出点同步调整工具用于对单个镜头进行调整，而不会影响该镜头的前后镜头。

在 Tools 工具窗口中，选择 Slip Tool 入出点同步调整工具，鼠标在某镜头上左右拖拽时，该镜头在保持长度不变的前提下，入点及出点同时被改变。在调整的同时，入点及出点的位移数值将显示在镜头下方。另外，Program 完成片回放窗口将同时显示四帧画面（图5-4-4）。下方的较大的两帧显示被调整镜头的入点和出点画面，以及这两帧画面在源素材中的时码。上方较小的两帧显示与该镜头首尾相接的两个镜头的出点及入点画面。

图5—4—4

可以看出，随着调整的进行，镜头的入点和出点发生变化，而前后镜头不受影响。实际上，Slip Tool 入出点同步调整工具专门用于在确保所有镜头长度不变、位置不变的前提下，修改某个镜头的截取范围。

Slip Tool 入出点同步调整工具使用完毕后，选择 Selection Tool 选择工具以便鼠标恢复常规操作。

Slide Tool 镜头位置调整工具

Slide Tool 镜头位置调整工具用于对单个镜头进行调整，且同时会影响该镜头的前后镜头。

在 Tools 工具窗口中，选择 Slide Tool 镜头位置调整工具，用鼠标在某镜头上左右拖拽时，该镜头在时间线中的位置被改变，但入点、出点及镜头长度不变。在调整的同时，位移的数值将显示在镜头下方。另外，Program 完成片回放窗口将同时显示四帧画面（图 5-4-5）。上方较小的两帧显示被调整镜头的入点和出点画面。下方较大的两帧显示与该镜头首尾相接的两个镜头的出点及入点画面，以及这两帧画面在源素材中的时码。

图 5-4-5

可以看出，随着调整的进行，只有相邻镜头的出点和入点发生变化。实际上， Slide Tool 镜头位置调整工具专门用于改变某个镜头在时间线中的位置，并确保该镜头入、出点及长度不变。与直接利用 Selection Tool 选择工具移动镜头不同，调整中前后镜头的出点及入点相应改变，始终保持紧密衔接。

 Slide Tool 入出点同步调整工具使用完毕后，选择 Selection Tool 选择工具以便鼠标恢复常规操作。

第六章　过渡特技

在前面几章，我们了解到如何实现镜头剪接。从本章开始，我们将学习如何进行特效处理。

在节目制作中，特效通常包括两种类型：过渡特技和效果。这两种特效在用途、特点和操作控制上均不相同。因此，学习特效操作前，我们有必要先了解一下这两种不同类型的特效。

小知识：过渡特技与效果

过渡特技，也常被称为过渡、过场或转场，是专门用来处理镜头接点的特效。通常，两个镜头之间没有被施加任何过渡特技，直接剪接在一起，我们称之为"切""硬接"或"硬切"。如果借助某种特效，完成两个镜头之间的转换，取代接点上的"硬切"，我们就将该类特效称为过渡特技。

例如，叠化是使用最为普遍的过渡特技。它利用透明度的渐变，达到用B镜头逐渐取代A镜头的目的。

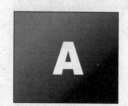

划像也是较为常见的过渡特技，在屏幕分割的连续作用下，A镜头逐渐消失，B镜头逐渐显现。

过渡特技针对镜头接点，而效果专门用于修饰某个镜头。例如，调整画面的色彩，或将画面处理为特定风格等，都属于为镜头施加效果。在操作过程中，过渡特技在处理镜头接点时，会涉及到前后衔接的两个镜头，而效果只涉及一个镜头，与前后衔接的镜头无关。由于其作用类似于Photoshop中的滤镜，因此这类特效在视频编辑中也被称为滤镜。

不仅仅是镜头的画面部分可以被施以过渡特技或效果，有些过渡特技或效果是专门针对声音处理的。例如两段声音之间的渐变转换就属于声音过渡特技，而调整某段声音的高低音比重则需要添加声音类效果。综上所述，特效可分为过渡特技和效果两大类，而过渡特技和效果又分别由视频过渡特技、声音过渡特技、视频效果、声音效果所构成。本章中，我们专门讲解视频过渡特技。关于视频效果，将在第七章中讲解，关于声音特效，将在第十三章中讲解。

第一节　为镜头接点添加过渡特技

在 Premiere Pro 编辑界面中，除了在剪接环节中已经熟悉的窗口外，与过渡特技相关的窗口如下。

在 Media Browser 媒体浏览窗口中，点击 Effect 特效标签，视频过渡特技、声音过渡特技、视频效果、声音效果这四类特效均显示在窗口中。将 Video Transitions 视频过渡特技文件夹扩展开，所有过渡特技按照样式分类放置在各文件夹中。

在 Source 素材回放窗口中，点击 Effect Controls 特效控制标签。一旦在时间线中添加了过渡特技，则可以在该窗口中调整其控制参数。

添加过渡特技

下面以使用最为普遍的叠化为例，说明如何为镜头添加过渡特技。

1.在时间线窗口中，放置 A、B 两个镜头，首尾相接。

2.在 Effects 特效窗口 Video Transitions 文件夹中，扩展开 Dissolve 文件夹。其中 Cross Dissolve 即为叠化。该特效图标上带有红框，表示该特效为默认过渡特技。因为叠化是最为常用的过渡特技，所以 Premiere Pro 的初始设置中，Cross Dissolve 为默认过渡特技。当然，如有必要，用户可以更改此设置。关于默认过渡特技，我们稍后再详细介绍（图 6-1-1）。

图 6-1-1

3.将 Cross Dissolve 图标拖拽至 Timeline 时间线窗口中镜头接点位置。因为我们施加的是视频过渡特技，所以只能放置在位于视频轨道中的接点上。这时，过渡特技标志将出现在镜头接点位置。

4.回放，浏览编辑结果。加入过渡特技时，可以利用鼠标拖动控制特技标志与镜头接点的相对位置。图6-1-2列出了可能出现的全部三种位置关系。这三种位置关系之间的差别，我们将随后讨论。

删除过渡特技

要删除已经添加的过渡特技，可以在 Tools 工具窗口中 Selection Tool选择工具被选中时，单击时间线中的过渡特技标志，按 delete 键或在鼠标右键菜单中选择 Clear 删除。

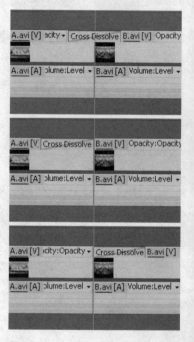

图 6-1-2

第二节　　设置过渡特技的参数

为镜头接点添加过渡特技后，镜头转换的基本样式就被确定下来。通过设置过渡特技的参数，可以进一步调整转换的属性。

过渡特技有三个基本参数：长度、位置和起始与结束状态。绝大多数的过渡特技都脱离不开这三个基本参数的控制。如果熟知这三个基本参数的操作，就相当于掌握了几乎所有的过渡特技，只不过对于有些过渡特技来说，还会根据各自的过渡形式，附加一些特殊的参数设定。

设置过渡特技的参数

双击镜头接点上的过渡特技标志，Effects Controls 特效控制窗口将自动开启。为了便于识别，用户可以选择是否启用 Show Actual Sources，在窗口中显示实际画面或者示意图。在示意图中，过渡特技衔接的两镜头分别用 A、B 表示。

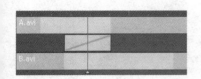

图 6-2-1

窗口右侧的图示表明了过渡特技与 A、B 镜头之间的位置关系。在 A、B 镜头中，暗色区域表示源素材，亮色区域表示从源素材中所截取的镜头。中央的竖线表示镜头接点。过渡特技图标位于接点上 A、B 镜头的重叠位置，表明两镜头通过过渡特技完成交替(图 6-2-1)。

Effect Controls 特效控制窗口最重要的作用就是控制过渡特技的三个基本参数。

参数一：**Duration** 长度。从 B 镜头开始出现，到 A 镜头完全消失，过渡特技会持续一定的时间。这个时间就是过渡特技的长度。在 Premiere Pro 中，添加一个过渡特技时的初始长度为 30 帧。当然，这一数值也可由用户自行设定。

在 Duration 中输入时码，或用鼠标拖动数值，可以修改过渡特技的长度。在时间线窗口中，过渡特技图标随之发生变化。

要调整过渡特技的长度，也可以将光标放置于时间线中过渡特技标志的边缘，直接拖拽。

参数二：**Alignment** 位置。用于控制过渡特技和镜头接点之间的位置关系。下拉菜单中，有三种位置关系。Center at Cut 表示过渡特技的中央位置对齐镜头接点。Start at Cut 和 End at Cut 则分别表示过渡特技的开始和结束位置对齐镜头接点。

该选项实际上决定了 A、B 镜头中的哪些画面将会参与到过渡特技当中。例如，我们有时希望一个运动镜头在运动落幅（运动停止）稳定后过渡到下一个镜头，也可能希望在运动过程中过渡到下一个镜头。通过控制位置参数，可以得到完全不同的编辑结果，Effect Controls 特效控制窗口右侧的图示以及时间线窗口中的过渡特技图标位置也会相应变化。

调整过渡特技的位置，也可以将光标放置于时间线中过渡特技标志上，左右拖拽。当过渡特技标志被放置于一个既不是 Center at Cut，也不是 Start at Cut 或 End at Cut 的位置时，下拉菜单将显示 Custom Start。

参数三：**Start/End**过渡特技的起始状态和结束状态。在参数中，共有两个数值：Start 和 End，分别表示在起始和结束位置时过渡特技的执行程度。我们可以将这两个数值理解为百分比，在默认状态下，Start 的数值为 0，End 的数值为 100。也就是说，在起始位置，过渡特技的执行程度为 0%（即将开始执行），所以 A 镜头在屏幕中显示，B 镜头尚未显现。在结束位置，过渡特技的执行程度为 100%（执行完毕），所以 B 镜头完全显现，A 镜头彻底消失。

本节练习：按要求添加过渡特技

在镜头接点上添加 Wipe 划像，要求过渡特技的长度为 2 秒，特技的中央位置对齐镜头接点。

1. 在 Effects 特效窗口中的搜索栏，键入 Wipe，在 Video Transitions 中的 Wipe 文件夹中，找到过渡特技 Wipe（图 6-2-2）。

图 6-2-2

2. 将过渡特技图标拖拽至镜头接点，使过渡特技的中央对齐接点位置。

3. 双击过渡特技标志，在 Effect Controls 特效控制面板中，为 Duration 输入数值 200。

4. 回放画面，浏览编辑结果。

5. 调整 Effect Controls 特效控制面板中除三个基本参数之外的附加参数，如 Border Width 边缘宽度、Border Color 边缘颜色、Reverse 反向以及 Anti-aliasing Quality 抗锯齿效果，另外还可在窗口上方的图标周围选择控制点，设置划像的方向。修改每个参数后，查看过渡特技的变化。

在一般应用中，我们不必特意修改起始状态和结束状态的数值。默认状态下，Start 和 End 的数值正好可以确保得到一个完整的过渡过程——A 镜头逐渐被 B 镜头取代。如果修改此参数，可以得到某些特定的画面效果。下面的小窍门中，举例说明了如何灵活运用该参数。

小窍门：灵活运用过渡特技的起始状态和结束状态

合理设置过渡特技的起始和结束状态，可以得到特定的编辑结果。现在，我们利用刚才练习中使用的过渡特技 Wipe，制作持续的屏幕分割效果。编辑结果可参考配套光盘中实例文件夹内的Sample1.avi。

1.在镜头接点加入 Wipe 过渡特技。

2.双击过渡特技标志，在 Effect Controls 特效控制面板中，将划像方向定义为从左至右或从右至左。

3.在 Duration 中设置适当长度。

4.在 Start 和 End 中输入数值50，使划像在起始状态和结束状态的执行均注中程度。

5.回放编辑结果。在过渡特技范围内，并不是两个镜头之间的交替，而是保持屏幕的等分效果（图6-2-3）。

图 6-2-3

设置并使用默认过渡特技

什么是默认过渡特技？为了方便添加过渡特技，Premiere Pro 允许用户设定一个默认过渡特技。使用快捷键 Ctrl+D，该过渡特技可以直接加入到时间线。考虑到叠化是使用最为普遍的过渡特技，所以将 Premiere Pro 初始的默认过渡特技设定为 Cross Dissolve。

如果在编辑某个节目的过程中，Wipe 是使用最为频繁的过渡特技，我们就可以将其设定为默认过渡特技。这样，需要在镜头接点加入 Wipe 时，直接使用快捷键即可。具体操作如下。

1.在 Effects 特效窗口中，选中 Wipe 过渡特技图标，在鼠标右键菜单或窗口控制菜单中选择 Set Selected as Default Transition。被设置为默认过渡特技的图标将带有红色框线（图6-2-4）。

图 6-2-4

2.在 Timeline 时间线窗口中，将当前回放标志置于将要添加过渡特技的镜头接点附近。在轨道控制组件中选中镜头接点所在的轨道。

3.按下键盘 Ctrl+D，默认过渡特技将被添加在镜头接点。

设置并使用默认特技长度

当我们拖拽过渡特技图标或利用快捷键将其置于镜头接点时，过渡特技的初始长度为默认特技长度。

如果在添加的过渡特技中经常使用某一特定长度，则可以将该长度设定为默认特技长度。这样，每次加入过渡特技时，都会以此作为初始长度。默认特技长度的设定步骤如下。

1.在 Effects 特效窗口下拉菜单中选择 Default Transition Duration（图 6-2-5）。

2.在弹出窗口中，设置Video Transition default Duration的帧数。

第三节　　开放式过渡特技

使用开放式过渡特技，用户可以以更大的自由度自主设计过渡特技的样式。

Premiere Pro中，提供了近百种过渡特技，但是，如果用户希望摆脱这些特技的固有模式，制作出随心所欲的新颖过渡形式，就必须借助开放式过渡特技来实现。掌握了这类过渡特技的使用，用户可以设计出独特的个性化过渡，突破现有过渡特技在数量和形式上的限制。

本节，我们以 Gradient Wipe 为例，讲解在使用上较为特殊的开放式过渡特技。

Gradient Wipe 灰度划像

灰度划像属于开放式过渡特技。在灰度划像中，用户可以自行定义一张图片，作为划像时两个镜头间的转换形式。也就是说，当用户需要自己设计某种镜头过渡形式时，可以创建出对应的灰度图片，然后利用 Gradient Wipe 将其应用于镜头过渡。

1.在 Effects 特效窗口中搜索 Gradient Wipe。

2.将其拖拽至时间线中的镜头接点。注意，请选择 Video Transitions 中的 Gradient Wipe，而不是 Video Effects 中的 Gradient Wipe（两个特效同名，但后者是效果，不是过渡特技）。

3.弹出的 Gradient Wipe Settings 窗口中，左侧显示了一张灰度图片。这张图片中灰度渐变的样式将决定两个镜头的过渡效果。A镜头逐渐向B镜头转化时，会从灰度图片中亮度最暗的部分（图片的左上角）开始，逐渐向中间灰过渡区域转换，最终在灰度图片中最亮的部分（图片的右下角）结束。窗口右侧的 Softness 划块可以设置渐变过程中图像分割的柔和程度。点击 OK 确认。

4.浏览编辑结果。双击过渡特技标志，在 Effect Controls 特效控制窗口中点击 Custom，重新弹出 Gradient Wipe Settings 窗口，

图 6-3-1

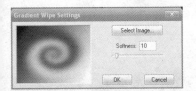

图 6-3-2

图 6-3-3

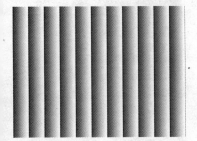

图 6-3-4

图 6-3-5

查看镜头过渡形式与灰度图片之间的对应关系（图 6-3-1）。

5.现在,我们通过更换灰度图片达到自行设计过渡形式的目的。

启动 Photoshop,创建一张不同形式的灰度渐变图片。在 Photoshop 中,选择菜单 File → New,在弹出窗口中创建图像。图像的宽高比例应与当前所编辑的视频宽高比例一致,分辨率不小于当前所编辑的视频。点击工具面板中 ▉ 左下角的图表,直接将前景色和背景色定义为黑色和白色,利用 ▣ 渐变工具直接绘制灰度渐变图片。如有必要,还可以选择各种滤镜对图像进行进一步修饰。为了便于管理,将创建的灰度图像保存到 Premiere Pro 项目文件所在的路径或素材文件夹中。

6.回到 Premiere Pro 中,点击 Gradient Wipe Settings 窗口中的 Select Image 按钮,选择创建的灰度图片(图 6-3-2)。

7.点击OK按钮确定。该实例的编辑结果可参考配套光盘中实例文件夹内的 Sample2.avi(图 6-3-3)。

本节练习:利用 Gradient Wipe 制作百叶窗过渡效果

在 Premiere Pro 中,并未提供现成的百叶窗过渡效果。我们可以利用开放式过渡特技自主设计过渡形式,实现百叶窗过渡效果。该实例的编辑结果可参考配套光盘中实例文件夹内的 Sample3.avi。

1.将 Gradient Wipe 过渡特技拖拽至镜头接点。

2.在 Photoshop 中,制作如图 6-3-4 的灰度图片并保存。

3.回到 Premiere Pro,在弹出的 Gradient Wipe Settings 窗口中,选择该图片。同时适当调整 Softness 滑块,设置边界的柔和度。

4.在Effect Controls特效控制面板设置过渡特技的长度和位置。

5.回放编辑结果。此时,镜头之间的转换如同百叶窗被打开的过程（图 6-3-5）。

6.在此基础上,我们进一步对灰度图片进行修改,模拟出百叶窗每个叶片依次打开的效果。当然,在现实生活中,百叶窗被打开时各叶片是同步开启的。这里,我们仅仅是为了将过渡特技处理得可视性更强。制作灰度图片如图 6-3-6。

7.在Effect Controls特效控制面板设置过渡特技的长度和位置。回放编辑结果（图 6-3-7）。

图 6-3-6   图 6-3-7

小窍门：灵活运用开放式过渡特技

上节中，我们曾经在小窍门中介绍了如何制作持续的屏幕左右分割效果。现在，我们再次制作类似的效果，但是要求屏幕分割的边缘是柔和的，而不是"一刀切"的硬边缘。编辑结果可参考配套光盘中实例文件夹内的 Sample4.avi（图 6-3-8）。

1. 将 Gradient Wipe 过渡特技拖拽至镜头接点。

2. 在 Photoshop 中，制作如图 6-3-9 的灰度图片并保存。

3. 回到 Premiere Pro，在弹出的 Gradient Wipe Settings 窗口中，选择该图片。同时适当调整 Softness 滑块，设置边界的柔和度。

图 6-3-8

4. 在 Effect Controls 特效控制面板，设置过渡特技的起始状态和结束状态。如果不要求左右画面严格等分，则 Start 和 End 的数值并不一定必须都是 50。只要两个数值一致，则可以确保在整个过渡过程中，屏幕分割的位置保持不变。

5. 设置过渡特技的长度和位置。

6. 回放编辑结果。

图 6-3-9

第四节　消除过渡特技中的夹帧

何谓夹帧？当完成片中出现本不应包含的画面时，我们称之为夹帧。一般来说，夹帧是因为剪接或特效操作中的错误引起的，尤其容易在镜头接点出现。由于很多夹帧中错误画面只有 1 帧或几帧，因此对于经验不足的初学者来说，非常容易在操作中造成夹帧，而夹帧一旦出现，又很难察觉，所以，只有在操作中细致入微，才能避免将此类错误带入完成片。

过渡特技中的夹帧

如图 6-4-1 的 Wipe 过渡特技中，就包含夹帧，对应视频位于配套光盘中实例文件夹内的Sample5.avi。原本应该是AB镜头之间的过渡，但是划像开始时，屏幕左侧逐渐出现的却显然不是B镜头。一直到划像进行到一半时，B镜头才出现。也就是说，原本应该是两个镜头相互交替，结果却出现了第三个镜头参与到过渡过程中。

图 6-4-1

夹帧的现象在专业制作领域是不被允许的。出现上述情况，我们首先要做的就是去掉过渡特技，查看镜头的原始剪接点。如果两个镜头在接点附近并不存在夹帧，则说明上述错误的出现并非是剪接错误导致的。

我们之所以在本章强调避免夹帧，就是因为即使原始的镜头剪接不存在夹帧，也有可能因为过渡特技的加入带来夹帧。实际上，这种情况经常发生，而且不易被察觉。我们用下面一组图片来示意夹帧是如何随过渡特技被带入的。

首先，在加入过渡特技前，A、B 镜头之间的切换关系如图 6-4-2。此时，A 镜头回放到接点即结束，而B 镜头从接点位置开始，接替 A 镜头回放。

图 6-4-2

因为过渡特技本身具有一定的长度，因此，当镜头接点被加入过渡特技时，镜头结构改变如图 6-4-3。在过渡特技的作用下，A 镜头不再播放到接点位置结束，而是一直持续到过渡特技的结束位置。与未加入过渡特技时相比，A 镜头的回放范围被延长。延长出的这部分长度（半个过渡特技的长度）来源于A 镜头源素材中的出点右侧。同样是在过渡特技的作用下，B 镜头不再是从接点位置开始播放，而是从过渡特技的起始位置就参与进来。与未加入过渡特技时相比，B 镜头的回放范围也被延长。延长出来的这部分长度（半个过渡特技的长度）来源于B 镜头源素材中的入点左侧。

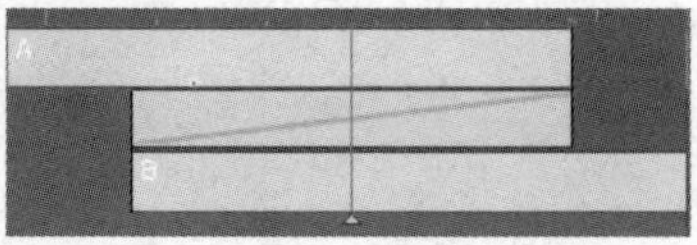

图 6-4-3

由此可见，过渡特技的加入会使接点两侧的镜头相互延伸。只要在过渡特技所涵盖的范围内，相互延伸的这部分画面能够确保A、B 两镜头保持完整连贯，该过渡特技就不会带入夹帧现象。

如果在相互延伸的这部分源素材中，A、B两镜头其中之一或者两者都存在画面接点，则会导致过渡特技中出现夹帧。同时，因为画面接点存在于被延伸的部分，所以只有在过渡特技的作用下才能察觉，删除过渡特技后，在原始剪接中不会显现。这种"隐蔽"的素材接点是导致夹帧的直接原因。

如图6-4-4所示，C镜头与B镜头在源素材中相邻。因为过渡特技的加入，C镜头也被错误的带入到完成片当中。

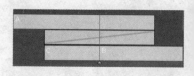

图 6-4-4

去除过渡特技中的夹帧

上面的图示告诉我们，为镜头接点添加过渡特技后，必须仔细检查其镜头转换是否顺畅无误。如果出现夹帧，首先需要正确判断夹帧存在于A镜头还是B镜头的源素材中。确定要修改的镜头后再加以纠正。

要判断夹帧存在于哪个镜头的源素材中，当然可以用我们已经熟悉的匹配帧功能。分别找到A、B镜头在接点位置的匹配帧，查看附近是否包含夹帧中出现的画面，从而确定哪个镜头需要修改，但是，以下是更为简捷的办法。

在时间线中，将当前回放标志定位在因为夹帧导致镜头跳变的那一帧。如果该帧位于镜头接点的左侧，则可以断定夹帧画面来源于B镜头的源素材，因为，假设过渡特技不存在，该位置应该回放A镜头。加入过渡特技后在此位置出现夹帧，必定是因为B镜头入点左侧的源素材向A镜头中延伸而产生的，所以，这时应当修改的是B镜头。同理，如果夹帧发生在镜头接点的右侧，则应当修改A镜头。

做出判断后，可以通过我们已经掌握的两种方法加以修正。

方法一：利用Effects Control效果控制面板中的Alignment位置参数。实际上位置参数所控制的就是接点两端参与过渡的画面内容。改变Alignment的现有设置，可以直接让夹帧消失。

当然，Alignment位置参数改变了过渡特技与镜头接点的位置关系，同时改变了A、B镜头参与过渡的画面。有些情况下，我们只希望调整含有夹帧画面的镜头，保持另一个镜头的长度和参与过渡的画面内容不变。此时，使用接点调整窗口或者单边调整工具是最为便捷的方法。

方法二：利用接点调整窗口或者单边调整工具。进入接点调整窗口，单边调整（缩短）带有夹帧的镜头，将源素材中的多余画面排除在过渡范围之外。调整后，利用接点调整窗口内的 ▶▶ Play Edit 按钮，回放接点上的过渡特技。

或者在 Tools 工具窗口，选择 ◀▶ Ripple Edit Tool 单边调整工具。直接通过鼠标拖拽，单独调整 A 镜头的出点或 B 镜头的入点画面，其结果等同于在接点调整窗口中进行单边调整。调整时，位移的数值将显示在接点位置下方。另外，Program 完成片回放窗口将显示接点两侧的画面，以及画面在源素材中的时码。

◀▶ Ripple Edit Tool 单边调整工具使用完毕，选择 ▶ Selection Tool 选择工具以便鼠标恢复常规操作。

利用方法二调整，过渡特技的位置不会改变，可以确保未被调整一端的镜头长度和参与过渡的画面内容不变。

避免过渡特技带入夹帧

为了避免因为添加过渡特技而可能带来的夹帧，在拍摄和剪接镜头时，应当为添加过渡特技充分预留空间。

在拍摄素材时，每个镜头都要为后期编辑留出足够的余量，尤其是在拍摄推拉摇移等运动镜头时，更是如此。

拍摄过程中，在运动镜头的起幅阶段，准备推拉或摇移前，应当保留足够长的静止段落，在运动镜头的落幅阶段，也应当保留充足的固定画面，以备后期制作之用。

要做到以上要求其实并不容易，因为这需要摄影师在拍摄前对于节目的后期制作有相当程度的了解，且具有编辑思维和丰富的经验。只有如此，才能在拍摄过程中充分考虑到编辑过程对镜头的要求，最大限度地确保拍摄的素材满足后期制作的要求。

小窍门：关于素材拍摄

通常，在拍摄中，我们建议拍摄者在认为可以停机时，继续保持拍摄 3 秒种的固定镜头。在拍摄类似推拉摇移的镜头时，开始运动前，比预计多保持拍摄 3 秒种的固定镜头。

这种预留编辑余量的做法，是专业摄影师普遍遵守的法则。

在剪接过程中，如果两个镜头之间需要添加过渡特技，则应当在接点两侧为过渡特技留有余量。这个余量可以根据将要添加的过渡特技的长度和位置确定。例如：过渡特技如果是 Center at Cut（过渡特技的中央位置对齐镜头接点），那么在 A 镜头的出点右侧和 B 镜头的入点左侧，应当各自预留至少半个特技的长度，保证这段范围内不存在源素材断点。

第五节　　过渡特技与轨道的关系

在同一轨道中首尾相接是最为简单的镜头衔接方式，也是最便于添加过渡特技的镜头结构。但是在实际节目制作中，单纯依靠如此简单的镜头结构是远远不够的。根据编辑需求，镜头在时间线中的分布往往比较复杂，可能需要占据多个轨道，也可能接点相互交错，镜头上下覆盖。这种镜头结构下，又应当如何添加过渡特技呢？

为了在复杂的镜头结构中灵活运用过渡特技，我们首先需要了解视频轨道相互之间的关系。

视频轨道的层间关系

在非线性编辑中，不同视频轨道之间是相互覆盖的关系，而不同声音轨道之间是混合输出的关系。关于声音轨道，我们将在第十三章中讨论。

所谓视频轨道之间的相互覆盖，是指在最终显示的画面中，上层轨道的镜头将会覆盖下层轨道的镜头。如果上层轨道的镜头经过特技处理后只占据屏幕的一部分，则此区域之外将显示下层镜头。如果上层镜头被调整为半透明效果，则上层镜头和下层镜头将在屏幕中重叠显示。

例如图 6-5-1 中，如果三个轨道中的镜头均未经过特技处理，那么最终的回放画面中，Video 3 与 Video 1 上的镜头构成前后衔接，同时，Video 3 上的镜头将覆盖 Video 1 中镜头的开始部分。而 Video 2 中的镜头也会被 Video 3 中的镜头覆盖，所以不会显示在最终的输出画面中。

在轨道控制组件中点击三角标志，则每个轨道都可以被扩展显示或收缩显示。为了便于查看镜头结构，在添加过渡特技之前，我们将所有轨道都扩展显示（图 6-5-2）。

图 6-5-1

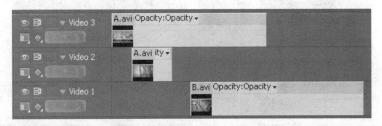

图 6-5-2

　　这时，可以看到，对于每个轨道，控制组件中都提供了如下
选择：

　　◉ **Toggle Track Output** 轨道输出控制：用于开启或关闭该
轨道的输出。一旦关闭，在 Program 完成片回放窗口以及最终输
出中，将不包含该轨道中的内容。默认状态下该选项为开启。

　　▤ **Toggle Sync Lock** 轨道同步控制：用于指定在添加和删除
镜头时，哪些轨道将受到插入和抽取的影响。默认状态下该选项
为开启。

　　🔒 **Toggle Track Lock** 轨道锁定控制：为轨道加锁。一旦开
启，该轨道将保持现有状态，不受任何编辑操作的影响。默认状
态下该选项为关闭。

　　▥ **Set Display Style** 镜头显示样式：从四个选项中选择时间
线中的镜头显示样式，首帧及尾帧画面、首帧画面、连续画面或
仅显示素材名称。默认状态下该选项为显示首帧画面。

在不同轨道之间实现过渡特技

　　如果两个镜头位于不同轨道，要实现过渡特技，则应将过渡
特技添加于上层轨道的镜头中。

　　如图 6-5-3 所示，在 Video 3 轨道上添加过渡特技，可以实现
Video 3 与 Video 1 之间的镜头过渡。

　　按照图中的镜头结构，在 Video 3 上加入的 Wipe 划像过渡特
技实际上作用于镜头和其右侧的空白轨道之间。因为空白轨道不

图 6-5-3

存在任何可以显示的内容,所以呈透明状态。如果关闭 Video 2 以及 Video 1 的  Toggle Track Output 轨道输出,只显示 Video 3,则过渡特技应如图 6-5-4 所示。图中,我们用栅格表示透明区域。

图 6-5-4

由于屏幕的底色(背景色)为黑色,所以在 Program 完成片回放窗口中,透明区域被黑色填充(图 6-5-5)。

图 6-5-5

如果 Video 2 以及 Video 1 的  Toggle Track Output 轨道输出控制处于正常的开启状态,则透明区域会被 Video 1 中的画面填充,也就是我们最终得到的过渡效果(图 6-5-6)。

图 6-5-6

了解了以上原理,就不难理解如何在位于不同轨道的镜头之间实现过渡特技了。

关于镜头重叠

位于不同轨道上的镜头实现过渡特技时,需要特别留意两镜头是否具有充足的重叠区域。

如图 6-5-7 所示,两镜头之间的重叠区域应该等于或超过过渡特技的长度,否则,将影响画面过渡的顺畅。

图 6-5-7

本节练习：灵活运用过渡特技，制作黑起与隐黑效果

黑起与隐黑都是节目制作中的常用效果，多用于场景转换和段落分割。在包括 Premiere Pro 在内的许多非线性编辑软件中，并未提供专门制作黑起与隐黑的过渡特技。

实际上，黑起就是镜头从黑场中逐渐显现，而隐黑则是镜头逐渐消失在黑场中，所以这两种过渡完全可以通过黑场画面与镜头之间的叠化实现。为了得到黑场画面，即可以在 Project 项目管理窗口的 ⬛ New Item 按钮中选择 Black Video，新建黑场素材，也可以充分利用空白轨道的透明属性，得到黑场。

下图 6-5-8 中，在镜头的起始和结束分别添加了 Cross Dissolve 叠化过渡。因为镜头两端是空白轨道，所以两个过渡特技的位置参数分别为 Start at Cut 和 End at Cut。

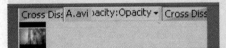

图6-5-8

回放该镜头，在起始位置，镜头黑起，在结束位置，镜头隐黑。

本实例的编辑结果可参考配套光盘中实例文件夹内的 Sample6.avi。

本节练习：灵活运用过渡特技，制作闪白特效

在 Premiere Pro 中，闪白同样没有现成的特效图标。与上一练习类似，可以利用过渡特技制作闪白效果。编辑结果可参考配套光盘中实例文件夹内的 Sample7.avi。

1.在 Project 项目管理窗口的 ⬛ New Item 按钮中选择 Color Matte，在弹出窗口中设置格式，在随后弹出的 Color Picker 窗口中选择白色，新建白场素材，并在 Choose Name 窗口中为白场命名。

2.在 Project 项目管理窗口中找到白场素材，并将其拖拽至 Source 素材回放窗口。注意，如果在项目管理窗口双击白场素材，将会重新弹出 Color Picker 窗口。这时，可以重新选择白场的颜色。要想在素材回放窗口打开白场素材，只能

通过鼠标拖拽。

3.为白场素材设置入点和出点，只截取一帧长度。

4.将一帧长的白场插入A、B镜头之间。为确保各轨道不会因为插入编辑导致现有镜头结构错位，在插入前应当将所有轨道的 ▣ Toggle Sync Lock 轨道同步控制打开。

5.在白场的两端添加Cross Dissolve叠化。A镜头与白场之间的过渡特技为 End at Cut，B镜头与白场之间的过渡特技为 Start at Cut。

6.通常，闪白效果会比较短暂。分别将两个过渡特技的长度定为7帧左右。

7.回放，查看编辑结果。

第七章　效果

在节目制作中，特效分为两大类：过渡特技和效果。

与过渡特技专门用于处理镜头接点不同，效果专门用于修饰某个镜头。例如调整画面的色彩，或将画面进行某种风格化的处理，都属于为镜头施加效果。在操作过程中，效果只涉及一个镜头，与前后镜头的衔接无关。

在上一章中，长度、位置、起始状态和结束状态是过渡特技的三大要素。掌握了这三个参数，几乎可以控制所有的过渡特技。效果却不同，不同的效果拥有不同的参数。虽然有些效果因为样式相近，拥有类似的参数，但是大多数效果之间参数差异很大。因此，掌握各种效果，要比掌握过渡特技复杂得多。

本章，我们从简单的效果入手，逐步深入，了解效果的制作要点。

第一节　为镜头添加效果

在 Effects 特效窗口中。Video Effects 和 Audio Effects 文件夹分别放置了视频效果和声音效果。将视频效果文件夹扩展开，所有效果按照不同的样式分类放置。关于声音效果，我们在第十三章中再作介绍。

为镜头添加效果

按照如下步骤为镜头添加效果。

1.在 Effects 特效窗口，打开 Video Effects 中分类放置效果的文件夹，找到要添加的效果的图标。

2.鼠标拖拽该效果图标至时间线中，放置于镜头上。因为我们施加的是视频效果，所以效果图标只能放置在镜头的视频部分。

镜头上的效果没有单独的标志。要了解某个镜头是否带有效果，可以通过时间线中红色的生成标志线判断。

一般来说，只要是格式与项目设置相一致的视频素材，加入到时间线后不会带有红色生成标志线。这时，该镜头在时间线中可以实时回放。例如，在当前项目中采集的素材，就是按照项目设定的格式存储于电脑中的，因此自然会符合当前的项目设定，但是，导入的视频素材因其来源的多样性，很可能与项目设置的格式不匹配。加入这些镜头后，时间线时码刻度下方将出现一条与镜头等长度的红色标志线，表示该段范围必须经过生成才能确保实时回放。类似情况还会在添加图片、字幕等非采集素材时出现。另外，当我们为镜头接点添加过渡特技、为镜头添加效果时，也会出现红色的生成标志线。

删除镜头上的效果

效果依附于镜头存在。要删除已经添加在镜头上的效果，可以按照如下步骤操作。

1.在时间线窗口中，选中添加了效果的镜头。

2.在 Source 素材回放窗口，点击 Effect Controls 特效控制标签，在窗口中可以看到添加于该镜头之上的所有效果，这些效果的名称与 Effects 特效窗口中相同。

3.单击选中效果名称。

4.按 delete 键删除效果，或者在鼠标右键菜单中选择 Clear。

当对一个镜头同时添加了多个效果时，用上述方法既可以单独删除指定的效果，也可以按下 ctrl 键复选多个效果，一并删除。

或者，在时间线窗口中，选中效果所在的镜头，选择鼠标右键菜单中的 Remove Effect，在弹出的窗口中选择 Video Filters。这时，镜头上的所有效果将被一并删除。

第二节　　设置效果的参数

作为入门，我们选择一个参数较少、调整较为简单且画面变化明显的效果——Gaussian Blur高斯模糊，举例说明如何设置效果的参数。

高斯模糊是 Adobe 公司为 Photoshop 和 Premiere 等软件开发的一种图像处理方式，它可以按照像素色值统计算法对图像进行虚化。因为这种加权平均数的算法采用了高斯函数，所以该效果就以这位与牛顿、欧几里得齐名的 18 世纪德国数学家命名。

1.通过 Effects 特效窗口的搜索栏搜索 Gaussian Blur，将其添加于时间线中的镜头上。

2.在时间线窗口中选中镜头，打开 Effect Controls 特效控制窗口，新近添加的特效位于 Effect Controls 特效控制窗口的最下方。

3.点击 Gaussian Blur 左侧的三角，扩展出参数。适度调整以下参数，观察画面的变化。

Blurriness：用于调整镜头的模糊程度。数值越大，图像越模糊。初始数值为 0.0，表示画面完全清晰。

Blur Dimensions：用于控制镜头模糊的方向。Horizontal and Vertical 为水平和垂直方向同时模糊。Horizontal 只在水平方向模糊，Vertical 只在垂直方向模糊（图 7-2-1）。

图 7-2-1

4.在时间线中拖动当前回放标志，查看经过处理的图像。

5.在 Effect Controls 特效调整窗口中，点击 Gaussian Blur 左侧的 fx 标志，可以开启或关闭该效果，便于对镜头处理前后进行对比（图 7-2-2）。

图 7-2-2

如果对调整结果不满意，希望所有参数都恢复到初始状态，可以点击效果名称右侧的 ⟲ Reset 按钮。

本节练习：为镜头添加效果，并调整效果参数

在 Effects 特效窗口中搜索 Camera Blur 效果，将其添加在时间线中某镜头之上，并调整参数，观察画面的变化。该效果用于模拟焦点不实时造成的成像模糊，参数与 Gaussian Blur 相似。

第三节　常用效果举例

以下列出了若干常用效果。在本书配套光盘实例文件夹内，有各种效果的示意图可供参考。

Sharpen：锐化。

该效果的作用与模糊类效果正好相反，可以使图像的细节得到强化，视觉上给人以更加清晰的主观感受。该效果识别图像中明暗反差较大的区域，因为这些区域通常是物体的轮廓。通过调整 Sharp Amount 参数，可以强化这些区域的反差，使物体的轮廓更加明显。但是，在锐化的同时，图像中的噪点也会凸显（图 7-3-1）。

图 7-3-1

Brightness & Contrast：亮度和对比度。

调整图像的亮度和对比度，可以在一定程度上弥补拍摄中图像明暗和反差方面的欠缺（图 7-3-2）。

图 7-3-2

Change Color：替换颜色。

该效果可以改变图像中的指定色彩。用 Color To Change 中的吸管，拾取图像中的某种颜色，然后调整 Hue Transform、Lightness Transform 以及 Saturation Transform 改变色调、亮度以及饱和度。Matching Tolerance 可以设置容差（决定与选定颜色何种接近程度的颜色被一同改变），Matching Softness 用于控制调整区域边缘的柔和度。下图中，天空的颜色被替换（图 7-3-3）。

图 7-3-3

也可以选中 Invert Color Correction，保留选中的颜色，替换该区域之外的所有颜色（图 7-3-4）。

图 7-3-4

Channel Mixer：通道混合器。

校正画面颜色的工具。

彩色电视中，各种颜色是依靠红、绿、蓝三种基本颜色按照不同比例叠加而成的。这三种颜色被称为电视三基色，并分别用R、G、B表示。三基色是构成其他各种颜色的基础，而R、G、B三种颜色本身不依靠其他颜色而独立存在。初始状态下，在红色通道R中，G和B的色彩成分为0。G或B通道中，其他两种颜色的比重也为0。这时，三个基色通道的显示最为准确，进而确保了图像中各种色彩的显示都准确无误。一旦改变三基色中某个通道或全部通道的色彩构成比例，就会使三基色发生变化，从而导致图像色彩发生变化。

也就是说，Channel Mixer通过在R、G、B三个通道中加入其他通道的颜色成分，改变图像的色彩构成，呈现某种色彩风格（图7-3-5）。

图7-3-5

小知识：电视三基色

电视三基色原理是对色彩进行分解、混合的重要原理，也是构成彩色电视的基础。利用它，人类用电信号再现了这个五彩缤纷的世界。根据三基色原理，我们只需要把自然界的各种彩色分解成R、G、B三个基色，就能将它们分别转换成三路电信号进行处理、记录、传输和显示。

在CRT显像管电视中，电子束投射在涂抹于屏幕内侧的三基色荧光粉上，通过三种颜色的叠加获得各种色彩。在液晶或等离子电视中，通过电信号的激发，改变显像材料的透光特性，借助屏幕上的三基色滤色片成像。

因为人眼的细节分辨能力有限，所以如果屏幕上像素之间的距离足够小，我们就只会看到三基色混合后的色彩所构成的整幅画面。这也被叫做空间相加混色。

Color Balance：色彩平衡。

可以分别调整图像中亮部、中间调或暗部R、G、B的色彩构成。图7-3-6中，只改变了画面中亮部的色彩，其结果与运用Channel Mixer对画面进行整体调整的效果明显不同。

图7-3-6

Color Balance（HLS）：色彩平衡(HLS)。

该效果是通过H(Hue)色调、L(Lightness)亮度和S(Saturation)饱和度调整色彩的平衡度。色调、亮度和饱和度是构成某种颜色的三个基本属性。

如果拍摄过程中出现轻微偏色，可以调整Hue进行补救。如果画面色彩不够鲜明，也可以调整Lightness和Saturation。图7-3-7中，通过降低Saturation，可以得到黑白效果。

图7-3-7

Fast Color Corrector：快速色彩校正。

通过指定白平衡的方法调整图像色彩。使用White Balance中的吸管在调色盘中或图像中吸取颜色作为新的白平衡基准色，图像的整体色调将偏向该颜色的补色（图7-3-8）。

图7-3-8

小知识：白平衡

白平衡是控制图像正常显示白色的基础。在彩色电视系统中规定，三基色适度叠加即构成标准的白色。那么，到底R、G、B的强度分别是多少才算是适度叠加呢？也就是说R、G、B各自占多大比例才能达到一种能够显示标准白色的平衡呢？调整这个比例就是调整白平衡。

例如图7-3-8中，想把一个夏日的镜头处理得偏绿，就可以将白平衡定义为其补色品红色。这时，品红色被认为是标准的白色，则白平衡中需要较多的红色成分和蓝色成分构成标准白色。这时，原始的白色将偏绿，原来画面中的绿色部分将变得更绿。

Leave Color：剔除颜色。

该效果可以剔除选定颜色之外的所有颜色，即在图像中只保留一种颜色。Color To Leave 用于选定保留的颜色，Tolerance 控制颜色的容差，Amount to Decolor 控制颜色剔除的程度，Edge Softness 控制调整区域边缘的柔和度（图7-3-9）。

图7-3-9

Luma Curve：亮度曲线。

初始状态下，亮度曲线是一条与平面成45°的直线，表示图像中的亮度分步呈现正常的映射关系。调整曲线，可以重新定义图像中的各种亮度的分布。移动曲线的右上角，可以调整图像中最亮的区域。移动曲线的左下角控制图像中最暗的区域。曲线的中间部分为中间调过渡区域。

因为颜色是由色调、亮度和饱和度三个参数控制，所以调整亮度曲线后，图像的色彩也会随之变化（图7-3-10）。

图7-3-10

RGB Curves：RGB曲线。

分别控制Mast、Red、Green、Blue四条曲线，调整图像中混合色彩或是红、绿、蓝三个通道中的色彩映射。每个通道中，都可以单独控制亮部、暗部和中间调过渡区域的色彩。仔细观察图7-3-11中在调整结果上与Fast Color Corrector快速色彩校正效果的不同。因为仅调整了绿色曲线的暗部和中间调区域，因此亮部区域（楼房表面）的色彩仍保持白色。

图7-3-11

Three-Way Color Corrector：三路色彩校正。

该效果是Premiere Pro中最为细致的色彩校正工具之一。在控制参数中，不但可以设定White Balance白平衡，还可以设定Black Balance黑平衡和Gray Balance灰平衡。该特效最强大的功能莫过于可以分别校正图像的暗部、中间调和亮部颜色，而且还可以自行定义暗部、中间调和亮部的范围。

图7-3-12中，通过调整中间调和暗部区域的色彩，让图像中的树和草更绿。

图7-3-12

Page Curl：卷页。

该效果参数丰富，可以调整出多种卷页形式。除了控制图像的倾斜、卷页角度及卷曲程度外，还可以为图像投射光源及叠加材质（图7-3-13）。

图7-3-13

4-Color Gardient：四点彩色渐变。

为图像施加类似于渐变镜或滤光镜的效果。将Positions & Colors扩展开，定义四种颜色和他们的位置坐标。在Blending Mode中选择颜色在画面上的叠加方式（图7-3-14）。

图7-3-14

小窍门：用鼠标拖拽定义位置参数

在定义各颜色的位置坐标时，可以用两个数值分别代表屏幕中水平方向和垂直方向的像素位置。我们可以直观地定义这些坐标值。

在 Effect Controls 特效控制窗口中，选中 4-Color Gardient 效果的名称。Program 完成片回放窗口中会出现各控制点。用鼠标直接拖拽这些控制点，坐标参数将随之变化。关于这些坐标值的含义，我们留到第十章再作讨论。

Lens flare：镜头光晕。

该效果可以在画面上叠加逆光拍摄时镜头产生的光斑。首先，在 Lens Type 下拉菜单中选择造成光斑的镜头类型。一般来说，镜头焦距越小，光晕中心点亮度越强，而散射出的光斑数量越少。镜头焦距越大，光晕中心点亮度越弱，散射出的光斑数量就越多。Flare Center 为光晕中心点坐标，可以输入坐标值，也可以选中效果名称后，在 Program 完成片回放窗口中直接拖拽控制点。Flare Brightness 和 Blens With Original 分别控制光晕的亮度和叠加强度（图 7-3-15）。

图 7-3-15

Color Balance（RGB）：色彩平衡。

利用三基色调整图像色彩（图 7-3-16）。

图 7-3-16

Color Pass：色彩过滤。

与 Leave Color 效果类似，保留某种指定颜色，滤除图像中的其他颜色。Color 用于指定颜色，Similarity 用于设置容差。与 Leave Color 效果不同的是，Color Pass 具有反向功能，可以剔除某种指定颜色，保留该颜色之外的所有颜色。

点击 Effect Controls 特效控制窗口中的 █ Setup，在弹出窗口中选中 Reverse。这时，颜色剔除区域和颜色保留区域发生交替。图 7-3-17 中，利用反向功能单独剔除了天空的蓝色。

图 7-3-17

Color Replace：替换颜色。

用另一种颜色替换指定颜色。在 Target Color 中指定被替换的颜色，在 Replace Color 中指定新的颜色。Similarity 用于设置颜色的容差。图 7-3-18 中，雕塑的基座被替换为黑色。

图 7-3-18

Gamma Correction：伽玛校正。

与前面介绍的 Luma Curve 效果类似。Luma Curve 可以重新定义图像中各种亮度的分布，包括最亮、最暗以及中间灰区域。Gamma Correction 不改变图像中最亮和最暗的部分，专门调整中间灰的分布。Premiere Pro 中，伽玛的初始数值为 10，降低该参数将使各种中间灰不同程度地变亮，提高该参数将使各种中间灰不同程度地变暗。

图 7-3-19

小知识：调整亮度、对比度与调整伽玛的区别

亮度与伽玛都可以调整图像的明暗，但是两者的效果和用途各异。

在Program完成片回放窗口右上角的下拉菜单中选择YC Waveform，窗口中的图像将变为波形示波器7-3-19。

在传统线性编辑中，波形示波器是节目制作技术环节中的必备仪器。现在，非线性编辑软件将包括波形示波器在内的多种测试模块集成在操作界面中。

实际上，数字电视信号来源于对模拟信号的转换，而所谓模拟电视信号，就是利用电信号的强弱变化模拟出原始图像的明暗和色彩分布。黑白电视中，电信号的强弱反映了图像的亮度，通过明暗分布再现画面。彩色电视中，分别用三路电信号模拟图像的Y、U、V（由R、G、B转化而来）三个分量的强度，通过三基色的叠加再现色彩。

模拟电视信号的最高幅度被限定为1伏，其中0.7伏用于描绘画面信息，另有0.3伏分配给扫描信号使用。描绘图像的波形一般都分布在刻度0.3至1.0之间，示波器显示就是这部分的模拟电视信号波形。其中，0.3刻度位置的波形对应图像中的黑色（最暗）区域，1.0刻度位置的波形对应图像中的白色（最亮）区域。也就是说，波形位置越低，代表的图像越暗，波形位置越高，代表的图像越亮。正是通过波形的高低变化，模拟出图像的明暗分布。如果屏幕中呈现水平方向的灰度渐变，则其信号波型如图7-3-20所示。

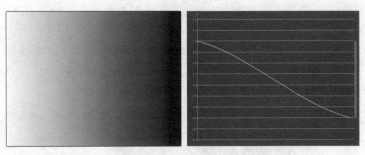

图7-3-20

我们分别为灰度图添加Brightness & Contrast和Gamma Correction效果，在调整参数时观察画面和波形的变化。

Brightness & Contrast可以改变画面的明暗与反差。调整Brightness

参数时，图像中的每个部分都同等程度地变亮或变暗。从波形图可以看出，提升亮度参数时，波形的形状不变，只是因为被整体提升，导致幅度超过1.0的部分被强行处理为1.0。这种现象被称为"白切割"，即因为信号幅度超过了可以显示的亮度极限——白色，而只能将其处理为白色（如果过度降低亮度参数，会出现与之类似的"黑切割"）。

在Program完成片回放窗口右上角下拉菜单中选择Composite Video，切换回画面显示。此时，画面的亮度被整体提升，左侧一些原本接近最亮的像素出现白切割，导致白色区域增大，而右侧原本最暗的区域也相应变亮，导致纯黑色区域消失7-3-21。

图7-3-21

将Brightness参数恢复为初始数值0.0，调整Contrast参数。从示波器中可以看出，对比度控制的是波形的扩展与收缩。降低对比度时，波形以0.65刻度位置（中间灰）为中心收缩。提升对比度时，波形以0.65刻度位置（中间灰）为中心扩展，同时出现白切割与黑切割。由此可见，调整对比度可以保持中间灰不变，增大或减小亮部与暗部之间的差距，从而使图像呈现更强或更弱的反差7-3-22。

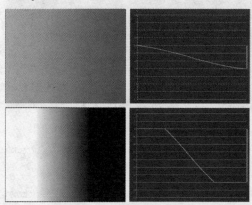

图7-3-22

伽玛校正的作用与对比度正好相反。将Contrast参数恢复为初始数值0.0，调整Gamma参数。

从示波器中可以看到，无论增大或减小Gamma数值，波形的顶点（1.0刻度位置）及底端（0.3刻度位置）保持不变，而中间部分出现变形，导致中间灰附近的区域更亮或者更暗（图7-3-23）。

由此可见，调整伽玛可以保持图像中最亮和最暗的部分，改变中间层次的灰度分布，从而增加或减少图像中偏亮或偏暗区域的面积。

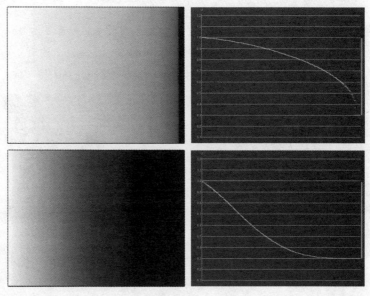

图7-3-23

小窍门：调整画面层次的依据

通过上面的讲解，我们了解了亮度、对比度和伽玛之间的区别。那么，面对一个镜头，到底应选择调整哪个参数呢？

为了做出判断，需要观察画面中的三个部分：最亮区域、最暗区域、图像的灰度分布情况。也可以切换至波形示波器，以波形作为调整图像的依据。

如图7-3-24所示，如果图像中最亮处并未显示为白色（例如图中白云的亮度偏暗），同时图像中存在一定面积的纯黑色（如图中的雕塑背光面，树丛以及楼房的窗户），查看波形，出现黑切割且波形最高点未达到1.0刻度位置，这时，可以通过提高亮度参数改善图像。

图 7-3-24

通常，拍摄时的曝光不足或逆光拍摄，需要在后期制作中调整亮度参数加以补偿。

如果图像中最亮部分并未显示为白色，同时最暗处未显示为纯黑色，查看波形，最高点未达到1.0刻度位置，最低点未达到0.3刻度位置，这时，可以通过提高对比度参数改善图像（图7-3-25）。

图 7-3-25

通常，在雾天等存在不良空气透视因素或光线昏暗的环境中拍摄，可以在后期制作中通过调整对比度参数加以弥补。

如果图像中最亮及最暗部都正常显示为纯白与纯黑，但偏亮或偏暗的区域所占比例过大，导致图像中层次失衡，查看波形，最高点、最低点虽然位于1.0及0.3刻度位置，但波形分布不均，大量集中于某一刻度范围，这时，可以通过调整伽玛参数改善图像（图7-3-26）。

图 7-3-26

通常，拍摄时用光不合理，导致部分区域照度不足或照度过度，以及构图中无法回避大面积阴影或大面积强光区域时，可以在后期制作中通过调整伽玛参数加以弥补。

亮度、对比度以及伽玛都能够调整画面的层次，但并不等于在拍摄过程中可以降低要求。对于严重的拍摄瑕疵，任何后期调整手段都可能无济于事。

Color Key：色键。

色键也被称为抠像，是电视制作中的常用效果。在画面中指定一种颜色，凡是该颜色所在的区域，会在色键的作用下变得透明。这时，下层轨道的画面则可以作为背景，填充到透明区域中。

Key Color 可以吸取颜色，Color Tolerance 用于调整颜色容差，Edge Thin 可以扩展或收缩透明区域的边缘，Edge Feather 用于调整边缘的柔和程度。

图 7-3-27 中，透明区域用网格表示。

图 7-3-27

小窍门：使用色键

一般来说，使用色键时，素材中的剔除区域应颜色均匀。画面中保留区域应避免存在与剔除色相同的颜色，否则会被一并剔除。如果要得到较为理想的效果，应尽量确保剔除色与保留色具有足够的反差。例如，对人物进行抠像时，常在蓝色背景下拍摄。这是因为我们的肤色偏黄，而蓝色（作为剔除色）是黄色的补色。画面中，人物的着装也应尽量避免接近蓝色。在欧美，相当数量的人眼珠呈蓝色，所以抠像时背景常选择绿色。

我们将待剔除颜色的镜头叫做前景，填充透明区域的镜头叫做背景。在非线性编辑中，一般会将前景镜头置于上层轨道，对其施加 Key Color 效果，背景镜头放置在下层轨道，位置上与前景镜头重叠。

Image Matte Key：图片遮罩。

自行指定一张图片作为遮罩，控制镜头中的显示区域与隐藏区域。

例如，创建一张灰度图片如图 7-3-28。点击 Effect Controls 特效控制窗口中的  Setup，选择该图片。在 Composite Using 中，选择 Matte Luma，即以灰度图片的亮度变化作为遮罩。这时，灰度图片中，亮部区域显示画面，暗部区域呈现为透明。中间灰度过渡区域，画面按照灰度分布呈现半透明状态。如果在下拉菜单中选择 Matte Alpha，那么画面将以选中图片的 Alpha 通道作为遮罩。

图 7-3-28

此时，如果下层轨道上存在镜头，则可作为背景画面填充于透明区域。

Track Matte Key：轨道遮罩。

Track Matte Key 效果可以将某个轨道指定为遮罩，控制其他轨道上的镜头显示。其效果与 Image Matte Key 类似，但操作方法略有不同。

按照从上至下的顺序，在三个视频轨道上依次放置作为遮罩使用的灰度图片、前景画面、背景画面。本例中，前景画面和背景画面选用了同一镜头（图 7-3-29）。

图 7-3-29

在 video 2 轨道上的前景画面上施加 Track Matte Key 效果。将 Matte 下拉菜单指定为 Video 3，表示以 Video 3 上的镜头作为遮罩。将 Composite Using 指定为 Matte Luma。这样，Video 3 中镜头的亮部区域将显示前景镜头的画面内容，而暗部区域将透明，以便填充背景镜头中的画面，在中间灰度过渡区域，前景画面按照灰度分布呈现半透明状态，与背景画面重叠。

为了让 Video 1 上的背景画面与 Video 2 上的前景画面有所区别，为 Video 1 上的镜头添加 Gaussian Blur，并适当调整参数。

图 7-3-30 中依次为 Video 3 上的灰度遮罩、Video 2 上的前景画面、Video 1 上的背景画面、最终效果。

图 7-3-30

小窍门：Image Matte Key 与 Track Matte Key 的区别

两个效果都可以做到按照自定义的轮廓，将两层画面叠加。

因为使用图片作为遮罩，Image Matte Key 用于固定轮廓的画面叠加。

Track Matte Key 可以使用轨道中的活动画面作为遮罩，因此可以实现动态遮罩。

Basic 3D：基本三维。

用于控制图像在 X 轴和 Y 轴的旋转。围绕这两个轴旋转可以使画面呈现透视效果（图 7-3-31）。

图 7-3-31

Bevel Edges：立体边框。

为图像加入立体边框。四个参数依次可以控制边框宽度、反光方向、光线颜色和光线强度（图7-3-32）。

图7—3—32

Crop：裁切。

对画面进行裁切，重新定义其四个边缘。可以直接输入参数的数值，也可以选中特效名称，在Program完成片回放窗口中拖拽控制点（图7-3-33）。

图7—3—33

Edge Feather：边缘柔化。

将图像边缘处理得柔和。需要注意的是，该特效只对图像的原始边缘有效。对于施加裁切等效果而形成的新的边缘，该效果没有作用（图7-3-34）。

图7—3—34

第四节　效果的叠加

同一个镜头上可以添加多个效果，这种能够叠加使用的特性是效果与过渡特技的重要差别。在某镜头接点上，我们只能添加一种过渡特技。如果添加新的过渡特技至该接点，原有的过渡特技将被替换，效果则不同。我们可以将若干效果赋予同一个镜头，甚至在某个镜头上多次添加同一效果。

通常，效果的叠加使用出于以下两种目的。第一，通过反复叠加同一效果实现更精确的控制或更大的调整范围。第二，通过叠加不同效果得到单一效果难以实现的特技形式。也正是因为具有叠加特性，使得可以通过本来有限的效果类型组合出更多的变化，拓展视觉的表现力。

同一效果的叠加

例如，利用 Eight-Point Garbage Matte、Six-Point Garbage Matte 或 Four-Point Garbage Matte 可以直接勾勒形状，从画面中提取出多边形，但是，图7-4-1中较为复杂的轮廓，即使使用Eight-Point Garbage Matte，也显然不可能一次提取出来。

这时，就需要重复叠加Eight-Point Garbage Matte，还可以组合使用Six-Point Garbage Matte 或 Four-Point Garbage Matte。控制参数时，可以选中效果名称，直接在 Program 完成片回放窗口中拖拽控制点。

图7-4-1

小窍门：色键的重复叠加

Color Key 和 Chroma Key 都可以用于抠像，而且都有控制色彩容差的参数。在 Color Key 中，Color Tolerance 参数控制容差，在 Chroma Key 中，Similarity 参数控制容差。

有时，由于拍摄条件所限，用于抠像的前景画面中，剔除色可能并不如想象般均匀一致，无法通过调整容差剔除干净；还有时，可能需要对镜头中的多种颜色进行抠像。

上述情况下可以叠加多个色键，每个色键只控制部分颜色范围，从而实现更加精确的颜色剔除。

不同效果的叠加

不同效果的叠加使用可以丰富和拓展现有的特技形式，灵活搭配还可以获得自定义效果，得到众多单一效果无法直接实现的画面处理形式，为创作者提供了发挥的自由空间。下面，我们通过一系列练习，实践多种效果的搭配与组合。

镜头旧化效果：**Color Balance(HLS)、Color Balance(RGB) 和 Noise** 叠加。

节目制作中，涉及年代久远的段落，如果缺乏真实的影像资料，使用"情景再现"是通常的做法。有时，我们会通过处理，让镜头看上去比较老旧，为节目赋予一种"历史"色彩。

通过 Color Balance(HLS)、Color Balance(RGB)和 Noise 三个效果的组合，可以完成镜头的旧化（图 7-4-2）。

1.为镜头添加 Color Balance (HLS)效果。将 Saturation 参数调整为 -100，画面色彩被完全滤除，变为黑白。

2.为镜头添加 Color Balance(RGB)效果。适当提升 Red 参数的数值，降低 Blue 参数的数值，画面将偏黄色。

3.为镜头添加 Noise 效果。适度调整 Amount of Noise 参数，同时取消 Noise Type 的勾选状态，为图像加入单色噪点。

图 7-4-2

图7-4-3

在Effect Controls特效控制窗口中，所有特效参数如图7-4-3。可以打开或关闭每个效果前的 ⓕ 标志，查看各特效的作用。

柔光镜效果：**Brightness & Contrast、Color Balance（HLS）**和 **Camera Blur** 叠加。

利用Brightness & Contrast、Color Balance（HLS）和Camera Blur模拟柔光镜拍摄效果。

1.如图7-4-4所示，在Video 1和Video 2上放置相同的镜头，且上下对齐。其中，Video 2中的镜头用于产生柔光，而后叠加于Video 1中的镜头上。

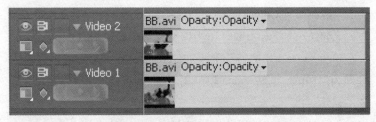

图7-4-4

2.在Video 2中的镜头上添加Brightness & Contrast，适当增加Brightness的数值，大幅提升Contrast，得到反差强烈的图像。

3.继续添加Color Balance（HLS），调整Saturation参数，将图像处理为黑白的。

4.继续添加Camera Blur，适当调整Percent Blur。

5.在Effect Controls特效控制窗口中，扩展开Opacity，用Opacity参数为镜头设定透明度，并在Blend Mode下拉菜单中选择Lighten，设定该镜头与下层轨道的叠加模式。

此时将柔光效果叠加在Video 1轨道的镜头上（图7-4-5）。

图7-4-6

图7-4-5

位于Video 2轨道上的镜头中各效果参数如图7-4-6。

水墨画效果：**find Edges、Brightness & Contrast、Color**

Balance(HLS)、**Fast Blur** 以及 **Median** 叠加。

利用 find Edges、Brightness & Contrast、Color Balance(HLS)、Fast Blur 以及 Median 搭配出水墨画效果。

1.与上个例子相同，在 Video 1 及 Video 2 上放置上下对齐的相同镜头。

2.在 Video 2 中的镜头上添加 find Edges，适当调整参数，提取图像中的轮廓线。

3.继续添加 Brightness & Contrast，利用参数调整图像的黑白对比度。

4.继续添加 Color Balance（HLS），将图像处理为黑白的。

5.继续添加 Fast Blur，适当调整线条的模糊程度。

6.在 Video 1 中的镜头上添加 Color Balance（HLS），将图像处理为黑白的。调整 Video 1 中的镜头时，可暂时关闭 Video 2 轨道的显示。

7.在 Video 1 中的镜头上添加 Median，适当调整参数。

8.重新选中 Video 2 中的镜头，并恢复 Video 2 轨道的显示。在 Effect Controls 特效控制窗口中，扩展开 Opacity，用 Opacity 参数为镜头设定透明度，并在 Blend Mode 下拉菜单中选择 Overlay，设定该镜头与下层轨道的叠加模式（图 7-4-7）。

图 7-4-7

图 7-4-8

Video 2 轨道上的镜头中各效果参数如图 7-4-8。

Video 1 轨道上的镜头中各效果参数如图 7-4-9。

叠加顺序

有些情况下，效果叠加的先后顺序会影响到最终的画面处理结果。在 Effect Controls 特效控制面板中，先添加的效果位于上部，后添加的效果位于下部。各效果对镜头的处理顺序也是自上

图 7-4-9

而下的。需要调整效果顺序时，可以用鼠标拖拽效果名称，上下移动其排列位置。

例如，在水墨画效果中，上下移动 Video 2 轨道中镜头上的 Find Edges，可以看到最终的画面效果会有所不同。

甚至在有些情况下，错误的叠加顺序将导致无法得到预期的效果。例如在镜头旧化效果中，如果调换 Color Balance(HLS)和 Color Balance(RGB)的顺序，无论如何调整 Color Balance(RGB)中的参数，最终得到的画面都是黑白的。因为，Color Balance(HLS)处理顺序在后，所以不管图像被调整为何种色调，最终都会被滤除为黑白的。

第五节　　特效生成

我们已经察觉到，当加入过渡特技或效果时，时间线中的时码刻度位置会出现红色的生成标志线。该标志线意味着所覆盖的段落需要生成，以确保实时回放。

生成，也称为渲染。在某些段落中，因为施加的特效或镜头格式存在差异等原因，需要通过额外的计算才能正常输出图像。如果计算量超出了系统硬件的处理能力，则无法实时回放。生成过程，就是预先计算出视频和音频的数据，并存储在硬盘上，以便回放时直接读取这些数据。

如何生成

关于生成的操作并不复杂，Timeline时间线窗口处于选中状态时，直接按下enter键即可开始生成，弹出窗口中显示生成的进度以及估计剩余时间。如果想中断生成过程，可以随时按下Cancel按钮（图 7-5-1）。

生成完毕，红色的生成标志线将变为绿色，表示该段落可供正常回放。

控制生成范围

并非所有的过渡特技及效果都需要生成，部分特效可以直接回放。根据硬件平台计算能力的差异，不同系统中可供实时回放

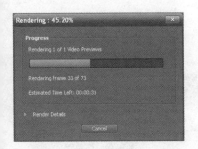

图 7-5-1

的特效数量不等。处理能力越强，实施回放的特效就越多。因此，在编辑过程中，可能并不需要生成所有特效，即使遇到不能实时回放的特效，也可以先调整好效果参数，回放预览大致效果，等到编辑过程结束，一并进行生成。

利用时码刻度下方的工作区域标志，可以选定生成范围。如果 Snap 吸附功能开启，用鼠标拖拽工作区域的两端，就可以自动靠拢时间线中的编辑点。如图7-5-2所示，按下enter键后，生成只在工作区域范围内进行。

图 7-5-2

生成的时间与存储空间

生成过程不可避免地要消耗时间与存储空间。

生成过程所占用的时间与下列因素有关：

1.所需生成的段落长度。越长的段落生成越耗时。

2.特效的样式。不同的特效拥有不同的算法，所需的计算量也存在差异。

3.参数的大小，即图像的处理程度。一般来说，图像较原始状态差距越大，所需的生成时间越长。

图像较原始状态差距越大，并不意味着效果的参数值越大。例如Mosaic效果中，参数数值越大，反而图像越接近于原始状态。

4.特效叠加数量越多，所需的处理越复杂，生成越耗时。

有些情形下，生成过程会非常耗时。控制以下方面尽可能加快进程：

1.利用工作区域标志指定生成范围，避免生成实时特效，减少需要生成的段落。

2.对于样式近似的特效，生成速度较快的应优先使用。例如，Gaussian Blur 和 Fast Blur 功能类似，但是处理速度却不同。

3.尽量避免调整过度。只要能够满足表现意图即可，避免使用不必要的参数，或将参数调整得过于偏离初始状态。

4.通过叠加特效实现独特效果时，选择最为便捷和简化的特效组合。

生成过程会产生用于回放的视频和音频数据。在时间线的视频和音频格式已经确定的情况下，生成数据所占用的硬盘空间与以下因素有关：

1.所需生成的段落长度。

2.是否反复调整并反复生成同一段落。有时，某镜头上的特效参数经过多次调整，生成过程也会反复进行，这会导致成倍占用硬盘空间。

因此，除了控制生成范围外，应尽量避免反复生成同一段落。

生成数据的存储与删除

生成数据的存储位置是在新建项目时指定的。在New Project项目设置窗口的 Scratch Disks 标签中，Video Previews、Audio Previews分别用于指定视频预览文件和音频预览文件的存储路径。在第一章中，我们已经建议大家将这两个选项设置为与项目文件相同的路径。

如果现在需要查看或修改该设定，可以选择菜单 Project → Project Settings → Scratch Disks(图 7-5-3)。

图 7-5-3

在菜单 Sequence 中，可以选择 Delete Render Files，删除当前Sequence中的全部生成数据，或者选择Delete Work Area Render Files，只删除工作区域中的生成数据(图 7-5-4)。

图 7-5-4

第八章　动态效果

　　每种效果都是对画面的一种艺术处理，借助搭配组合，还可以得到更为丰富的特效样式，但是，我们对效果的应用并不仅仅满足于创造各种样式。很多时候，我们希望镜头带有的效果能够在受控状态下呈现强弱变化，这就是动态效果。

　　实际编辑过程中，动态效果在特效制作中占有相当大的比重。回想上一章，我们所作的效果都是静态效果，也就是说，当我们调整好效果的参数后，整个镜头中每一帧都呈现出相同的效果强度。本章中，我们将让这些参数"活起来"。

第一节　动态效果的实现

　　让参数随回放进程发生改变，就可以实现动态效果。在非线性编辑中，控制参数变化需要依靠关键帧。

　　关键帧是记录在某帧画面上的特殊标记，在这个标记中，可以存储效果的各个参数。如果为镜头在不同帧上添加关键帧，而各个关键帧上又设定了不同的参数值，效果强度就会随之产生变化。

实现动态效果的条件

　　实现动态效果，需要同时满足以下两个条件：

　　1.镜头上关键帧的数量不得少于两个。两个或者更多的关键帧才能保证为镜头设置不同的效果参数。如果只有一个关键帧，调整参数后只能得到静态效果，与不设置关键帧直接调整特效参数的结果相同。

　　2.相邻的两个关键帧上，效果参数的数值必须不同，否则，也只能得到静态效果。

添加关键帧

我们仍然以参数较少、调整简单且画面变化明显的效果——Gaussian Blur高斯模糊为例，制作动态效果，让画面按照设定产生虚实变化。

1.为镜头添加Gaussian Blur效果。

2.选中镜头，在Effect Controls特效控制窗口中扩展Gaussian Blur，显示其参数。因为要实现虚实变化，所以应当对Blurriness参数设定关键帧。

3.在Effect Controls特效控制窗口右侧区域，显示了效果所在的镜头和当前回放标志，移动该标志时，时间线中的当前回放标志会同步移动。如果特效控制窗口中未显示该区域，可以点击窗口右上角的 ≪ Show/Hide Timeline View打开该区域。

4.将当前回放标志定位在镜头中的某帧，点击Blurriness参数左侧的 ◎ Toggle Animation动态效果开关。此时，Effect Controls窗口右侧区域，当前回放标志所在位置会出现一个关键帧标志 ◆ 。

5.仅添加一个关键帧无法实现动态效果。移动当前回放标志，点击参数右侧的 ◎ Add/Remove Keyframe按钮，继续为镜头添加关键帧。开启 ◎ Toggle Animation动态效果开关只能为镜头添加第一个关键帧，添加其他关键帧都要通过 ◎ Add/Remove Keyframe按钮。

6.如果想在时间线窗口中显示这两个关键帧标志，在位于镜头上的下拉菜单中选择与特效控制窗口中相对应的选项Opacity:Opacity→Gaussian Blur→Blurriness。关键帧和代表特效参数值的黄线出现在镜头上(图8-1-1)。

图 8-1-1

7.现在，需要为关键帧设置参数值。新添加的关键帧各参数的初始数值为当前该帧画面上的效果参数值。因为添加关键帧之前Blurriness参数为0.0，所以两个关键帧的Blurriness参数值也为0.0。先利用参数右侧的 ◁ Go to Previous Keyframe或 ▷ Go to Next Keyframe将当前回放标志定位于该关键帧上，然后为该关键帧设置参数值。现在，我们将第一个关键帧的Blurriness参数设置为100.0，第二个关键帧的Blurriness参数保持0.0不变。

8.回放查看效果。

从第一个关键帧开始，画面从模糊逐渐变得清晰，直到第二个关键帧位置，画面完全恢复原始状态 (图8-1-2)。可见，设定好关键帧后，关键帧之间的动态效果将自动实现。

图 8-1-2

在本例中，第一个关键帧并未位于镜头首帧，第二个关键帧未在镜头尾帧。如果回放镜头首帧到第一个关键帧之间的段落，因为该段落中只有一个关键帧，不满足实现动态效果的必要条件，那么画面为静态效果，一直保持数值为100的模糊程度。同理，回放第二个关键帧到镜头尾帧这一段时，画面一直保持原始的清晰状态。上述编辑结果可参考配套光盘中实例文件夹内的Sample8.avi。

删除关键帧

利用以下方法之一即可以删除关键帧。

1.在 Effect Controls 特效控制窗口中，选中关键帧，直接按 delete 键，或在鼠标右键菜单中选择 Clear。

2.在 Timeline 时间线窗口中，选中关键帧，直接按 delete 键，或在鼠标右键菜单中选择 Delete。

3.将当前回放标志定位在关键帧上，通过 ▣ Add/Remove Keyframe 按钮删除当前的关键帧。也就是说，当回放位置标志上没有关键帧时，▣ Add/Remove Keyframe 按钮可以在该位置添加关键帧；当回放位置标志上有关键帧时，▣ Add/Remove Keyframe 按钮的作用变为删除该关键帧。

移动关键帧

在 Effect Controls 特效控制窗口中，或者在 Timeline 时间线窗口中，用鼠标左右拖拽关键帧标志可重新定位关键帧。

控制关键帧的位置和数量

在关键帧的操作上，应该掌握一个原则：以达到预期的动态效果为前提，添加关键帧的数量越少越好。也就是说，设法用尽量少的关键帧实现某种动态效果。关键帧不应被随意添加，每个

图 8-1-3

图 8-1-4

图 8-1-5

关键帧都应该具有存在的必要性。

如图 8-1-3 所示,镜头中三个关键帧等距分布。假设从左至右三个关键帧的数值依次为 0、100 和 200,那么从第一个关键帧到第三个关键帧的动态参数呈线性变化,这时,中间的关键帧就没有存在的必要。

从时间线窗口中镜头上的黄线也可以看出效果参数的变化趋势,如果去掉中间的关键帧,动态效果不受任何影响(图 8-1-4)。

但是,如果我们移动其中一个关键帧的位置,破坏等距分布,则中间的关键帧可以起到改变动态参数变化速度的作用(图 8-1-5)。

因此,每个关键帧都应位于参数的动态趋势发生改变的位置。

第二节　　动态效果举例

本节中,通过若干练习深入理解并熟练掌握动态效果的制作。

本节练习：彩色／黑白渐变

利用 Color Balance(HLS)效果,实现彩色与黑白之间的渐变。编辑结果可参考配套光盘中实例文件夹内的 Sample9.avi。

1.为镜头添加 Color Balance(HLS)效果。

2.将当前回放标志定位在渐变过程的起始位置。

3.打开 Saturation 参数的 Toggle Animation 动态效果开关,在当前回放标志所在帧上将出现一个关键帧。该关键帧的 Saturation 参数为 0.0。

4.将当前回放标志定位在渐变过程的结束位置。

5.点击 Add/Remove Keyframe 按钮添加新的关键帧。将该关键帧的 Saturation 参数设为 -100。

6.回放,查看效果。

7.根据需要,决定是否通过镜头上的下拉菜单,显示各关键帧,以及进一步调整各关键帧的位置。

8.判断是否需要生成。

本节练习：自定义屏幕分割，尝试自动添加关键帧

利用Crop效果，实现动态的屏幕分割。编辑结果可参考配套光盘中实例文件夹内的Sample10.avi。

1.分别在 Video 1 和 Video 2 轨道中添加镜头，两镜头构成屏幕分割效果的部分应上下重叠(图 8-2-1)。

图 8-2-1

2.为上层轨道的镜头添加 Crop 效果。

3.定位当前回放标志于上层镜头的首帧。

4.在 Effect Controls 特效控制窗口中，选中 Crop 效果的名称。在Program完成片回放窗口中，画面边框将出现控制点。同时打开Left、Top、Right、Bottom四个参数的动态效果开关，窗口右侧将出现一组关键帧标志。

5.拖拽 Program 完成片回放窗口中的控制点，调整画面裁切，让上层镜头隐藏，下层镜头完全显现。随着控制点的移动，四个边缘的位置将记录在对应的参数中。

6.借助时码控制当前回放标志向右移动特定长度。直接在Program完成片回放窗口中拖拽控制点，定义新的屏幕分割位置。这时，会自动为发生改变的参数添加关键帧，并且记录参数值。

7.将当前回放标志定位到下层镜头的尾帧，即镜头上下重叠的结束位置。从该位置向左移动特定长度（与步骤6中的移动距离相等）。仅对在步骤6中发生改变的参数添加关键帧。添加的关键帧将继承步骤6中的关键帧参数。该关键帧与步骤6中的关键帧共同起到保持屏幕分割位置的作用。

8.将当前回放标志定位到下层镜头的尾帧，直接在Program完成片回放窗口中拖拽控制点，调整画面裁切，让上层镜头完全显现，下层镜头隐藏。

9.回放，查看编辑结果，进一步调整各关键帧。判断是否需要生成（图 8-2-2）。

图 8-2-2

小窍门：自动添加关键帧

将当前回放标志定位于某帧画面上，如果 ⊙ Toggle Animation 动态效果开关处于开启状态，直接改变参数值可以在该帧画面上自动添加关键帧。

充分利用自动添加关键帧，可以省略点击 ⊡ Add／Remove Keyframe 按钮这个步骤。

本节练习：自定义卷页效果，尝试为多个参数设置动态

Page Curl 效果和 Basic 3D 效果叠加使用，实现动态卷页（图 8-2-3）。编辑结果可参考配套光盘中实例文件夹内的 Sample11.avi。

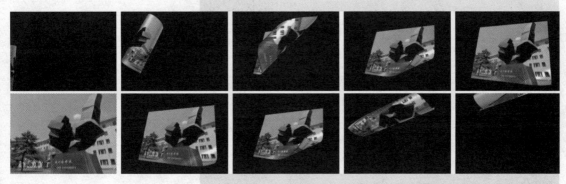

图 8-2-3

1. 为镜头添加 Basic 3D 效果。

2. 打开 Distance to Image 参数的动态效果开关，在镜头中部添加两个关键帧，数值为0.0。这两个关键帧用于控制图像展开充满整个屏幕的时间。

3. 在两个关键帧外侧的对称位置，设置 Distance to Image 参数值为 60.0，即可自动添加两个关键帧。这两个关键帧用于控制图像进入和消失时的缩放。如图 8-2-4 中四个 Distance to Image 关键帧的参数依次为 60.0，0.0，0.0，60.0。

　▶ ⊙ Distance to Image　60.0　　　　◀　　　◇　　　◇　　　◇　　　◀

图 8-2-4

4. 为镜头添加 Page Curl 效果。

5. 利用 ◀ Go to Previous Keyframe 或 ▶ Go to Next Keyframe 按钮控制当前回放标志，在对齐 Distance to Image 参数中间两

个关键帧的位置，为Surface Angle 'Y'、Surface Angle 'X'和Curl Amount参数设置关键帧，数值均为0.0。

6.在对齐Distance to Image参数外侧两个关键帧的位置，为Surface Angle 'Y'、Surface Angle 'X'、Angle of Curl和Curl Amount参数设置关键帧，数值分别为21.0，24.0，-59.0和39.0。

7.现在，我们已经在不同位置上为镜头设置了4组关键帧。在最外侧的对称位置，再为Angle of Curl和Curl Amount设置两组关键帧，Curl Amount的数值均为100.0，Angle of Curl的数值分别为28.0和-84.0。

8.设置完成后，所有关键分布如图8-2-5。外侧的两组关键帧将画面控制在屏幕之外，内侧的两组关键帧控制画面的全屏显示，另外两组关键帧为卷页入画和出画效果的中间状态。图中，还调整了Key Light Angle 'A'和Key Light Angle 'B'两个反光参数。如果光源静止不动，则可以不必设置关键帧。

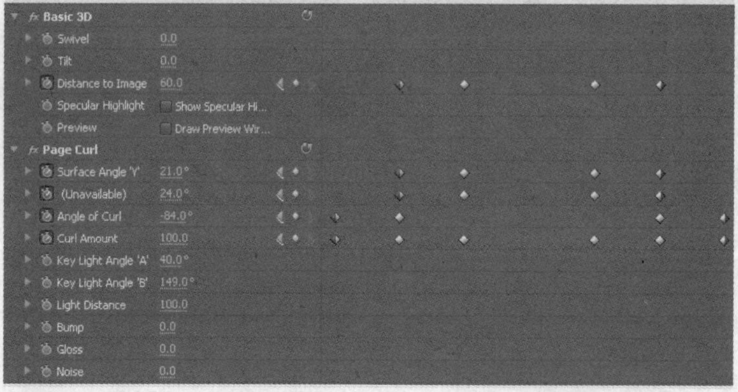

图8-2-5

小窍门：复制关键帧

在上面的练习中，第二组与第四组关键帧、第三组与第五组关键帧的所有参数完全相同。创建类似关键帧时，就可以通过复制简化操作。

1.选中单个关键帧，也可以同时选择同一帧上或不同帧上的若干关键帧。在鼠标右键菜单中选择Copy，或选择菜单Edit→Copy。

2.将当前回放标志定位于希望添加相同关键帧的位置，在鼠标右键菜单中选择Paste，或选择菜单Edit→Paste。

3.复制的关键帧将保持源关键帧的全部参数。如果一次复制不同帧上的若干关键帧，被复制出来的这些关键帧之间的间隔也保持不变。

小窍门：复制效果

在上面的练习中，如果多个镜头以相同的卷页效果依次入画和出画，就可以通过复制效果简化操作。

1.设定好一个镜头的卷页效果。

2.在 Effect Controls 特效控制窗口中，选中需要复制的效果的名称（可以按住 ctrl 键同时选中多个效果），在鼠标右键菜单中选择 Copy，或选择菜单 Edit → Copy。

3.选中新镜头，在 Effect Controls 特效控制窗口中的空白位置，点击鼠标右键菜单中的 Paste。

4.复制的效果将保持源效果中的全部关键帧和参数设置。

第三节　灵活运用动态效果

效果的主要功能是针对某个镜头进行风格化的处理，但是，很多动态效果也可以用来实现镜头之间的过渡。这种对效果的灵活运用可以丰富和补充镜头转换的形式。

用动态效果实现镜头过渡

我们以 Gaussion Blur 效果为例，借助动态效果完成镜头之间的虚化过渡。本实例的编辑结果可参考配套光盘中实例文件夹内的 Sample12.avi。

1.让 A、B 两个镜头在同一轨道中首尾相接。剪接时，需特别注意两镜头间应留有足够的过渡余量，避免出现夹帧。

2.为 A 镜头添加 Gaussion Blur 效果。

3.将当前回放标志定位在距离镜头尾帧一秒的位置，打开 Blurriness 的动态效果开关，添加关键帧，其参数为 0.0。

4.将当前回放标志定位在镜头尾帧，修改 Blurriness 的参数值为 100.0，该位置将自动添加关键帧。

5.为 B 镜头添加 Gaussion Blur 效果。

6.在 B 镜头的首帧和距首帧 1 秒的位置添加两个关键帧，Blurriness 的参数值分别为 100.0，0.0。

7.回放编辑结果。虽然接点两端的画面被处理得较为模糊，但毕竟两个画面的内容和色调存在差异，所以仍然能够察觉到接点处镜头的跳变。为了让过渡更加流畅，可以在接点上添加 Cross Dissolve 过渡特技。这时，原始的镜头接点将被完全掩盖（图8-3-1）。

图 8-3-1

本节练习：用 Mosaic 效果实现镜头过渡

实现的方法与上例类似，但是这次需要同时对两个参数设置动态效果。编辑结果可参考配套光盘中实例文件夹内的 Sample13.avi。

1.让 A、B 两个镜头在同一轨道中首尾相接。

2.为 A 镜头添加 Mosaic 效果。

3.将当前回放标志定位在距离镜头尾帧 1 秒的位置，打开 Horizontal Blocks 和 Vertical Blocks 的动态效果开关，添加关键帧。

当前，项目设置为 DV-PAL 制式中的 Standard 48kHz。正如在 New Sequence 新建序列窗口中所显示的一样，Frame size 帧尺寸为 720h 576v，也就是说当前无论屏幕分辨率还是素材分辨率都是水平方向 720 个像素，垂直方向 576 个像素，所以，在 Mosaic 效果中，只要水平和垂直方向马赛克块的数量分别超过 720 和 576，则可以得到完全清晰的原始画面。

这里，我们将两个关键帧的参数均设为 800。

4.将当前回放标志定位在 A 镜头尾帧，修改 Horizontal Blocks 和 Vertical Blocks 的参数值为 10，该位置将自动添加一组关键帧。

5.为 B 镜头添加 Gaussion Blur 效果。

6.在 B 镜头的首帧添加两个关键帧，Horizontal Blocks 和

Vertical Blocks 的参数值分别设置为10。

7.在B镜头距首帧1秒的位置添加两个关键帧，Horizontal Blocks 和 Vertical Blocks 的参数值分别设置为800。

8.回放编辑结果。考虑到 Mosaic 效果对图像的处理样式，我们不再需要为镜头接点添加过渡特技。

9.在两组关键帧之间，Horizontal Blocks 和 Vertical Blocks 参数的数值在10和800之间均匀渐变，但是，回放画面时，会感觉马赛克效果的强弱变化并不均匀。这是因为参数值接近800时，马赛克效果较弱，镜头与原始清晰的画面差别不大，只有参数值接近10时，马赛克效果才显得比较强烈。由此可见，对于某些效果，参数值的均匀变化并不代表着视觉感受的均匀流畅。

进一步修饰该效果，分别在A镜头和B镜头上的两组关键帧中间再加入一组关键帧，如下图所示适当调整关键帧的位置和数值，控制马赛克效果的变化趋势(图 8-3-2)。

10.回放编辑结果（图 8-3-3）。

图 8-3-2

图 8-3-3

接点位置的参数衔接

因为涉及运动方向、动态趋势等，用某些效果实现镜头过渡时，在参数设置上需要比较细致的设定。

例如，可以利用 Basic 3D 效果实现 A、B 镜头之间的翻转过渡，编辑结果可参考配套光盘中实例文件夹内的 Sample14.avi。设定参数时，必须确保两个镜头在翻转方向上能顺利衔接(图 8-3-4)，

图 8-3-4

1.为A镜头添加Basic 3D效果。打开Swivel参数的动态效果开关，在接近镜头尾帧处和镜头尾帧添加两个关键帧。

2.将左侧关键帧的数值设定为0.0°，将镜头尾帧上的关键帧数值设定为90.0°。A镜头将旋转并逐渐消失。

3.为B镜头添加Basic 3D效果。打开Swivel参数的动态效果开关，在镜头首帧和接近镜头首帧的位置添加两个关键帧。

4.为了让B镜头的旋转方向与A镜头保持一致，确保镜头过渡中的运动衔接，将首帧的关键帧数值设定为-90.0°，将尾帧上的关键帧数值设定为0.0°。B镜头将保持与A镜头顺向旋转，并逐渐显现。

关于生成

上一章中，我们已经了解了如何提高生成速度，节省硬盘空间。在有些情况下，可以通过人为判断进一步压缩生成范围，提高节目制作效率。

例如上例中翻转过渡制作完成后，时间线显示如图8-3-5。

图 8-3-5

因为在两镜头上添加了效果，所以两镜头都被红色生成标志线覆盖。但实际上，只有四个关键帧所在的范围真正带有效果，其他段落为原始画面。所以，我们可以手动缩减生成范围。

1.在Tools工具窗口中，选择 Razor Tool裁刀工具。该工具可以切断镜头。如果时间线中的镜头同时包含画面和声音，裁刀工具会将他们一并切断。如果想单独切断画面或声音，可以按下alt键后使用裁刀工具。如果时间线窗口中的 Snap吸附功能打开，则裁刀工具可以自动对准邻近的编辑点或当前回放标志。

2.使用裁刀工具，在A、B镜头最外侧的两个关键帧上切开镜头，使两个镜头变为四个镜头。为了尽量操作准确，可以调整显示比例划块放大时间线操作。

3.在Tools工具窗口中，重新选择 Selection Tool工具，以便鼠标恢复正常操作。

4.分别选中两端的镜头，在Effect Controls特效调整窗口中删除已有的效果。

5.此时，红色生成标志缩小覆盖范围，只需要生成真正带有效果的段落(图8-3-6)。

图 8-3-6

第九章　序列的嵌套

非线性编辑界面中,完成片位于Timeline时间线窗口的Sequence序列中。Premiere Pro的时间线窗口中,可以同时放置若干个Sequence序列。每个完成片都对应着一个Sequence序列, 因此, 时间线窗口中可以同时容纳不止一个完成片。

在此之间, 我们都是将目光集中于一个完成片, 或者说一个Sequence序列。本章中, 我们将更加深入地了解Sequence序列, 掌握如何利用多个Sequence序列协同工作, 提高节目的制作效率, 提升画面效果。

第一节　管理 Sequence 序列

还记得第一章中的New Sequence新建序列窗口吗? 这是我们新建项目时, 必须面对的一个窗口。完成窗口中的设定后, 进入编辑界面, Sequence 01  会在 Timeline 时间线窗口中自动打开。同时, 代表这条时间线的图标也显示在 Project 项目管理窗口中。

出于节目编辑的需要, 我们可以创建出更多的Sequence序列, 让他们同时存在于时间线窗口。这样, 我们就可以在多个相对独立的时间线间展开操作, 也可以让不同的时间线相互关联, 以便快捷灵活的实现各种创作意图。

创建 Sequence 序列

选择菜单 File → New → Sequence, 或者在 Project 项目管理窗口下方的 New Item 下拉菜单中选择 Sequence(图 9-1-1)。

根据第一章中的相关内容设置 New Sequence 窗口。确定后, 新建的 Sequence 将在 Timeline 时间线窗口中自动打开, 图标也同

图 9-1-1

时显示在 Project 项目管理窗口中。

关闭 Sequence 序列

关闭时间线窗口中的某个 Sequence 序列，可以点击该序列标签右侧的关闭标志（图 9-1-2）。

图 9-1-2

打开 Sequence 序列

打开某个处于关闭状态的 Sequence 序列，可以用鼠标双击 Project 项目管理窗口中该序列的图标。

排列 Sequence 序列

在 Timeline 时间线窗口中制定 Sequence 序列的排列，可以用鼠标拖拽 Sequence 序列的标签，改变序列的排列顺序。

删除 Sequence 序列

删除某个 Sequence 序列，可以在 Project 项目管理窗口中选中该序列的图标，按 delete 键或在鼠标右键菜单中选择 Clear 删除。

第二节　Sequence 序列的嵌套

序列嵌套，是指将一个序列像素材一样放置到另一个序列中，成为时间线中的一个镜头。一般来说，某个序列本身就包含了若干镜头。将其作为一个镜头，再放置于其他序列中，这种结构就是序列嵌套。

序列嵌套的实现

按照如下步骤完成序列的嵌套。

1.新建两个序列，在 New Sequence 窗口中分别为序列命名为 A 和 B。

2.为序列 A 加入若干镜头。

3.在时间线窗口中，让序列 B 成为当前打开的序列。

4.将序列 A 的图标从 Project 项目管理窗口直接拖拽至序列 B

中，放置于某轨道上。

在序列B中，序列A显示为一个镜头，这个镜头中包含了序列A中存在的所有镜头，但是在序列B中，这些镜头显示为一个整体，内部的镜头结构及接点完全被隐藏。

如果要截取序列A中的一部分置入序列B，可以按照如下步骤操作。

（1）将序列A的图标从Project项目管理窗口拖拽至Source素材回放窗口。

（2）浏览并设置入点、出点截取镜头。

（3）在Timeline时间线窗口中，确保序列B处于打开状态。

（4）利用拖拽操作或按钮操作将序列A中的截取段落添加至序列B中。

可以看出，序列嵌套操作与剪接素材并无太大差别。

序列嵌套的特性

我们将序列A称为源序列，将序列B称为目标序列。

源序列与目标序列之间存在密切的联系。如果我们对源序列中被嵌套的部分进行了修改，那么，修改结果将在目标序列中同步更新，但是，当我们在源序列中被嵌套的部分删除镜头时，不会影响源序列在目标序列中的嵌入长度。

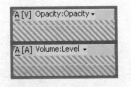

图 9-2-1

例如，将序列A嵌入序列B后，在时间线中打开序列A，将序列A中的所有镜头全部删除。查看序列B中的变化，嵌入段落不会因此而消失，也不会改变长度，但因为内部镜头结构实际为空，所以嵌入段落显示如图9-2-1，回放结果与空白轨道相同。

被禁止的序列嵌套

出现以下情况，序列嵌套将被禁止。

1.禁止自我嵌套：永远无法将某个序列嵌入该序列本身。

2.禁止循环嵌套：如果将序列A嵌入序列B中，则序列B将被禁止嵌入序列A中。

打开源序列

在序列B中，双击嵌入的序列A，则整个序列A将在时间线窗口中打开。

第三节 Sequence 序列嵌套的应用

　　某个序列被嵌入其他序列后，将与之成为一个整体，不再显示原始的镜头结构。正是利用序列嵌套的这一特性，可以提升节目制作的灵活性和编辑效率。以下，我们用几个实例说明序列嵌套的实际作用。

为同一轨道上的多个镜头添加一致化的效果设定

　　色彩校正是节目制作的重要环节。尤其是在专业制作领域，为了获得理想的视觉效果，需要经常对镜头进行色彩校正。考虑到同一场景中，镜头的色彩及影调应基本一致，所以，在色彩校正时，通常的做法是调整某一场景中的代表镜头，然后将色彩校正效果应用到同一场景中的其他镜头。

　　如果场景中包含很多镜头，无需要逐个镜头进行复制。利用嵌套的特性，我们可以一次为多个镜头统一添加某个效果。

　　1.在序列 A 中，放置若干镜头。选择其中的一个镜头，添加 Three-Way Color Corrector 效果。

　　2.调整效果参数，进行色彩校正。

　　3.在 Effect Controls 特效控制窗口中，选中 Three-Way Color Corrector 效果，选择菜单中的 Edit→Cut 或鼠标右键菜单中的 Cut。

　　4.将序列 A 嵌入序列 B，并为嵌入的部分粘贴 Three-Way Color Corrector 效果。选中嵌入部分，在 Effect Controls 特效控制窗口中的空白位置，选择鼠标右键菜单中的 Paste。

　　如果节目制作中需要针对多个段落进行色彩校正，而每个段落中又包含若干镜头，可以分别创建多个序列，在不同的时间线中编辑各个段落。敲定剪接后，再将各个序列汇集到完成片序列中，完成各段的色彩校正。

　　可见，并非所有的节目都是自始至终在一条时间线中完成的。

为多层画面添加一致化的效果设定

　　在第七章和第八章中，我们分别制作了水墨画效果和卷页效果，现在，我们把两种效果合并。

1.在序列 A 中，利用 Video 1 和 Video 2 两个轨道制作水墨画效果。

2.将序列 A 嵌入至序列 B。

3.为嵌入的镜头添加卷页效果。

本例中，如果利用序列 A 直接实现卷页效果，则必须对两个轨道上的镜头同时施加卷页效果。通过嵌套，多轨镜头被压缩为一轨。只需添加一次效果，即可同时作用于源序列中的所有镜头（图 9-3-1）。

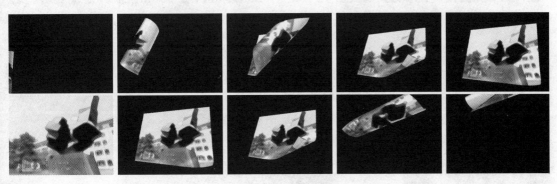

图 9-3-1

为镜头接点添加动态效果

本例中，我们在镜头接点处添加动态效果，利用镜头光晕效果点缀过渡特技。编辑结果可参考配套光盘中实例文件夹内的 Sample15.avi。

1.为序列 A 添加两个镜头，首尾相接。

2.在镜头接点上添加 Cross Dissolve 叠化过渡，确保过渡特技未带入夹帧。

3.将序列 A 嵌入至序列 B。

4.在嵌入镜头上，用裁刀工具将包含过渡特技的部分裁切出来。

5.为包含过渡特技的这部分镜头添加 Lens Flare 效果。

6.在该段落的首帧和尾帧，对 Flare Center 参数设置关键帧。选中 Lens Flare 的特效名称，直接拖拽控制点，分别将首帧和尾帧的 Flare Center 参数定位于屏幕左上方和右下方。必要时，可调整 Program 完成片回放窗口下方的下拉菜单，缩小屏幕的显示比例，以便在屏幕之外拖拽光晕控制点。设置完成后，光晕的运动轨迹将显示在屏幕上。

7.在首帧、中间位置及尾帧，为 Flare Brightness 参数设置关键帧，数值分别为 100%，200% 和 100%。

8.回放编辑结果，画面效果如图 9-3-2。

图 9-3-2

如果上述效果全部在一个序列中直接完成，就需要在接点两侧的镜头上分别添加镜头光晕效果。此时，最难于控制的是，要在镜头接点处精确的拼合光晕的强度和位置，这在实际操作中并不容易做到。利用序列嵌套，可以回避这一难点。图 9-3-3 为嵌套后的镜头结构。

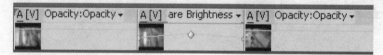

图 9-3-3

本节练习：为一组镜头添加同一效果

如图 9-3-4 所示，为一组已经剪接好的镜头，添加边缘及运动透视效果。编辑结果可参考配套光盘中实例文件夹内的 Sample16.avi。

图 9-3-4

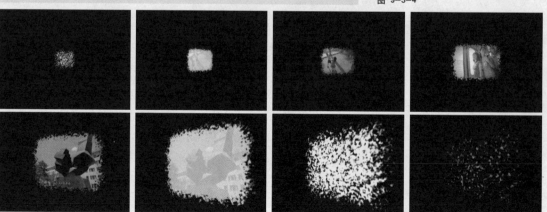

1.在序列 A 中，剪接若干镜头，这些镜头最终将显示于画框中。为了看上去更加流畅，可以将所有镜头接点都处理为叠化。添加过渡特技后注意检查是否存在夹帧。

2.分别为首尾镜头添加闪白，作为段落的起始和结束效果。

在 Project 项目管理窗口的 New Item 下拉菜单中，选择 Color Matte，新建白场。通过 Source 素材回放窗口的截取，在第一个镜头左侧，插入 8 帧白场。在白场的首帧加入 Cross Dissolve 过渡特技，特技位置应为 Start at Cut，长度为 8 帧。

在白场与第一个镜头的接点位置，加入 Cross Dissolve 过渡特技，特技位置应为 Start at Cut，长度为 8 帧。

在最后一个镜头右侧，加入 8 帧白场。在白场与镜头的接点位置，加入 Cross Dissolve 过渡特技，特技位置应为 End at Cut，长度为 8 帧。

在白场的尾帧位置加入 Cross Dissolve 过渡特技，特技位置应为 End at Cut，长度为 8 帧。

完成后，镜头结构如下（图 9-3-5）：

3.将序列 A 嵌入序列 B。

4.为嵌入的镜头添加 Roughen Edges 效果。适当调整参数，使画面出现风格化的边缘。

5.为嵌入的镜头添加 Basic 3D 效果，用于控制画面的运动和透视。

在镜头的首帧和尾帧为 Swivel 和 Distance to Image 参数设置关键帧，但是现在无法确定关键帧的数值，因为在序列 A 中存在叠化，这两帧画面为透明。在没有画面显示的情况下，尚不能调整参数设置效果。

6.双击嵌入镜头，序列 A 被重新打开。暂时删除首尾位置的两个叠化。

7.序列 A 中的任何修改都会在序列 B 中自动更新。设置首帧和尾帧的 Swivel 和 Distance to Image 参数，使图像在翻转的同时由远及近运动。

8.设置好关键帧的参数后，在序列 A 中恢复首尾的叠化。

9.回放编辑结果，判断是否需要生成。

第十章　运动控制

我们曾经提到，在节目制作中，特效分为两大类：过渡特技和效果。

运动控制属于效果，专门用于控制镜头的位置、尺寸、旋转或设定位移、缩放、旋转等动态效果。

因为属于效果，所以运动控制只作用于镜头本身，理论上不会影响到其他镜头，但是，因为运动控制可以使镜头产生位移、缩放或旋转，所以经常会与下层轨道的画面同屏显示。因此，运动控制常被用于多层轨道之间的镜头叠加。

总之，如果想实现画面运动与多层叠加效果，运动控制是必不可少的工具。

第一节　运动控制参数

选中时间线中的镜头，在Effect Controls特效控制窗口中扩展开Motion，可以看到运动控制的所有参数。直接调整这些参数，可以修改画面的位置、尺寸和旋转。这些参数均带有动态效果开关，如果添加关键帧，就可以控制画面的位移、缩放与旋转。

要掌握Motion中各参数的使用，我们首先需要了解屏幕和画面之间的关系。

屏幕坐标系和画面坐标系

在运动控制中，存在两个坐标系：屏幕坐标系和画面坐标系。

所谓屏幕坐标系，是指我们可以将整个屏幕看做一张坐标纸，要在屏幕中确定某个位置，可以利用水平方向和垂直方向的刻度数值来描述。

那么，用什么作为水平和垂直方向的刻度呢？在非线性编辑软件界面中，屏幕的大小是可以自由调整的。因此，用长度作为屏幕坐标系的刻度肯定是不可行的，但是，无论以何种尺寸显示，屏幕的固有分辨率都不会改变，所以唯一可以作为坐标的就是像素。

以 DV-PAL 制式中的 Standard 48kHz 选项为例，在 New Sequence 新建序列窗口中，已经限定了屏幕的 Frame Size（帧尺寸）为 720h 576v，也就是说当前屏幕分辨率是水平方向 720 个像素，垂直方向 576 个像素。因此，我们可以想象屏幕中存在如下坐标系（图 10-1-1）。

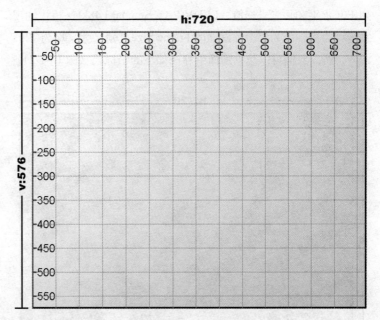

图 10—1—1

在这个坐标系中，可以通过水平方向和垂直方向的像素数来描述一个位置。例如，屏幕中心点位于水平方向从左至右第 360 个像素与垂直方向从上至下第 288 个像素的交汇点上，因此可以确定屏幕中心点的坐标为（360，288）。

本节练习：判断屏幕坐标

列出屏幕四角以及四个边缘的中央位置的坐标。

屏幕左上角：（0，0）。

屏幕左下角：（0，576）。

屏幕右上角：（720，0）。

屏幕右下角：（720，576）。

屏幕上边缘中央位置：（360，0）。

屏幕下边缘中央位置：（360，576）。

屏幕左边缘中央位置：（0，288）。

屏幕右边缘中央位置：（720，288）。

所谓画面坐标系，是指我们可以将画面想象为一张坐标纸，其刻度单位同样为像素。如果我们想描述画面中的一个位置，则可以列出其水平和垂直坐标值。以 DV-PAL Standard 48kHz 格式的视频素材为例，因为每一帧画面的 Frame Size（帧尺寸）均为 720h 576v，所以我们可以想象画面中存在如下的坐标系（图 10-1-2）。

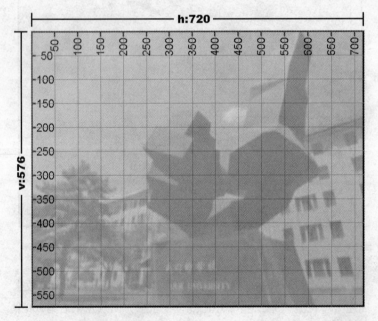

图 10—1—2

因为在 DV-PAL Standard 48kHz 选项的设置下，采集的视频素材和屏幕的帧尺寸同为 720h 576v，所以看上去画面坐标系和屏幕坐标系完全一样。其实，两者所代表的含义根本不同，只是当前状况下的画面和屏幕拥有一样的帧尺寸罢了。

如果导入一张图片，我们可以更容易地看出画面坐标系和屏幕坐标系之间的差异，因为，图片的分辨率并不一定和屏幕的帧尺寸吻合。例如，我们导入一张分辨率为1435×572像素的图片，这时屏幕坐标系不变，而画面坐标系则发生改变。该图片位于配套光盘素材文件夹中（图10-1-3）。

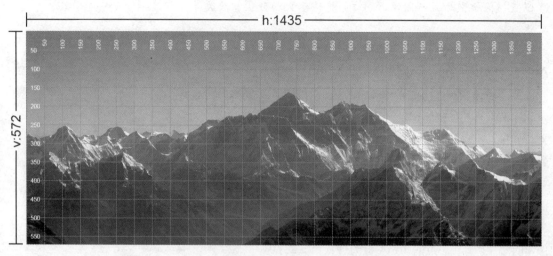

图10—1—3

　　熟悉了屏幕坐标系和画面坐标系后，就不难理解Motion中的各个参数了。为了轻松掌握各个参数的使用，我们以便于理解的顺序来逐一阐述这些参数的含义。

Rotation 旋转参数

　　用于控制图像围绕Z轴旋转。

　　我们通常所说的三维空间中，存在着X、Y和Z轴。如图10-1-4所示，X轴和Y轴与画面平行，围绕X轴和Y轴旋转会产生透视效果。Z轴垂直于画面，画面单独围绕Z轴旋转不会出现透视效果。在Premiere Pro中，上述三种旋转都可以实现。Basic 3D效果中的Tilt和Swivel参数分别对应画面围绕Y轴和X轴旋转。而Motion中的Rotation则对应画面围绕Z轴旋转。

　　Rotation参数的表示方法为圈数×角度。例如，如果输入720°，则该参数自动转换为2×0.0°。调整该参数时，可以看到画面在旋转中始终保持与屏幕平行。

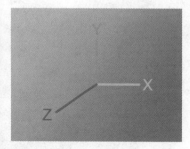

图10—1—4

在Effect Controls特效控制窗口中，选中Motion的名称，或在Program完成片回放窗口中单击画面，图像周边会被控制点包围。从图像外侧区域接近控制点时，将出现旋转标志。此时，可以直接拖拽鼠标旋转图像。Rotation旋转参数的数值相应发生变化。

Anchor Point 轴心点参数

轴心点使用画面坐标系作为参数值，它描述了Z轴的位置，表示与图像垂直的Z轴将穿过画面中的哪一个像素。也就是说，如果改变轴心点参数，Z轴的空间位置就会被改变，画面就会以新的Z轴位置为中心旋转。

轴心点的初始参数值位于图像的几何中心。对于一个标准的DV-PAL Standard 48kHz格式的视频素材来说，因其帧尺寸为720×576，所以轴心点的初始参数为（360.0，288.0）。如果是1435×572像素的图片，则轴心点的初始参数为（717.5，286.0）。

可以看出，轴心点参数可以和旋转参数配合使用。无论面对何种分辨率的素材，如果将轴心点参数设定为0.0，0.0，那么Z轴就会位于画面的左上角。这时调整旋转参数，画面将不再围绕自身的几何中心旋转，而是围绕自身的左上角在屏幕平面内旋转。

Position 位置参数

位置参数使用屏幕坐标系作为参数值，它约定了当前画面的轴心点位于屏幕上的哪个位置，从而控制整个画面在屏幕当中的位置。位置参数的初始数值位于屏幕的几何中心。在DV-PAL Standard 48kHz设置下，屏幕的大小被限定为720×576，所以位置参数的初始数值为（360.0，288.0）。

在Effect Controls特效控制窗口中，选中Motion的名称，或在Program完成片回放窗口中单击画面，图像就会被控制点包围。此时，在控制点圈定的范围之内拖拽鼠标，可以直接设定图像的位置。Position位置参数的坐标相应发生变化。

Scale 缩放参数

缩放参数用于控制图像的大小，数值为百分比，表示图像宽度、高度的放大或缩小比例。缩放参数的初始数值为 100.0，即 100%，表示图像为原始大小。小于 100% 为缩小，大于 100% 为放大。

例如，参数值为 50.0 时，表示图像的宽度、高度同时被缩小为原来的一半，所以图像的面积缩小为原来的四分之一，原始宽高比例不变。

需要特别指出的是，应当正确理解 100% 所代表的图像原始大小。有人认为，缩放参数为 100% 就意味着图像自动与屏幕大小保持一致，实际上这种理解是片面的。在 DV-PAL Standard 48kHz 设置下，屏幕所能提供的显示范围为 720 × 576 像素。对于一个标准的 DV-PAL Standard 48kHz 格式视频素材，其帧尺寸也恰好为 720 × 576，所以这时图像以 100% 的原始大小显示，尺寸正好与屏幕相吻合，但是如果在时间线中添加分辨率为 1435 × 572 像素的图片，以 100% 的原始大小显示时，屏幕只能显示该图片中央区域 720 × 576 像素范围内的部分。因为图片水平方向的像素数超过屏幕的显示范围，所以图片两侧区域将位于屏幕之外。而图片垂直方向的像素数略小于屏幕的显示范围，所以图片上下边缘未能充满屏幕，留有微小空隙（图 10-1-5）。

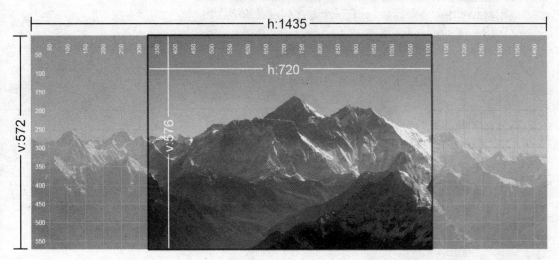

图 10-1-5

取消 Uniform Scale 的选中状态后，缩放参数一分为二，可以单独调整图像的高度和宽度。此时，图像的原始宽高比例将被改变。重新选中 Uniform，缩放参数将只保留 Scale Height 的设置，忽略 Scale Width 的数值，恢复原始的宽高比例。

小窍门：通过拖拽控制点设定缩放

在 Effect Controls 特效控制窗口中，选中 Motion 的名称，或在 Program 完成片回放窗口中单击画面，图像会被控制点包围。此时，用鼠标拖拽控制点，可以直接调整图像的缩放，Scale 缩放参数的数值相应发生变化。

如果 Uniform Scale 处于选中状态，拖拽控制点，画面在缩放过程中将保持原有宽高比例。如果取消 Uniform Scale 的选中状态，拖拽控制点时画面将失去原有宽高比例。

Anti-flicker Filter 防抖动参数

对上述各参数设置动态效果时，图像就会产生运动。设置防抖动的数值，能够滤除运动画面在隔行扫描中产生的抖动。较大的数值用于滤除快速运动时产生的抖动，较小的数值用于滤除运动速度较慢时画面产生的抖动。非运动画面或不存在抖动的运动画面无须使用此参数。

本节练习：Motion 中各参数的作用

运用 Motion 中的各个参数，分析一个与序列设置的格式相吻合的视频素材被置入时间线后，为何画面会充满屏幕且完全显示。

以上问题看似理所当然，其实却是在 Motion 各参数共同作用下的结果。

首先，Scale 参数的初始数值为 100.0，确保了图像按照原始大小显示。因为视频素材的帧尺寸与序列设置相同，所以图像与屏幕的大小相一致。

其次，Anchor Point 参数的初始坐标位于画面的几何中心，而 Position 参数的初始坐标位于屏幕的几何中心。因此，在这两个参数的共同作用下，画面的几何中心与屏幕的几何中心重合。

另外，Rotation 参数的初始数值为 0.0。因此，以上参数共同确保了画面的常规显示状态。

第二节　运动控制参数的应用

本节，将通过若干实例，熟悉运动控制中各参数的应用。考虑到实例中需要制作多层画面效果，我们先掌握一些有关轨道设置的操作。

图10-2-1

控制轨道数量

时间线中，当前的视频和声音轨道数量是在创建Sequence时设定的。New Sequence 新建序列窗口的 Tracks 标签中（图10-2-1），可以定义视频轨道的数量和各种类型的声音轨道的数量（关于声音轨道的类型，我们留待第十三章讨论）。

在编辑界面中直接添加轨道，可以选择菜单 Clip → Add Tracks，或者在时间线中的轨道控制组件区域选择鼠标右键菜单中的 Add Tracks。在弹出的 Add Tracks 窗口中，Placement 下拉菜单可以指定添加轨道与现有轨道的位置关系。

在编辑界面中删除已有轨道，可以选择菜单 Clip → Delete Tracks，或者在时间线中的轨道控制组件区域选择鼠标右键菜单中的 Delete Tracks。在弹出的 Delete Tracks 窗口中，通过下拉菜单可以指定删除所有空白轨道或某个特定轨道。

小窍门：利用拖拽操作在添加镜头的同时添加轨道

将镜头从Source素材回放窗口拖拽至时间线窗口中最上层轨道与时码刻度之间的空白区域，可以在添加镜头的同时添加新的轨道。

利用 Position、Scale 参数实现四分格效果

本实例的编辑结果可参考配套光盘中实例文件夹内的Sample17.avi。

1.分别在时间线中的四个视频轨道中加入镜头，且上下对齐。

2.按照轨道自上而下的顺序，逐个设置镜头的画面缩放及位置参数。考虑到最终效果要求四个画面严格对齐，与用鼠标直接拖拽相比，输入参数值可实现更为精确的控制。选中 Video 4 轨

道中的镜头，将Scale参数定义为50.0，此时，画面将缩小为原始面积的四分之一。在Position参数中，输入180.0，144.0，画面将定位于屏幕的左上方区域。可以看出，因为轴心点位于画面中央，画面的宽和高又被缩小为原来的一半，所以，分别将位置参数的坐标设定为屏幕尺寸的四分之一（720/4=180，576/4=188），即可精确定位该画面（图10-2-2）。

图10-2-2

　　3.同理，选中Video 3轨道中的镜头，将Scale参数定义为50.0。在Position参数中，输入540.0，144.0，画面将定位于屏幕的右上方区域。

　　4.选中Video 4中的镜头，在Effect Controls特效控制面板中选中Motion，通过鼠标右键菜单中相应的选项进行拷贝。选中Video 2中的镜头，在Effect Controls特效控制面板中选中Motion，通过鼠标右键菜单中的相应选项进行粘贴。此时，Video 4中镜头上Motion的所有参数均复制给了Video 2中的镜头，所以，Video 2中的镜头被覆盖于Video 4下方。将Video 2中镜头位置参数的纵坐标数值由144.0改为432.0，该画面将定位于屏幕的左下方区域。

　　5.同理，将Video 3中镜头上的Motion参数复制给Video 1中的镜头，将Video 1中镜头位置参数的纵坐标数值由144.0改为 432.0，该画面将定位于屏幕的右下方区域。

6.回放，编辑结果如图 10-2-3。该练习完成后，请保存编辑结果。在此基础上，我们将完成后续操作。

图 10-2-3

利用 Anchor Point、Scale 参数实现四分格效果

不改变 Position 参数，利用 Anchor Point、Scale 参数，实现与上例相同的编辑结果。

1.继续上一练习，点击 Motion 右侧的 Reset 按钮，分别将四个镜头恢复为原始状态。

2.从上层轨道开始，自上而下设置镜头的画面缩放及位置参数。选中 Video 4 中的镜头，将 Scale 参数定义为 50.0。在 Anchor Point 参数中，输入 720.0，576.0，画面定位于画面的左上方区域。可以看出，轴心点被设定在画面的右下角，因为未改变 Position 参数的初始设置，所以画面的轴心点同时位于屏幕中央，因此，画面被放置于屏幕的左上方区域（图 10-2-4）。

图 10-2-4

3.同理，选中 Video 3 中的镜头，将 Scale 参数定义为 50.0。在 Anchor Point 参数中，输入 0.0，576.0，画面将定位于屏幕的右上方区域。

4.将 Video 4 中镜头上的 Motion 参数复制给 Video 2 中的镜

头，再将 Video 2 镜头中 Anchor Point 参数的纵坐标数值由 576.0 改为 0.0，该画面将定位于屏幕的左下方区域。

5.同理，将 Video 3 中镜头上的 Motion 参数复制给 Video 1 中的镜头，再将 Video 1 镜头中 Anchor Point 参数的纵坐标数值由 576.0 改为 0.0，该画面将定位于屏幕的右下方区域。

6.回放编辑结果。该练习完成后，请保存编辑结果。在此基础上，我们将完成后续操作。

由此可见，通过 Position 或 Anchor Point 参数，都可以控制画面在屏幕中的位置，但是如果在此基础上控制镜头的旋转，就会看到两种方法之间的差异（图 10-2-5）。

图 10-2-5

四分格画面整体旋转

以上一个实例的编辑结果为基础，让四分格画面围绕共同的轴心点作整体旋转（图 10-2-6）。编辑结果可参考配套光盘中实例文件夹内的 Sample18.avi。

在利用 Anchor Point、Scale 参数实现四分格效果的例子中，四个画面的轴心点重叠于屏幕中央。在此基础上，让每个画面都旋转相同的角度，就可以得到围绕四分格中心作整体旋转的效果，但是，这显然不是最为便捷的方法。对多个镜头做一致化的处理，应当优先考虑序列嵌套。况且，如果围绕屏幕中的其他位置整体旋转，不借助序列嵌套是难以实现的。

1.将已做好四分格效果的序列嵌入另一序列。

2.为嵌入镜头设置轴心点以及旋转参数。

图 10-2-6

第三节　运动控制的动态效果

　　Motion中的所有参数都带有动态效果开关,这意味着可以对参数设置关键帧,让画面运动起来。我们仍然通过一些实例,体会运动控制的动态效果。

单个画面运动

　　为Position设置关键帧,让画中画从屏幕右侧入画,匀速运动至屏幕左侧出画消失。该实例的编辑结果可参考配套光盘中实例文件夹内的Sample19.avi。

　　1.选中时间线中的镜头。在Effect Controls特效控制窗口中,选中Motion,在Program窗口中拖拽控制点,适当缩小画面。

　　2.将当前回放标志定位于镜头首帧。打开Position的动态效果开关,添加关键帧。

　　3.在Program窗口中,拖拽画面至屏幕右侧即将入画的位置。根据需要调整窗口下方的显示比例下拉菜单,在窗口中显示出充足的操作区域。

　　4.将当前回放标志定位于镜头尾帧,拖拽画面至屏幕左侧出画的位置,关键帧将自动添加于镜头尾帧。画面的运动轨迹将同时显示。

　　5.为了确保画中画沿屏幕中央水平运动,将两个关键帧Position参数的纵坐标数值设为288.0。

　　6.回放编辑结果(图10-3-1)。根据需要判断是否生成。

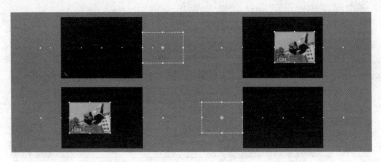

图10-3-1

连续运动的画中画

制作三个运动的画中画，依次入画及出画。所有运动的画中画要具有相同的缩放比例、运动方向及运动速度，而且，相邻画中画的间距要一致。为了突出前景的运动画面，为片段加入经过虚化处理的背景（图10-3-2）。编辑结果可参考配套光盘中实例文件夹内的Sample20.avi。

图10-3-2

1.在 Video 1 轨道中加入背景镜头，并添加 Guassian Blur 效果。

2.在 Video 2 轨道中加入第一个前景镜头。在 Motion 中设置 Scale 参数。在镜头的首帧和尾帧，为 Position 参数设置关键帧，设定运动轨迹。具体步骤可参考上一实例。

3.在 Video 3 轨道中加入第二个前景镜头。因为第二个画中画与第一个画中画的缩放比例、运动轨迹及速度全部一致，只是入画时间稍晚，因此，可以将第一个画中画的 Motion 复制给第二个画中画。

在此需要特别注意，第一个画中画中，两个关键帧之间的距离与镜头长度相等，因此，Video 3 轨道的镜头长度应至少与Video 2 轨道的镜头长度相等。假设 Video 3 轨道的镜头长度比 Video 2 短，Motion 被复制后，第一个关键帧位于 Video 3 轨道中镜头首帧，而第二个关键帧将位于镜头的外侧。如果发生这种情况，该画中画在出画前就会从背景上消失。

4.调整 Video 3 轨道与 Video 2 轨道中镜头的相对位置关系，控制两个画中画的间隔。两个镜头的重叠越多，画中画的间隔就越近，两个镜头的重叠越少，画中画的间隔也越远(图10-3-3)。

图10-3-3

5.在 Video 4 轨道中加入第三个前景镜头，注意控制镜头长度，以便为其粘贴 Motion 参数。

6.调整 Video 4 轨道中镜头的位置，使得每两个相邻画中画的间距一致。可以先在 Video 2 轨道镜头的首帧设置入点，在 Video 3 轨道镜头的首帧设置出点，这时，截取的距离将显示在 Program 完成片回放窗口中。根据该时码，将当前回放标志定位于距离 Video 3 轨道镜头首帧相同时码的位置，让 Video 4 轨道中的镜头首帧对齐当前回放标志（图 10-3-4）。

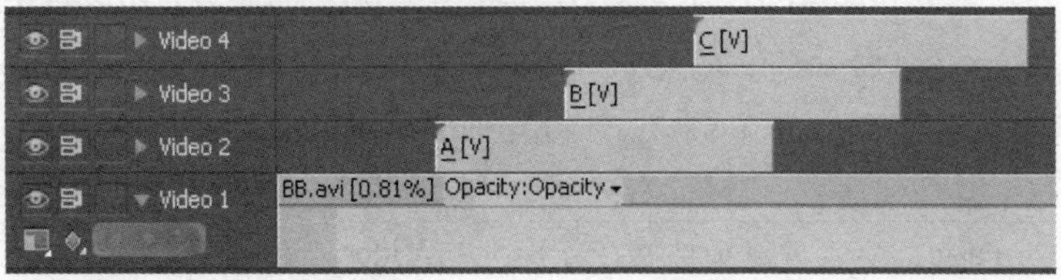

图 10-3-4

7.回放查看编辑结果。根据需要判断是否生成。

8.如果需要再追加更多的画中画，可以反复使用 Video 2、Video 3、Video 4。

9.保存该实例的编辑结果。在此基础上，我们将完成后续操作。

带有透视效果的连续运动的画中画

以上例为基础，为三个运动的画中画添加透视效果。如图 10-3-5 中，三个画中画的透视关系保持一致，仍然具有相同的运动方向、速度和间距。编辑结果可参考配套光盘中实例文件夹内的 Sample21.avi。

图 10-3-5

图中的透视效果显然可以借助 Basic 3D 实现。我们先尝试着为其中一个画中画添加透视效果。

1.为第一个运动的画中画添加 Basic 3D 效果。

2.调整Swivel参数后，画面围绕Y轴旋转。如果图像发生部分缺失，可以调整Basic 3D中的Distance to Image参数加以补充(图10-3-6)。

图10-3-6

3.将调整好的Basic 3D效果复制给其他画中画。这时，得到的结果与我们的预期不符。图中，每个画中画各自为轴旋转，未能以共同的Y轴旋转，形成一致的透视关系。

将每个画中画上的Basic 3D效果删除。改为借助序列嵌套实现预期效果(图10-3-7)。

4.因为虚化的背景镜头不与前景画中画一同旋转，所以选中Video 1轨道上的背景镜头，在鼠标右键菜单中选择Cut，或者选择菜单Edit → Cut。剪切后，源序列中只保留三个画中画。

图10-3-7

5.新建序列。在鼠标右键菜单中选择Paste，或者选择菜单Edit → Paste，将背景镜头粘贴在新序列的Video 1轨道中。

6.将源序列嵌入新的序列，放置于Video 2轨道。为嵌入的镜头添加Basic 3D效果。

7.调整Swivel参数。这时三个画中画将围绕统一的Y轴旋转。因为旋转，将导致图像的左右边缘向屏幕内侧收缩，三个画中画看上去不是从屏幕边缘出画。在Motion中，利用Scale和Position参数对此加以修正。

8.回放查看编辑结果。

图片的运动与衔接

为了达到特定效果，或出于弥补视频素材缺失的目的，经常会在节目中使用一些图片。有时，图片来源较为广泛，宽高比例很可能并不统一，甚至很多图片的宽高比例与屏幕差距较大，并不适合在屏幕上全幅出现。另外，让图片静止显示，也不符合电视画面展现动态的本质特性。为了做到清晰、生动且美观的呈现这些图片，在后期制作中加入运动效果成为了被普遍采用的手段。

配套光盘素材文件夹中，具有以下宽高比例各异的四张图片，我们将根据图片的形状和构图，为每张图片设定不同的运动效果，然后，再用过渡特技将它们衔接起来。图片上的编号代表了镜头的先后顺序。该例的编辑结果可参考配套光盘中实例文件夹内的Sample22.avi(图 10-3-8)。

1.导入图片，每张图片截取5秒，顺序放置在Video 1轨道上。

图 10-3-8

2.根据图片 1 的原有宽高比例，我们将其处理为摇镜头，起幅构图选择在图片的左部，落幅构图位于图片中央。

在时间线窗口中选中图片 1，根据 Motion 中 Anchor Point 的初始数值可以看出，图片的分辨率为 1435 × 572 像素（轴心点的初始坐标位于图片的几何中心，因此图片的原始尺寸为初始坐标值的两倍）。考虑到图片的高度略小于 576 个像素的屏幕高度，为了避免屏幕的上下边缘留有空隙，将 Scale 参数率略微调高至 101。

3.在镜头的首帧和尾帧，为 Position 参数设置关键帧。直接在 Program 完成片回放窗口中拖拽图片，设定起幅和落幅位置。设置完毕后，回放浏览运动效果。

4.根据图片 2 的画面构图，我们将其处理为推镜头，使图片朝的顶峰位置放大。

在时间线窗口中选中图片 2，根据 Motion 中 Anchor Point 的初始数值可以看出，图片的分辨率为 2000 × 1333 像素（轴心点的原始坐标为 1000.0，666.5）。在镜头首帧和尾帧，为 Scale 参数设置关键帧，并分别设定起幅和落幅的缩放比例。

5.设置缩放比例时可以发现，图像的放大与缩小是以轴心点做为中心。在我们所期望的推镜头中，图片应逐步朝向顶峰放大，但是因为轴心点位于画面中央，所以画面实际推向山顶下方的山坡。

如果要图像朝特定位置放大，一般采用两种方法。一种方法是将 Anchor Point 设置于放大的目标位置，然后再对 Scale 设定关键帧，实现运动；另一种方法是同时对 Scale 和 Position 参数设置关键帧，也就是在缩放的过程中同时设定位移。在大多数情况下，第二种方法的操作更为简便。

在镜头首帧和镜头尾帧，为 Position 参数增加关键帧，并分别设定起幅和落幅画面的构图。

6.根据图片3原有的宽高比例，我们将其处理为摇镜头，起幅构图选择在图片的下部，落幅构图位于图片上部。

调整 Scale 参数。在镜头的首帧和尾帧，为 Position 参数设置关键帧。直接在 Program 完成片回放窗口中拖拽图片，设定起幅和落幅位置。回放浏览运动效果。

7.根据图片4的原有构图，我们将其处理为拉镜头，起幅构图选择在图片中的山顶部分，落幅构图基本与全幅图片相当。

在镜头的首帧和尾帧，同时为 Position 和 Scale 参数设置关键帧。回放浏览运动效果。

8.为各镜头接点添加 Cross Dissolve 过渡特技（图 10-3-9）。

图 10—3—9

仔细查看回放结果，可以看到虽然四张图片都带有运动效果，但是在整个叠画过程中，接点两端的镜头中总有一个处于静止状态。也就是说叠画发生时，前后镜头并非始终处于运动状态，导致画面回放的整体效果不够流畅。出现这种情况，是因为在接点位置附近，前后两个镜头的关键帧分别位于尾帧和首帧，因加入过渡特技导致的两镜头延伸部分中，并不存在动态效果(图10-3-10)。

图10-3-10

如果我们不改变每个镜头的长度，而将镜头结构调整如下，则可避免过渡特技中的"停滞"现象。不过，因为镜头中部分长度用于上下交替，所以该段落的总长度将缩短（图10-3-11）。

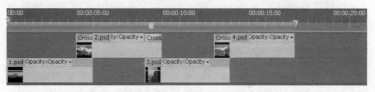

图10-3-11

小窍门：缩放比例与图像质量

用 Motion 中的 Scale 参数放大图像时，随着数值的增大，画面的清晰程度会越来越低。

Scale参数中，100.0意味着图像以原始尺寸显示，这个数值成为了图像质量是否出现劣化的分界线。凡是小于100的数值，即表示图像比原始尺寸小，因此不会出现清晰度的下降；凡是大于100的数值，即表示图像比原始尺寸大，这时，清晰度下降将不可避免。

一般来说，Scale的数值超过130，即可明显察觉到图像变得粗糙和模糊。在节目制作中，应尽量避免使用较大的放大比例，或尽量缩短缩放比例超过100%的画面在屏幕中的停留时间。

在使用图片时，图片的分辨率越高，可供缩放处理的余地就越大，便于清晰地展现更为细节化的局部，所以在节目制作中，应优先选用分辨率较高的图片文档。

第十一章
透明度与叠加模式

在时间线中，视频轨道之间是相互覆盖的关系，即位于上层轨道中的镜头优先显示，并会覆盖屏幕中相同区域的下层镜头。因此，习惯上将上层轨道中的镜头称为前景，下层轨道中的镜头称为背景。

但是，如果我们调整前景画面的透明度与叠加模式，这一情况则有可能发生改变。在 Premiere Pro 中，透明度用于控制前景画面与背景画面重叠时的强度，叠加模式则可以按照某种规则将前景和背景合成为特殊效果。

选中时间线中的某个镜头，在 Effect Controls 特效控制窗口中，扩展开 Opacity 选项。其中，Opacity 参数用于控制透明度，Blend Mode 下拉菜单用于指定叠加模式(图 11-0-1)。

图 11-0-1

第一节　透明度

Opacity 参数

Opacity 参数的初始数值为 100.0。此时，画面不透明，完全覆盖下层镜头。降低 Opacity 的参数，画面将变得透明，下层镜头透过前景得以显现。如果下层没有镜头，则会显现屏幕的背景色——黑色。Opacity 的参数降为 0.0，前景画面完全消失。

Opacity 参数带有动态效果开关，可以添加关键帧。

Opacity 标志线

时间线中，每个镜头上都显示有 Opacity 标志线。镜头上的下拉菜单中，Opacity→Opacity 是默认的初始选项。在 Video 1 轨道中，镜头上的 Opacity 标志线为黑色，表示降低透明度时，屏幕背景色（黑色）将逐渐显现。如果扩展开Video 2及其以上的轨道，镜头上的Opacity标志线则为黄色。

光标位于标志线附近时，可以上下拖动修改透明度，数值将显示于镜头下侧。

透明度渐变

为Opacity参数设置关键帧，就可以实现透明度渐变。现在，我们将上一章中的连续水平运动的画中画的实例，修改为带有渐显和渐隐效果的依次放大的运动的画中画（图11-1-1）。编辑结果可参考配套光盘中实例文件夹内的Sample23.avi。

图 11-1-1

1.在连续水平运动的画中画实例中，分别选中Video 2、Video 3、Video 4轨道中的镜头，关闭Motion中position参数的动态效果开关，点击提示中的OK按钮，Position参数中的关键帧将被全部删除。点击Reset按钮，将Motion中的所有参数复原，画面恢复原始状态。

2.在Video 2轨道中重新设置第一个画中画的运动，在镜头首帧和尾帧为Scale参数设置关键帧，使画面逐渐放大。在镜头首帧和尾帧为Opacity参数设置关键帧，数值均为0.0，确保画面以全透明状态出现和消失。在镜头中部，为Opacity参数设置两个关键帧，数值为100.0，使画面在这两个关键帧之间完全显现。

3.将Video 2轨道中镜头的Motion和Opacity参数复制给Video 3和Video 4中的镜头，三个运动的画中画的透明度设置如图11-1-2。

4.回放编辑结果。

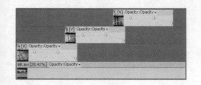

图 11-1-2

图 11-1-3

本节练习：控制透明度实现叠化过渡

实际上，我们所熟悉的叠画过程就是两个镜头之间的透明度渐变。在下图中，通过为透明度设置关键帧，得到的编辑结果与在镜头之间添加Cross Dissolve过渡特技相同（图 11-1-3）。

同理，如果某镜头的下层没有其他镜头，通过为透明度设置关键帧，可以实现黑起或隐黑效果（图 11-1-4）。

图 11-1-4

第二节　叠加模式

Premiere Pro中为图像提供了多种叠加模式，同时，每种叠加模式中，前景与背景的混合比例受控于Opacity透明度参数。

叠加模式无法设置关键帧，一旦为镜头指定某种叠加模式，该镜头将持续带有此效果。

在Blend Mode下拉菜单中，作用原理与混合结果类似的叠加模式将被归为一类，类型不同的叠加模式之间用横线隔开。

Normal

这是叠加模式的初始设置。此模式下，前景镜头按照Opacity透明度参数的设定与背景镜头叠加。如果Opacity的数值为100.0，前景镜头不透明，完全覆盖背景镜头。降低Opacity参数，画面将变得透明，下层镜头将透过前景得以显现。Opacity参数为0.0时，前景画面完全消失，只显示背景画面。

Dissolve

一种随机的点状混合效果。该混合模式通过Opacity控制最终的混合结果中来自前景与背景的像素的比例，这些取自前景或背景的像素的分布是随机的。

如果Opacity的数值为100.0，混合结果中，图像的像素全部来自于前景镜头。Opacity参数为0.0时，混合结果的像素全部来自于背景。其他情况下，混合结果中的像素按照Opacity参数的设定，由前景和背景画面中的像素成比例组合而成。

Darken

该模式下，将对比前景和背景画面中相同位置的像素，选择其中较暗的一个组成最终的混合结果。

Darken模式可以起到保留暗部去除亮部的作用，混合结果将在前景的部分区域填充背景画面，且使得前景画面变暗。

Multiply

该效果类似于Darken模式，但又有微妙不同。在去除亮部保留暗部的同时，像素的显示强度将根据被滤除的层中该位置上像素的亮度确定。在Multiply模式的处理过程中，两层像素的标准色彩值相乘后输出。因此填充至前景亮部区域的背景画面带有一种Darken模式所不具备的渐变效果。

最终看上去，Multiply模式更像是将前景和背景作为两个幻灯片叠加在一起放映，透射光分别通过这两个幻灯片，投射在屏幕上成像。

Color Burn

以前景的亮度影响背景的曝光效果。前景中越暗的部分，对应的背景区域获取的光线就越少；前景中越亮的部分，对应的背景区域获取的光线就越多。前景中的黑色区域会完全遮挡住光线，导致背景中对应区域也为黑色；前景中的白色区域，不会对背景的相应区域产生任何影响。

Liner Burn

在Color Burn模式的基础上，检测前景和背景相同位置的像素，如果将他们的亮度数值相加后小于255（纯白色的亮度值），则该位置将显示为黑色。

Liner Burn模式在部分区域中强行填充黑色，混合结果通常比Color Burn模式具有更大的黑色区域。

Darker Color

叠加结果与Darken模式类似。在Darken模式的基础上，背景还会自动填充到前景画面中变暗的区域。

Lighten

该模式与Darken模式的作用原理正好相反。该模式下，将对比每个前景和背景画面中相同位置的像素，选择其中较亮的一个组成最终混合结果。

Lighten模式可以起到保留亮部去除暗部的作用，混合结果将在前景的部分区域填充背景画面，且使得前景画面变亮。

Screen

该模式与Multiply模式的作用原理正好相反。在Screen模式中，两层像素的标准色彩值被反相后相乘输出。因此填充至前景亮部区域的背景画面带有一种Lighten模式所不具备的渐变效果。

最终看上去，Screen模式更像是将前景和背景作为两个幻灯片，分别用两个幻灯机投射至同一块屏幕上，被叠加在一起成像的效果。

Color Dodge

以前景的亮度影响背景的曝光效果。前景中越暗的部分，对应的背景区域获取的光线就越接近于标准值；前景中越亮的部分，对应的背景区域获取的光线就越强烈。前景中的黑色区域，透射出曝光强度最为标准的光线，不会对背景的相应区域造成任何影响。前景中的白色区域，透射出最为强烈的光线，导致背景中对应区域呈现严重的曝光过度。

Liner Dodge(Add)

将前景和背景的亮度值直接相加，导致混合结果比前景或背景图像都更亮。

Lighter Color

叠加结果与Lighten模式类似。在Lighten模式的基础上，背景还会自动填充到前景画面中变亮的区域。

Overlay

该模式中，前景画面亮度超过50%的区域，与背景画面作Screen叠加；前景画面亮度未达到50%的区域，与背景画面作Multiply叠加。

因此，Overlay模式是Screen模式与Multiply模式的混合体。通常其叠加结果为：亮部更亮，暗部更暗。

Soft Light

该模式中，前景画面亮度超过50%的区域，背景画面将被提高亮度，每个像素亮度提高的程度与同一位置的前景画面的亮度成正比。前景画面亮度未达到50%的区域，背景画面将被降低亮度，每个像素亮度降低的程度与同一位置的前景画面的亮度成反比。

应用此模式，前景画面将柔和地叠加于背景上。如果选择的前景画面恰当，可以得到类似于图像被发散光源照射的效果。

Hard Light

该模式作用原理与Overlay相同，只是前景与背景画面的上下层关系对换。

如果在 Overlay 模式下，叠加结果中前景较强，背景较弱，那么在 Hard Light 模式下，叠加结果则正好相反。

Vivid Light

该模式极度夸张地表现了图像中亮度较高及较低区域的色彩饱和度。在高亮度区域，前景和背景以 Color Dodge 模式叠加；在接近于黑的暗部，前景和背景以 Color Burn 模式叠加。

Liner Light

Liner Light 模式与 Vivid Light 模式的混合结果类似，但效果不及 Vivid Light 模式那样夸张，且前景画面在混合结果中更为明显。

Pin Light

在该模式的作用下，前景画面中凡是接近50%亮度的区域全部被背景画面取代，而前景画面中的亮部和暗部分别按照 Lighter 和 Darken 模式与背景叠加。

Hard Mix

该模式直接比较前景和背景画面相同位置像素的R、G、B三个通道的色值，根据比较的结果，三个通道的数值最终只有两种选择：0或255。因此，混合结果中，包括黑和白在内，图像一共只有8种色彩。

Difference

该模式用前景画面像素的色值减去背景画面上相同位置像素的色值，将计算结果的绝对值所代表的颜色输出为最终画面。如果前景画面与背景画面色值相同，则混合结果为黑色。

Exclusion

前景画面中的亮部区域使背景画面呈现负片效果，前景画面中的暗部区域对背景画面没有影响。

Hue

混合结果中，图像的色调来自于前景画面，饱和度和亮度来自于背景画面。

Saturation

混合结果中，图像的饱和度来自于前景画面，色调和亮度来自于背景画面。

Color

混合结果中，图像的色调和饱和度来自于前景画面，亮度来自于背景画面。

Luminosity

混合结果中，图像的亮度来自于前景画面，色调和饱和度来自于背景画面。

第三节　透明度与叠加模式的应用

运用叠加模式，可以得到不同于透明度混合的独特画面效果。

强化图像细节

画面经过细节强化，看上去会感觉更清晰（图11-3-1）。在本例中，图像的清晰度并未得到实质性的提升，只是通过选效果和叠加模式，适当突出画面中的轮廓线，造成一种视觉上的假象。

图11-3-1

1.在 Video 1 轨道和 Video 2 轨道中添加相同的镜头，且确保两个镜头上下对齐。

2.为 Video 2 中的前景镜头添加 Emboss 效果。

3.选中 Video 2 中的前景镜头，在 Video Effects 特效控制窗口中将 Blend Mode 设置为 Overlay。

4.适当调整 Emboss 效果中的各参数，使图像细节得到适度强化。

强化画面反差

1.在 Video 1 轨道和 Video 2 轨道中添加相同的镜头，且确保两个镜头上下对齐。

2.选中 Video 2 中的前景镜头，在 Video Effects 特效控制窗口中将 Blend Mode 设置为 Overlay、Soft Light 或者 Hard Light，画面反差可以得到不同程度的增强图 11-3-2。

图 11-3-2

3.适当调整 Opacity 参数，还可以进一步控制反差的强弱。

瞬间曝光过度

利用动态效果，造成瞬间曝光过度，模拟电影胶片中的高光闪白效果（图 11-3-3）。

图 11-3-3

1.在 Video 1 轨道和 Video 2 轨道中添加相同的镜头，且确保两个镜头上下对齐。

2.选中 Video 2 中的前景镜头，在 Video Effects 特效控制窗口中将 Blend Mode 设置为 Liner Dodge(Add)。

3.为 Opacity 参数设置关键帧，实现曝光强弱的动态效果。

4.如果仍然需要提高效果中最亮一帧的亮度，可以复制 Video 2 轨道中的镜头，放置于 Video 3 上，仍然与原有镜头保持上下对齐。

镜头遮光罩四角压暗效果

1.在 Photoshop 中制作图 11-3-4 中的灰度渐变图片，并导入

Premiere Pro。

2.Video 2轨道中加入灰度图片，在 Video 1轨道中加入待处理的镜头，确保两轨道上的镜头上下对齐。

3.选中 Video 2 中的图片，在 Video Effects 特效控制窗口中将 Blend Mode 设置为 Multiply。

4.适当调整 Opacity 参数，控制图像四角的亮度（图11-3-4）。

图11-3-4

5.如果将 Blend Mode 设置改为 Overlay，重新调整 Opacity 参数，则可得到曝光过度且四角压暗的效果（图11-3-5）。

图11-3-5

小窍门：叠加模式的增强与减弱

在 Premiere Pro 中，指定某叠加模式后，前景画面与背景画面即按照该模式混合。如果要进一步调整混合强度，可以通过以下方法实现。

要减弱前景或背景画面在混合结果中的比重，可以分别调整前景或背景镜头的透明度。

若 Opacity 参数已经调整至最大值，此时仍然要增强某种叠加模式的效果（如利用 Liner Dodge 制造曝光过度的效果、利用 Overlay 增加画面反差等）时，可以通过复制镜头并多次施加同一混合模式的方式实现。

第十二章　字幕

　　字幕是构成完整节目的重要组成部分，可以起到传递信息、表述主题和美化图像的作用。

　　现在，几乎所有的非线性编辑软件都集成了制作字幕的功能，不再需要以往线性编辑系统中的字幕机或字幕发生器。这不仅使创建字幕更加方便，而且为赋予字幕各种效果提供了极大的灵活性，拓展了创作空间。

　　而且，在非线性编辑系统中调整字幕，利于字幕与节目画面以及声音保持同步，达到最佳的整体效果。

　　在Premiere Pro中，创建字幕可以在专门的Title模块中完成，也可以借助类似Photoshop这样的图像处理软件。本章中，我们将掌握这两种创建字幕的方法。

　　Title模块是Premiere Pro中专门用于创建字幕的编辑界面。选择菜单Title → New Title → Default Still，或者在Project项目管理窗口中的 ▣ New Item下拉菜单中选择New Title，在弹出窗口中设置好创建字幕的视频格式，并为字幕命名，就可以激活Title模块。

　　在Title模块中，可以完成以下工作：

　　1.在Title Tools面板中可以创建各种元素，包括文字、图形与线条。

　　2.在Title Actions面板中指定各元素在屏幕中的排列位置与覆盖关系。

　　3.在Title Properties面板中设计各元素的样式，包括字体、大小、颜色、边缘、阴影等。

　　4.在Title Styles面板中，管理各种元素的样式。

　　5.制作规则运动的横向及纵向滚动字幕。

第一节 创建元素

这里所说的元素，不只包括文字，还包括与之搭配的图形与线条，它们共同构成了节目的字幕。Title Tools 面板中的各种工具，专门用于创建不同的字幕元素。

T Type Tool 工具

用于创建横向排列的单行文字。我们这里所说的单行文字，是为了与下面将要提到的多行文字相区别，并不是指该工具只能创建一行文字。选中该工具，在 Title 模块的屏幕中点击，即可在出现的光标中输入文字。如果需要另起一行，按 enter 键，否则文字将一直集中在一行里。

切换至 Selection Tool 工具，在屏幕中选中已创建的单行文字，文字周边将会出现边框和控制点。用鼠标拖拽这些控制点，可以调整文字的大小及宽高比例。如果用鼠标直接拖拽边框内部的区域，则可以调整文字的位置。

T Vertical Type Tool 工具

用于创建纵向排列的单行文字，其用法与 Type Tool 工具类似。如果需要另起一列，按 enter 键。切换至 Selection Tool 工具，同样可以调整文字的大小、宽高比例和位置。

Area Type Tool 工具

用于创建横向排列的多行文字。选中该工具，在 Title 模块的屏幕中画出一个范围，即可在出现的光标中输入文字。如果需要另起一行，按 enter 键。否则，文字在达到指定范围边缘时自动换行。如果文字行数较多，超出指定范围高度之外的行将不显示。

切换至 Selection Tool 工具，在屏幕中选中已创建的多行文字，文字周边将会出现边框和控制点。用鼠标拖拽这些控制点，可以调整指定范围，而文字的大小及宽高比例不变，文字会重新排列以适应新的范围。如果用鼠标直接拖拽边框内部的区域，则可以调整文字的位置。

Vertical Area Type Tool 工具

用于创建纵向排列的多行文字，其用法与 Area Type Tool 工具类似。如果需要另起一列，按 enter 键。切换至 Selection Tool

工具，同样可以调整文字的大小、宽高比例和位置。

✎ Path Type Tool 工具

用于创建路径文字。用户自己定义路径的样式，文字将自动分布在这条路径上。

选择该工具后，光标移入 Title 模块的屏幕中将呈现钢笔状态。在屏幕上单击可以定义若干节点，产生一条连接这些节点的折线。在折线的绘制过程中，如果要取消某个节点，可以在光标处于钢笔状态时双击该接点。当折线绘制完成时，按下esc键，或者选择 ▶ Selection Tool。这时，光标恢复为正常状态，一个控制框将圈选住这条折线。

在控制框范围内双击鼠标，光标将出现在折线的起始位置。此时输入的文字将自动沿折线排列。路径文字工具可以创建出既不是横排、也不是竖排的自由排列样式。

✎ Vertical Path Type Tool 工具

用于创建纵向排列路径文字。其用法与 Path Type Tool 工具类似。

✐ Pen tool 工具

用于创建曲线或折线，以及移动现有节点的位置。选择该工具，在屏幕上单击来定义若干节点，将会产生一条折线连接这些节点。在折线的绘制过程中，如果要取消某个节点，可以在光标处于钢笔状态时双击该接点。当折线绘制完成时，按下esc键，或者选择 ▶ Selection Tool 工具，光标恢复为正常状态，控制框将圈选这条折线。

先利用 ▶ Selection Tool 工具，选中某个元素，然后选择 ✐ Pen tool 工具，直接拖拽节点，将改变节点所在的位置。

✐ Delete Anchor Point Tool 工具

用于删除节点。选择该工具，既可以删除路径文字中的节点，也可以删除 ✐ Pen tool 工具绘制的曲线或折线上的节点。

先利用 ▶ Selection Tool 工具，选择某个元素，然后选择 ✐ Delete Anchor Point Tool 工具，直接点击要删除的节点。

✐ Add Anchor Point Tool 工具

用于添加节点。选择该工具，既可以在路径文字中添加节点，也可以在 ✐ Pen tool 工具绘制的曲线或折线上添加节点

先利用 ▶ Selection Tool 工具，选择某个要添加节点的元素，然

后选择 Add Anchor Point Tool 工具，在要添加节点的位置点击。

Convert Anchor Point Tool 工具

用于控制线条在节点处的曲率。选择该工具，既可以控制路径文字中的路径节点，也可以控制 Pen tool 工具绘制的曲线或折线上的节点。

先利用 Selection Tool 工具，选择某个要添加节点的元素，然后选择 Convert Anchor Point Tool 工具，可以从节点拖拽出控制手柄。通过控制手柄，可以调节节点两端的线条曲率。

Rectangle Tool 工具

用于创建矩形。选择该工具，用鼠标直接在屏幕中拖拽即可。按住 shift 键后拖拽出的矩形宽高比例将约束为 1:1。

Rounded Corner Rectangle Tool 工具

用于创建圆角矩形。选择该工具，用鼠标直接在屏幕中拖拽即可。按住 shift 键后拖拽出的矩形宽高比例将约束为 1:1。

Clipped Corner Rectangle Tool 工具

用于创建切角矩形。选择该工具，用鼠标直接在屏幕中拖拽即可。按住 shift 键后拖拽出的矩形宽高比例将约束为 1:1。

Rounded Rectangle Tool 工具

用于创建具有弧形边缘的矩形。选择该工具，用鼠标直接在屏幕中拖拽即可。如果矩形的高度大于宽度，则顶边缘和底边缘为弧形；如果矩形的宽度大于高度，则左边缘和右边缘为弧形。按住 shift 键后拖拽出的矩形宽高比例将约束 1:1。

Wedge Tool 工具

用于创建直角三角形。选择该工具，用鼠标直接在屏幕中拖拽即可。按住 shift 键后拖拽出的三角形，两个直角边的宽高比例将约束为 1:1。

Arc Tool 工具

用于创建扇形。选择该工具，用鼠标直接在屏幕中拖拽即可。按住 shift 键后拖拽出的扇形，两个直角边的宽高比例将约束为 1:1。

Ellipse 工具

用于创建椭圆形或圆形。选择该工具，用鼠标直接在屏幕中拖拽即可。按住 shift 键后拖拽将产生正圆。

Line Tool 工具

用于创建线段。选择该工具，用鼠标直接在屏幕中拖拽即可。

　　▶ Selection Tool 工具

用于在Title模块的屏幕中选择各种元素，以及用鼠标拖拽调整元素的大小、摆放它们的位置等。

　　▣ Rotation Tool 工具

用于控制选中元素的旋转。先选择Selection Tool工具选中元素，然后选择Rotation Tool工具拖动元素，即可旋转。

> ### 本节练习：创建元素
>
> 　　使用上述工具，创建各种元素。之后用 ▶ Selection Tool 工具调整位置和大小，用 ▣ Rotation Tool 工具控制旋转。

第二节　控制元素属性

　　Title模块右侧的Title Properties窗口集中了元素的各种属性。下面以文字元素为例，介绍各参数的设置。

　　选择 ▣ Area Type Tool 工具，创建多行文字。切换至 ▶ Selection Tool 工具，选中多行文字元素，在 Title Properties 窗口中将显示各参数。

Transform 形制

　　Opacity：文字的整体透明度。调整时，包括文字的填充、边缘及阴影，一同发生变化。

　　X Position：位置横坐标。利用 ▶ Selection Tool 工具直接拖拽元素位置时，此参数即时更新。

　　Y Position：位置纵坐标。利用 ▶ Selection Tool 工具直接拖拽元素位置时，此参数即时更新。

　　Width：文字框的宽度。单位为像素。

　　Height：文字框的高度。单位为像素。

　　Rotation：旋转。利用 ▣ Rotation Tool 工具直接拖拽元素旋转时，此参数即时更新。

Properties 属性

Font Family：字体。也可以在 Title 模块屏幕上方的下拉菜单中选择字体。

Font Style：字形。选择部分字体后，在下拉菜单中有 Bold 粗体、Bold Italic 加粗加斜、Italic 斜体以及 Regular 常规四种选项。

也可以通过 Title 模块屏幕上方的下拉菜单或按钮选择字体及字形 Arial Regular B I U 。

Font Size：字号。也可以在 Title 模块屏幕上方设置 T 84.0 。

Aspect：字符宽高比例。小于100%表示高大于宽，大于100%表示宽大于高。

Leading：行间距。也可以在 Title 模块屏幕上方设置 AA 25.0 。

Kerning：字间距。也可以在 Title 模块屏幕上方设置字间距 AV 64.0 。

Tracking：字间距。当文字被整体选中或部分选中时，Tracking 与 Kerning 没有区别，但当光标处于输入状态时，Kerning 只调整当前光标位置前后字符的间距，而 Tracking 作用于整组文字。

Baseline Shift：基线位置。选中部分字符后，单独使其位置偏离，常用于制作上标或下标。

Slant：产生倾斜。

Small Caps：将全部英文字母转换为大写。该选项只对字母有效。

Small Caps Size：调整被转换为大写的英文字母的字号。该参数只有在 Small Caps 被选中时有效。

Underline：下划线。

Distort：文字沿 X 轴或 Y 轴方向产生变形。

Fill 填充

Fill Type：可以选择 Solid 单色、Linear Gradient 线性渐变、Radial Gradient 圆形渐变、4 color Gradient 四色渐变、Bevel 斜角渐变、Eliminate 无色透明、Ghost 鬼影等多种填充方式。

Solid 单色填充中，可以指定填充的颜色和透明度。注意这里的透明度仅控制填充，与控制字幕整体的透明度不同。

Linear Gradient 线性渐变可以选择两种颜色，以及每种颜色的透明度。文字将填入这两种颜色和透明度的渐变效果。Angle 参数可以控制渐变的角度，Repeat 用于设定渐变的重复次数。

Radial Gradient 圆形渐变与 Linear Gradient 线性渐变类似，但颜色和透明度的渐变分布为圆形。

4 color Gradient 四色渐变可以在四种颜色之间形成渐变，适于制作色彩斑斓的字幕。

Bevel 斜角渐变可以让文字呈现立体效果。Highlight Color 和 Highlight Opacity 设置受光面的颜色和透明度，Shadow Color 和 Shadow Opacity 设置背光面的颜色和透明度。Balance 用于控制两种颜色的比重，Size 控制立体感的强弱。如果选中 Lit，文字呈现如同圆管般的立体效果。Light Angle 和 Light magnitude 控制圆管效果的光照角度和强度。

Eliminate 无色透明专门用于制作空心字，如果未给文字添加边缘，则文字会彻底消失。

Ghost 鬼影也是一种无色透明的填充方式，但与 Eliminate 无色透明不同的是，如果打开文字的 Shadow 选项，Ghost 可以产生阴影，而 Eliminate 无法产生阴影。

Sheen：该选项为文字添加一条光带。在内部参数中，可以设定光带的颜色、透明度、宽度、角度和位置。

Texture：为文字添加材质。点击 Texture 参数的材质图标，可以将一幅图片指定为文字的填充纹理。Flip with Object 控制纹理是否跟随文字移动，Rotate with Object 控制纹理是否跟随文字旋转。Scaling、Alignment、Blending 分别控制纹理的缩放，位置和叠加方式。

Strokes 描边

Inner Strokes：创建内边缘。点击 Add，设置边缘的样式、宽度、凸凹角度、是否渐变、颜色、透明度，还可以为内边缘单独设定光带和纹理。

Outer strokes：创建外边缘。参数与 Inner Strokes 相同。

Shadow 阴影

Color：阴影的颜色。只能指定单色。

Opacity：阴影的透明度。

Angle：阴影投射的角度。

Distance：阴影与文字的距离。

Size：阴影的大小。

Spread：阴影的模糊程度。

本节练习：控制字幕属性

创建字幕，控制其各种属性。

第三节　样式库

在节目制作中，同一性质的字幕常具有相同的属性，如字体、颜色等，所以不同性质的字幕可以利用属性上的差别加以区分。例如，人名字幕通常包括姓名和身份两部分。在同一节目中，为了方便辨识，所有姓名的文字样式都是一致的，而描述身份的文字则统一采用另外一种样式。

我们可以分别为不同性质的字幕设计好规范的样式。每当创建该类字幕时，就可直接赋予相应的属性。

样式库恰好起到这样的作用，它可以将元素上已有的属性存储下来，以便套用给另一个元素。自定义的样式一旦保存，即便是新建另外一个项目，该样式依然存在，除非我们人为将其删除。因此，Premiere Pro 允许在不同项目之间共用样式，这为字幕的制作提供了极大的方便。

使用现有样式

Premiere Pro 为用户预置了若干样式，存在于 Title 模块下方的 Title Style 窗口中。如果用户自行创建一些样式，保存后样式图标也会显示在该窗口中。根据图标中的示意，可以直接为元素选择这些样式。

1.创建元素。

2.利用 Selection Tool 选中该元素。

3.在 Title Style 窗口中选择一种样式，双击该样式的图标。

创建并保存样式

如果希望创建一个自定义的样式，可以按如下步骤操作。

1.创建元素，调整各种属性。

2.利用 ![](Selection Tool 选中该元素，在 Title Style 窗口右上角的下拉菜单中选择 New Style，在弹出窗口中为样式命名。点击 OK 按钮后，自定义样式的图标将显示于窗口中的最下方。

3.将光标放置在样式图标上稍作停留，将显示样式的名称。

管理样式

重新命名一个样式，可以选中该样式的图标，在鼠标右键菜单中选择 Rename Style，或者在 Title Style 窗口右上角的下拉菜单中选择 Rename Style。

删除一个样式，可以选中该样式的图标，在鼠标右键菜单中选择 Delete Style，或者在 Title Style 窗口右上角的下拉菜单中选择 Delete Style。

若希望一次删除所有的自定义样式，将 Title Style 窗口恢复为初始状态，可以在 Title Style 窗口右上角的下拉菜单中选择 Reset Style Library。

第四节　元素对齐与排列

当画面中同时出现两个甚至更多的元素时，就存在相互对齐与排列的问题。除了利用 ![](Selection Tool 手动控制外，Title 模块 Title Action 窗口中，还提供了自动处理方式。Align 中的按钮用于两个或更多元素之间的对齐，Center 按钮用于单个元素的居中，Distribute 用于三个或更多元素之间的排列。

Align

使用 Align 中的按钮，必须选中至少两个元素。可以按 shift 键复选，也可以用鼠标在屏幕中划出一个范围，圈选范围所覆盖的所有元素。

![]**Horizontal Left** 按钮：所有选中元素的左边缘对齐。

![]**Vertical Top** 按钮：所有选中元素的顶端对齐。

![]**Horizontal Center** 按钮：所有选中元素的横向中心点对齐。

Vertical Center 按钮：所有选中元素的纵向中心点对齐。

Horizontal Right 按钮：所有选中元素的右边缘对齐。

Vertical Bottom 按钮：所有选中元素的底端对齐。

Center

使用 Center 中的按钮，可以选中一个元素，也可以选中多个元素。当选中多个元素时，会将这些元素作为一个整体处理，不改变元素之间的相对位置关系。

Vertical Center 按钮：在屏幕中纵向居中。

Horizontal Center 按钮：在屏幕中横向居中。

Distribute

使用 Distribute 中的按钮，必须选中至少三个元素。可以按 shift 键复选，也可以用鼠标在屏幕中划出一个范围，圈选范围所覆盖的所有元素。

Horizontal Left 按钮：所有选中元素的左边缘等距分布。

Vertical Top 按钮：所有选中元素的顶端等距分布。

Horizontal Center 按钮：所有选中元素的横向中心等距分布。

Vertical Center 按钮：所有选中元素的纵向中心等距分布。

Horizontal Right 按钮：所有选中元素的右边缘等距分布。

Vertical Bottom 按钮：所有选中元素的底端等距分布。

Horizontal Even Spacing 按钮：所有选中元素的左右边缘等间距分布。

Vertical Even Spacing 按钮：所有选中元素的顶端和底端等间距分布。

上下层关系

多个元素位于屏幕上相同位置时，必然会相互遮挡。一般来说，先创建的元素位于下层，后创建的元素位于上层。如果想调整当前的上下层关系，可以先选中元素，然后在菜单中选择 Title → Bring to Front/Bring Forward/Send to Back/Send Backward。

Bring to Front：将选中元素调整至最上层。

Bring Forward：将选中元素向上调整一层。

Send to Back：将选中元素调整至最下层。

Send Backward：将选中元素向下调整一层。

第五节　字幕的创建与修改

我们已经了解了 Title 模块中各部分的作用。本节，将通过实例说明字幕的制作过程，最终效果如图 12-5-1，可参考配套光盘中实例文件夹内的 Sample24.bmp。

1.在 Timeline 时间线窗口，将当前回放标志定位在准备叠加

图 12-5-1

字幕的画面上。

2.选择菜单 Title → New Title → Default Still，指定字幕格式并命名，进入 Title 模块。

3.在 Title 模块屏幕上方，点击 ⬛ 09.00.03.13 Show Background Video 按钮可以选择是否以当前画面作为参考背景。按钮右侧的时码为当前画面在时间线中的位置。如果想以将其他画面为参考背景，可直接调整按钮右侧的时码。

4.在 Title Tools 窗口中选择 ◢ Arc Tool 工具，按住 Shift 键创建宽高一致的扇形，可以用 ▶ Selection Tool 工具拖拽控制点调整元素大小。

5.选中该扇形，在 Title Properties 窗口中，将 Fill Type 参数调整为 Solid，指定填充色为红色，并将填充色的透明度设定为50%。

6.选择 ⬛ Rectangle Tool 工具，创建矩形。在 Title Properties 窗口中，将矩形的 Fill Type 参数调整为 Liner Gradient，两个填充色均指定为红色，透明度则分别设定为 50% 和 0%，得到透明度

渐变的效果。调整 Angle 为 -90°，控制渐变方向。

　　7.控制两个图形元素的大小及位置，将它们拼合如图 12-5-2（图像参考背景被关闭）。

图 12-5-2

　　8.同时选中两个图形元素，拷贝并粘贴，创建出另一个衬底色带。控制其位置，并为其指定不同的颜色。

图 12-5-3

　　9.按住 shift 键，使用 ▨ Rotation Tool 工具，将新色带的扇形元素旋转 90 度。将两个色带拼合如图 12-5-3。

　　10.用 ▣ Type Tool 工具创建文字，在 Title Properties 窗口中选择字体、字号。文字的填充色为白色。在 Stroke 中，为文字加入 Outer Strokes 以及 Shadow，具体参数设置如图 12-5-4。

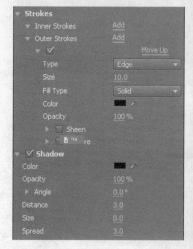

　　11.调整各元素之间的相对位置关系。全选所有元素，整体移动，调整字幕与画面之间的位置关系。

　　12.关闭 Title 模块，字幕素材的图标 ▣ Title 将出现在 Project 项目管理窗口中。直接双击该图标，可以重新进入 Title 模块，修改字幕。

图 12-5-4

　　13.向时间线中添加字幕的方法与添加镜头基本相同，插入编辑、覆盖编辑、三点编辑等规则同样适用。将字幕图标拖拽至 Source 素材回放窗口，设定入点及出点，利用拖拽或按钮操作将字幕置入时间线。

　　14.在时间线中，双击字幕，也可以重新进入 Title 模块，对其进行修改。

　　如果想创建一屏新的字幕，但仍然沿用现有字幕中所有元素的属性，只是修改文字内容，除了利用样式库外，也可进行如下操作。

　　1.在 Project 窗口双击字幕图标，或在 Timeline 时间线窗口中双击字幕，在 Title 模块中打开现有字幕。

　　2.选择菜单 Title → New Title → Based on Current Title，或点击屏幕上方的 ▣ New Title Based on Current Title 按钮。在弹出窗口中指定新字幕的格式和名称，点击 OK 按钮确定。

　　3.此时，Title 模块中创建了一个新的字幕，该字幕包含原有字幕的全部元素和属性。直接修改文字内容，关闭 Title 模块。

　　4.新的字幕将出现在 Project 项目管理窗口中。

第六节　灵活运用字幕的 Alpha 通道

何谓Alpha通道？在图像处理中，每个像素除了具有代表R、G、B三个颜色信息的通道外，还存在第四个通道，这就是我们通常所说的 Alpha 通道。这个通道并不反映画面的色彩，专门用来表示图像的透明程度。因为每个像素都具有独立的Alpha通道数值，所以在图像的不同区域可以呈现出不同的透明度。

字幕之所以能够叠加在背景画面上，正是因为带有 Alpha 通道。在 Alpha 通道的作用下，画面中各字幕元素的透明度较低或完全不透明，因此覆盖背景画面，而字幕中的空白区域透明度高，背景画面完全显现。也就是说，我们在创建字幕时，不仅创建了各种元素，还创建了整个字幕的透明度分布——Alpha 通道。

既然字幕带有 Alpha 通道，我们就可搭配使用一些特效，对其加以灵活运用。本节中，我们通过实例讲解如何发挥字幕中 Alpha 通道的作用。

图形填充

利用Title模块创建形状，实现前景和背景画面的重叠。最终效果如下，可参考配套光盘中实例文件夹内的Sample25.avi(图12-6-1)。

图12-6-1

1.进入 Title 模块，创建控制前景和背景重叠的字幕。选择 Ellipse工具，按住shift键绘制正圆，颜色任意，Opacity参数应为100%。如图 12-6-2 所示，该字幕的 Alpha 通道分布为：圆形区域内不透明，其余部分完全透明。

2.分别在Video 2轨道和Video 1轨道中放置前景和背景镜头。将做好的字幕放置于 Video 3 轨道，三个镜头上下重叠。

3.在 Video 2 中的前景镜头上添加 Track Matte Key 效果。将 Matte 参数设定为 Video 3，Composite Using 参数设置为 Matte Alpha。这时，Video 3 轨道镜头中的 Alpha 通道将作为 Video 2 轨道中前景镜头与 Video 1 轨道中的背景镜头重叠的依据。在叠加结果中，Alpha 通道中不透明的区域将显示 Video 2 轨道的画面，其

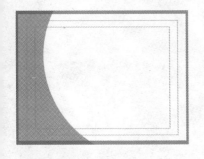

图12-6-2

它区域显示为透明，将填充背景画面(图 12-6-3)。

4.为 Video 1 轨道的镜头添加模糊效果。

5.创建提示字幕，添加于 Video 4 轨道。

6.回放编辑结果，根据情况判断是否需要生成。

图 12—6—3

字幕的运动填充

在 Title 模块中，不仅可以为字幕填充各种颜色，而且还可以利用 Texture 选项，将图片指定为填充的材质。而下面的例子中，我们要实现的是另外一种效果，将运动画面填充到字幕中。编辑结果可参考配套光盘中实例文件夹内的 Sample26.avi(图 12-6-4)。

1.在 Video 1 轨道上加入字幕的背景画面。

2.在 Video 2 轨道上加入字幕的填充画面。

3.打开 Title 模块，创建字幕。文字的填充色任意，但 Opacity 参数应为 100%。

4.将创建的字幕加入 Video 3 轨道。

5.在 Video 2 轨道的镜头上添加 Track Matte Key。将 Matte 参数设定为 Video 3，Composite Using 参数设置为 Matte Alpha。

6.回放编辑结果，根据情况判断是否需要生成。

图 12—6—4

第七节　　动态字幕效果

如图12-7-1所示的动态字幕效果应该如何实现？ Title模块只是用于创建各种元素，构成字幕的样式，并没有为字幕赋予特效的功能。为字幕设定特效，与镜头的特效处理手段相同。

图 12-7-1 中，字幕同时带有三种特效：过渡特技、效果和运动。其中，字幕的虚化可以借助动态效果完成，字幕的运动可以在 Motion 中控制，字幕的渐显和渐隐效果既可以利用过渡特技，也可以利用透明度实现。编辑结果可参考配套光盘中实例文件夹内的 Sample27.avi。

1.在 Video 1 轨道中加入背景镜头。

2.在 Title 模块中创建字幕，并添加于 Video 2。

3.在时间线中选中字幕，在 Effect Control 特效控制窗口中选中 Motion，为字幕的首帧和尾帧设置 Scale 参数的关键帧，使字幕

图 12-7-1

产生缩放运动。需要特别注意的是，为了避免清晰度下降，不要为字幕设置过大的 Scale 参数值。

4.为字幕添加 Gaussion Blur 效果，Blur Dimensions 参数选择 Horizontal。为 Blurriness 参数设置四个关键帧，位于首帧和尾帧的关键帧设置为较大的模糊程度，中间的两个关键帧模糊程度为 0，确保字幕完全清晰。

5.在字幕两端添加过渡特技 Cross Dissolve，或者在特效控制面板中为 Opacity 参数设置关键帧。字幕将以透明度渐变的方式出现和消失。

从上面的例子可以看出，如同为镜头赋予运动效果一样，Motion 可以控制字幕的运动，如缩放、位移以及旋转等。添加效果可以为字幕带来风格化的处理样式，辅以关键帧则可以实现动态效果。字幕的出现和消失方式可以通过添加过渡特技完成。例如在字幕两端添加划像或卷页效果，则字幕将按照相应的形式显现或消失。

我们曾经介绍过如何灵活运用过渡特技和效果，例如利用过渡特技制作持续效果以及利用效果实现镜头过渡等。这些技巧在处理字幕时同样适用。

一般来说，控制字幕的大小有两种途径：一是在 Title 模块中创建字幕时就调整好各元素的大小；二是在 Motion 中利用 Scale 参数控制字幕的大小。

当然，在创建字幕时就调整好字幕的大小是最为直观的方法，但是，电视画面是随时变化的，适合某帧的字幕并不意味着一定适合镜头的其他帧，而有时，我们还要让字幕的大小呈现动态变化，因此，实际操作中也经常需要借助 Motion 中的 Scale 参数调整字幕大小。

所有图像的分辨率都是有限的，伴随着 Scale 参数的放大，图像质量的下降不可避免。如果能够预先估计字幕可能会在 Motion 中被放大，就可以提前在 Title 模块中将各元素设计得偏大，以较高的分辨率存储字幕。

总之，如果无法避免要再次调整字幕的大小，则宁可事先把字幕做大，再通过 Scale 参数缩小，而不要因为创建字幕的尺寸不足而需要在 Motion 中放大。

图 12-8-1

第八节　字幕与视频的叠加模式

如同多层画面之间的叠加，将字幕叠加在视频上，同样可以使用各种叠加模式。

在图 12-8-1 中，图像的边缘处理搭配运用了字幕的叠加模式和效果。

1.向 Video 1 轨道中添加镜头。

2.进入 Title 模块，选择 Rectangle Tool 工具，创建矩形。该元素仅用于修饰镜头的边缘。Fill Type 参数选择 Eliminat。为元素添加边缘，设置宽度及颜色（图 12-8-2）。

图 12-8-2

3.将创建的字幕添加至 Video 2 轨道。在 Effect Controls 特效控制面板中，将 Blend Mode 设置为 Linear Light。这样，边框将与图像融合叠加（图 12-8-3）。

4.将当前序列嵌套至另一个序列中，为嵌入的镜头添加 Roughen Edges 效果。将 Border 参数设定为 90.0，Scale 参数设定为 175.0。

图 12-8-3

图 12-8-4

5.遵循上述步骤,可以将第十章中制作的连续运动的画中画的效果修改如图 12-8-4。编辑结果可参考配套光盘中实例文件夹内的 Sample28.avi。

第九节　　滚动字幕

在菜单 Title → New Title 中,除了 Default Still 外,还可以选择 Default Roll 和 Default Crawl。Default Roll 用于制作纵向滚动的字幕,也就是我们常说的上滚字幕。Default Crawl 用于制作横向滚动的字幕,也就是我们常说的横飞或横滚字幕。

如果已经进入 Title 模块,可以点击屏幕上方的 ▤ Roll/Crawl Options 按钮,在弹出的 Roll/Crawl Options 窗口中,选择 Title Type 中的对应选项,切换字幕模式。

创建纵向滚动字幕

1.选择菜单 Title → New Title → Default Roll,或点击 ▤ Roll/Crawl Options 按钮,进入到纵向滚动模式中。

与我们熟悉的 Default Still 模式相比,纵向滚动模式在屏幕右侧增加了滚动条。纵向滚动条的出现,说明允许将元素排列在屏幕高度之外的区域。

2.首先,创建若干元素,并将其整齐排列。图 12-9-1 中,我们一共输入了 9 行文字,文字的分布超过了屏幕的高度。如果创建的是 9 个单行文字,可以利用 Title Action 窗口中的按钮,将所有文字对齐并等距分布。

图 12-9-1

3.关闭 Title 模块,将字幕从 Project 项目管理窗口拖拽至 Source 素材回放窗口,设置入出点,添加至时间线。

4.回放、浏览编辑结果,字幕出现纵向滚动。该实例的编辑结果可参考配套光盘中实例文件夹内的 Sample29.avi。

纵向滚动字幕的起始和结束位置

在 Timeline 时间线窗口中,双击纵向滚动字幕,重新进入 Title 模块。移动屏幕右侧的滚动条至最顶端,此时字幕中各元素在背景图像上的位置,就是滚动开始时刻字幕的起始位置。将滚动条向下移动至最底端，此时字幕中各元素在背景图像上的位置，就是滚动结束时刻字幕的位置。

因此，控制纵向滚动字幕的起始位置，应先将滚动条移至最顶端，然后选择 ▶ Selection Tool 工具，利用鼠标拖拽摆放字幕中的各元素。

例如，如果希望滚动字幕的起始位置位于屏幕纵向的中央，则可以将滚动条移至最顶端，然后全选各元素，将首行文字拖拽至屏幕纵向的中央位置(图 12-9-2)。

但是，如果希望字幕的结束位置也在屏幕纵向的中央，就不能利用相同的办法。因为，如果将滚动条移至最底端，然后全选各元素拖拽，只能导致刚刚调整好的起始位置被改变。此时直接将滚动条移至最顶端，可以看到已经设置好的字幕起始位置被破坏。实际上，利用鼠标拖拽只能用来设定滚动字幕的起始位置。

要想控制滚动字幕的结束位置，可以在最后一行文字的下方加入足够多的换行，或者在位于最下方元素的下面，添加一个只包含空格的文字元素，起到占位符的作用。空格元素的位置应确保滚动条移至最底端时，最后一行文字位于背景画面中的指定位置。图 12-9-3 中，滚动文字的结束位置位于屏幕纵向的中央。

设置好起始和结束位置后，关闭 Title 模块，在时间线中浏览修改结果。可以看到，这时的字幕从屏幕纵向的中央位置开始向上滚动，直至最后一行文字位于屏幕纵向中心位置结束。本实例的编辑结果可参考配套光盘中实例文件夹内的 Sample30.avi。

图 12-9-2

图 12-9-3

控制滚动速度

速度是单位时间内运动的距离。也就是说，运动的距离和运动持续的时间共同决定了速度的快慢。一旦在 Title 模块中确定了字幕的排列高度，以及起始和结束位置，也就确定了字幕纵向滚动的距离。此时，影响滚动速度的因素就只剩下时间。

在 Timeline 时间线窗口中，用鼠标直接拖拽滚动字幕的边缘，可以调整镜头的长度，即滚动字幕持续的时间。镜头越长，滚动速度越慢；镜头越短，滚动速度越快。

设置滚动停留

在 Title 模块屏幕上方，点击 ▤ Roll/Crawl Options 按钮，在

弹出的 Roll/Crawl Options 窗口中，Timing(Frames)专门用于设置滚动字幕的停留，各参数的作用如下。

Start Off Screen：忽略当前字幕的起始位置。开始滚动时，让字幕从屏幕外侧入画。对于Roll模式，就是从屏幕下方入画。对于 Crawl Left 或 Crawl Right 模式，就是从屏幕两侧入画。

End Off Screen：忽略当前字幕的结束位置。滚动结束时，字幕从屏幕完全出画。Roll模式，就是从屏幕上方出画。Crawl Left 或 Crawl Right 模式，就是从屏幕两侧出画。

Preroll：起始位置停留时间。用于设定字幕在起始位置停留的时间，字幕预先停留一段时间后，再开始滚动。该数值的单位为帧，参数为空时按数值为 0 处理。如果选中 Start Off Screen，则该参数不可用。

Ease-In：起始加速度。用于设定字幕从静止状态开始，加速到正常滚动速度的过渡时间。该数值的单位为帧，参数为空时按数值为 0 处理。如果为该参数设置一个非 0 数值，字幕在开始滚动的过程中会带有逐渐加速的效果。

Ease-Out：结束减速度。用于设定字幕从正常滚动速度，减速到结束时的静止状态所需的过渡时间。该数值的单位为帧，参数为空时按数值为 0 处理。如果为该参数设置一个非 0 数值，字幕在滚动结束的过程中会带有逐渐减速直至静止的效果。

Postroll：结束位置停留时间。用于设定字幕在结束位置停留的时间，字幕停留一段时间后，再从屏幕消失。该数值的单位为帧，参数为空时按数值为 0 处理。如果选中 Ease-Out，则该参数不可用。

注意，以上各参数只会改变字幕滚动过程中各时间段的速度，不会导致时间线中滚动字幕整体长度发生变化。因此，设置 Preroll、Ease-In、Ease-Out、Postroll 参数时，这四个参数值的总和不能超过滚动字幕在时间线中的长度，否则，参数设置不合乎逻辑，将会导致时间线中的滚动字幕失效。

多行文字的位置排列

纵向滚动字幕常用多行文字工具创建。Title 模块中，屏幕上方的 Tab Stops 按钮专门用来控制多行文字中行与行之间的位置，使其对齐。

点击 ▦ Tab Stops 按钮，在弹出窗口中，刻度用来表示整个屏幕的宽度，其单位为像素。上方的三个按钮分别代表多行文字左对齐、中央对齐和右对齐。在刻度上方的空白区域，可以添加这三种对齐标志。

1.用 ▦ Area Type Tool 工具创建多行文字，选中该元素，为其设置文字属性。

2.点击 ▦ Tab Stops 按钮，添加对齐标志。在 Title 模块中，会同时出现与之相对应的参考线。用鼠标左右拖拽这些对齐标志，可以移动其位置。单击某对齐标志，可以利用弹出图标重新选择对齐方式。如果要删除某个对齐标志，可以用鼠标上下拖拽，直至对齐标志消失。设置好对齐标志后点击 OK 按钮。

3.在 Title 模块中双击多行文字元素，将光标置于需要定位的文字前，多次按下 tab 键，光标右侧的文字将依次定位于各对齐标志。按下 backspace 键，文字将退回至上一个对齐标志。

如图12-9-4所示，不同的对齐标志可以实现不同的文字版式。

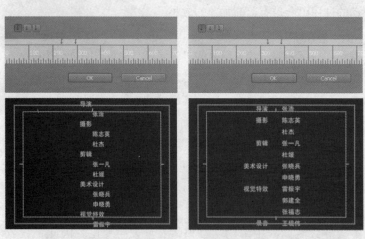

图 12-9-4

本节练习：纵向滚动形式一

纵向滚动字幕从屏幕下方入画，最后一行文字在屏幕中央位置停留5秒，隐黑。整个字幕滚动过程控制在15秒。编辑结果可参考配套光盘中实例文件夹内的 Sample31.avi。

1.在 Title 模块中创建文字。设置文字的属性。

2.将滚动条移至屏幕最底端。在多行文字的末尾增加空行，使最后一行文字的结束位置正好位于屏幕中央。需要特别注意的是，最后一行文字和上方与之相邻的文字间应保持一定距离，以确保最后一行文字停留时，上面的文字已经彻底出画。

3.点击 ▤ Roll/Crawl Options 按钮，在弹出的 Roll/Crawl Options窗口中，选中 Start Off Screen，让字幕从屏幕外侧入画。在 Ease-Out 中输入 50，在 Postroll 中输入 125。

4.关闭Title模块，在Project项目管理窗口中找到字幕，通过 Source 素材回放窗口截取 15 秒，加入时间线中。

5.在字幕结束位置添加Cross Dissolve过渡特技，并调整过渡的长度。

6.回放编辑结果。字幕入画上滚，临近结束时，经过2秒钟的逐渐减速，最终停留并隐黑。

本节练习：若干纵向滚动形式二

纵向滚动字幕从屏幕中央渐显，停留5秒后开始上滚，直至最后一行出画消失。整个字幕滚动过程控制在15秒。编辑结果可参考配套光盘中实例文件夹内的 Sample32.avi。

1.在 Title 模块中创建文字，设置文字的属性。

2.将滚动条移至屏幕最顶端，调整文字位置，使第一行文字正好位于屏幕中央。需要特别注意的是，第一行文字和与之相邻的文字间应保持一定距离，以确保第一行文字停留在屏幕中央时，下面的文字处在屏幕范围之外。

3.点击 ▤ Roll/Crawl Options 按钮，在弹出的 Roll/Crawl Options 窗口中，选中 End Off Screen，让字幕最终完全滚动出画。在 Preroll 中输入 125，在 Ease-In 中输入 50。

4.关闭Title模块．在Project项目管理窗口中找到字幕，通过 Source 素材回放窗口截取 15 秒，加入时间线中。

5.在字幕开始位置添加Cross Dissolve过渡特技，并调整过渡的长度。

6.回放编辑结果。字幕渐显，稍作停留后，经过2秒钟的逐渐加速，开始上滚，最终出画。

关于横向滚动字幕

在Default Crawl模式中制作横向滚动字幕时，滚动条将出现在屏幕下方，各环节的控制方法与纵向滚动类似，但需要特别注意以下两点。

1. 可以通过屏幕上方的 ▤ Roll/Crawl Options 按钮进一步选择横向滚动的方向。当然，对于中文和英文，从右向左滚动更符合阅读习惯，但对于个别书写方向相反的文字（如阿拉伯文或希伯来文），则适合从左向右滚动。

2. 在横向滚动字幕中，▥ Tab Stops按钮对于控制字幕版式没有太大的实际意义。

第十节 特殊字幕处理

本节中将讨论一些特殊情况下的字幕处理方式。

利用图片实现字幕

除了在Title模块中创建字幕外，制作透明背景（或带有Alpha通道）的图片也是创建字幕的一种途径。Title模块虽然提供了较多的实用工具，但是在设计方面毕竟功能有限。电视字幕常会由一些较为复杂的形状或线条构成，或者使用经过特殊设计的字体，甚至使用手写文字，这些都是Title模块无法实现的。当创建这些复杂文字或图形时，可以考虑使用图片。

例如图12-10-1中的标志虽然算不上复杂，但图形的四角不统一。在Title模块中，如果使用多个图形拼接，很难保证填充材质的连贯，借助图片实现显然更为方便。

图12-10-1

利用Photoshop制作psd图片用于字幕时，需要注意以下几点。

1. 确保透明背景（或带有 Alpha 通道），或者分层导入

Premiere Pro 可以识别 psd 文件中的图层。当导入带有多个图层的 psd 文件时，会弹出 Import Layered File 窗口，显示 psd 文件中的所有图层。在 Import As 下拉菜单中，存在四种选择。

Merge All Layers：合并所有图层。合并所有图层后导入。

Merged Layers：合并选定图层。允许用户在 Import Layered File 窗口中指定哪些图层被合并导入。

Individual Layers：分层导入。在 Import Layered File 窗口中，每个选中的图层都被单独导入。导入后，在 Project 项目管理

窗口中，会出现一个与 psd 文件同名的文件夹，其中包含被独立导入的所有图层。

Sequence：导入为序列。在 Import Layered File 窗口中，每个选中的图层都被单独导入。导入后，在 Project 项目管理窗口中，会出现一个与 psd 文件同名的文件夹，其中包含被独立导入的所有图层。在文件夹中，还会存在一个序列。打开该序列，可以看到每个图层都占据一个轨道，且轨道中的图层顺序与 psd 文件保持一致。

在 Import Layered File 窗口中，如果在 Footage Dimensions 下拉菜单中选择 Document Size，则每个图层都按照整个 psd 文件的分辨率导入。将这些图层加入到时间线中，图层间的相对位置关系不变。如果选择 Layer Size，则每个图层都按照本层有效像素所构成的分辨率导入，因此，层与层的分辨率各不相同，所有导入图层都会在屏幕上自动居中。选择序列导入的方式，我们可以明显看出两种选择之间的差别。Document Size 方式下，导入的序列中各层保持 psd 文件中的原始状态，Layer Size 方式下，导入的序列中各层均在屏幕上居中放置。在实际应用中，可根据需要加以选择（图 12-10-2）。

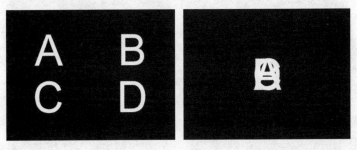

图 12-10-2

因为在 Photoshop 中制作的图片将作为字幕使用，所以如果选择 Merge All Layers 或者 Merged Layers 导入方式，应确保所有被导入的图层具有透明背景。

2.混合选项的导入

在 Photoshop 中，可以充分利用图层的混合选项设计字幕样式。在混合选项中，可以直接为字幕设定边缘、阴影、发光乃至立体效果。带有混合选项的图层会附着各种效果，但是这些效果无法直接带入 Premiere Pro。导入时，Premiere Pro 并不识别 psd

文件中的效果，只将图层原样导入。此时，合并图层是解决问题的最佳选择(图 12-10-3)。

在字幕层的下方新建一个图层，选中带有效果的字幕层，向下合并图层。这时，图层连同效果全部被栅格化，将其导入至 Premiere Pro 即可。

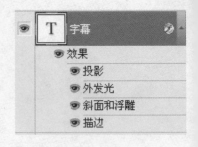

图 12-10-3

制作高分辨率字幕

进入 Title 模块前，可以在弹出的 New Title 窗口中设置字幕的帧尺寸。利用Photoshop创建字幕时，也需要指定新建图片的分辨率。通常，我们会参照当前序列的格式来设置字幕，使两者的帧尺寸一致，但是，该原则并非适用于任何情况。

例如，我们制作字幕大幅度缩放的运动效果。如果按照当前序列的格式创建字幕，在设置运动时，会用Scale数值过大而导致字幕质量严重下降（图 12-10-4）。

图 12-10-4

如果在创建字幕时，预先设定较大的分辨率，并且在 Title 模块中设置较大的字号，让文字充分利用该分辨率，那么，要获得同样的字幕效果，完全可以避免在 Motion 中使用较大的 Scale 数值。图 12-10-5 中，字幕的分辨率设定为 4000 像素宽，3000 像素高。

图 12-10-5

字幕整体超出屏幕范围，且需要大范围运动时，也需要足够的分辨率支持。例如，制作横向滚动字幕，但每行文字都要在屏幕中停留。该实例的编辑结果可参考配套光盘中实例文件夹内的Sample33.avi。显然，该效果无法通过Default Crawl横向滚动模式直接实现。

1.在Photoshop中创建图片，分辨率为2160像素宽，120像素高。在菜单编辑→首选项→参考线、网格和切片中，将网格线间隔定为720像素（屏幕宽度），子网格定为1。在菜单视图→显示中，选择网格。在菜单视图中，选择显示额外内容。

2.输入文字，设定文字属性。按照网格的提示排列文字，使文字的分布不小于屏幕宽度。将图像保存为psd格式。注意确保背景透明，以及合并带有混合选项效果的图层。

3.将图片导入Premiere Pro中，添加至时间线。在Motion中为Position参数添加关键帧，设定运动。

4.回放编辑结果（图12-10-6）。

图12-10-6

从上面两个实例中可以看出，创建高分辨率字幕是应对大范围运动的有效办法。

本节练习：自定义纵向滚动

制作纵向滚动字幕。设计三行文字，其中每行文字都在屏幕中央停留。在滚动过程中，每行文字均带有渐显和渐隐效果（图12-10-7）。编辑结果可参考配套光盘中实例文件夹内的Sample34.avi。

1.在Video 1轨道中加入背景镜头。

2.在Photoshop中创建字幕。新建宽768像素、高1728像素（3倍屏幕高度）的图像。将网格设定为576像素。选择显示网格，作为文字定位的参考。

输入文字，设定属性及位置。保存图片，注意确保其背景

图 12-10-7

为透明。(图12-10-8中，为了清晰显示文字与网格的位置关系，选择了黑色背景，但实际应为透明背景。)

3.将图片导入Premiere Pro，放置于Video 3轨道，预留出Video 2轨道用于制作渐变效果。

4.在Motion中，为Position参数添加关键帧，控制字幕的运动，使每行字幕都从屏幕下方入画，在屏幕中央停留，再从屏幕上方出画。为了避免字幕在整个运动过程中发生水平方向的位移，要确保所有关键帧的Position横坐标值相同。

5.为滚动字幕添加渐显和渐隐效果。在Photoshop中创建图片。新建宽768像素、高576像素的图像。用渐变工具将画布填充为如图12-10-9的灰度图片。

6.将图片导入Premiere Pro。在Video 2轨道加入图片，并为图片添加Track Matte Key效果。

7.在Effect Controls特效控制窗口中，将Track Matte Key

图 12-10-8

中的 Matte 参数设定为 Video 3，Composite Using 参数设定为 Matte Alpha，即将 Video 2 轨道上的图像填充在 Video 3 轨道中图片的 Alpha 通道区域，画面结果如图 12-10-10。

8.在 Effect Controls 效果控制面板中，将 Video 2 轨道的 Blend Mode 参数指定为 Liner Dodge(Add)，利用叠加模式去除黑色，保留白色。

9.回放编辑结果。

图 12-10-9

图 12-10-10

小知识：字幕安全框

在 Title 模块中，总有两个矩形框线显示在屏幕边缘，这就是字幕安全框。

由于显像管电视机的结构所致，不同屏幕在显示范围上总是存在微小的差异。这一点在不同生产商制造的电视机或不同型号的电视机之间表现得更为明显。为了将画面边缘"隐藏"在屏幕之外，所有电视机屏幕的实际显示区域会小于我们编辑的画面。为此，在节目制作环节，存在字幕安全框的概念。顾名思义，在框线范围内，字幕将是"安全"的，可以被绝大多数的电视机显示。如果字幕位于框线范围之外，则有可能是"不安全"的。在制作字幕时，务必将各元素定位于安全框范围之内。

字幕安全框包括里外两层框线。相比外层框线，内层框线的安全系数更高。

内层和外层安全框的大小可以自行设定。新建项目时，在 Project Settings 项目设置窗口中，Action and Title Safe Areas 区域可以设置两层安全框的水平和垂直位置。在 Premiere Pro 编辑界面中，可以选择菜单 Project → Project Settings → General，随时修改安全框的设定 12—10—11。

图 12—10—11

在 Title 模块屏幕右上角的窗口控制菜单中，可以选择 Sate Title Margin 或 Safe Action Margin 决定是否显示字幕安全框。在 Source 素材回放窗口和 Project 完成片回放窗口中，也可以通过屏幕右上角窗口控制菜单中的 Sate Margin 决定是否显示字幕安全框。

第十一节　使用模板

Premiere Pro 中预置了大量的字幕模板，用户可以根据需要，选择主题和样式相近的模板直接套用，或者在现有模板的基础上做出适当的修改。

选用模板

选择菜单 Title → New Title → Based on Template，在弹出的 Templates 窗口中选择适用的模板。左侧的列表显示了按主题分类的模板名称，右侧窗口可以预览模板样式。

选中模板后，点击 OK 按钮，即可进入 Title 模块。

在模板中，可以直接选中文字元素，输入新的内容。

更换模板

在 Title 模块中，点击屏幕上方的 ▦ Templates 按钮，可以在弹出的 Templates 窗口中重新选择模板。

调整模板

通常，模板由文字、图形和线条组成。这些元素的属性均可调整。如果认为某些元素并不适用，可以选中该元素修改其属性。如果某些元素的数量需要增减，如文字条目的多少，则可以选中该元素后进行复制或删除。

第十三章　声音处理

声音是构成影视语言的两大要素之一，是节目不可或缺的组成部分。

在 Premiere Pro 中，除了可以调整声音的音量、分声等，还能够为声音添加各种过渡特技和效果。此外，利用编辑界面中的调音台，可以对声音轨道实施编组控制，甚至直接为节目录制解说。虽然 Premiere Pro 在音频调整方面的功能还远比不上专业声音处理软件，但是对于常规节目制作中的声音调整，已经足以应对了。

让我们先从认识各种类型的声音轨道开始，逐步掌握 Premiere Pro 中的声音处理功能。

第一节　声音轨道

在 Premiere Pro 中，声音轨道被分为五种类型：Mono 单声道轨道、Stereo 立体声轨道、5.1 环绕声轨道、Submix 辅助混合轨道以及 Master 主输出轨道。其中，Submix 辅助混合轨道又分为 Mono 单声道、Stereo 立体声、5.1 环绕声三种。

Mono 单声道轨道：轨道只包含单一声道。在单声道轨道中，只能添加单声道的声音素材。

Stereo 立体声轨道：轨道包含左、右两个声道，或称为 L、R 两个声道，在电视制作中也常被称为 1、2 两个声道。在立体声轨道中，只能添加立体声素材。

5.1 环绕声轨道：轨道包含左前、右前、左后、右后、中置、超低音六个声道。在 5.1 环绕声轨道中，只能添加以环绕声方式记录的素材。

Submix 辅助混合轨道：辅助混合轨道不是真实存在的声音轨道，而是帮助实现复杂声音的调整的虚拟轨道。在辅助混合轨道中，不能添加任何素材，但可以包含并控制 Mono 单声道轨道、Stereo 立体声轨道、5.1 环绕声轨道或其他 Submix 辅助混合轨道。用户可自行设定辅助混合轨道的控制范围。

Master 主输出轨道：用于节目声音的最终输出。在主输出轨道中，不能添加任何声音素材。

添加声音轨道

选择菜单 Sequence → Add Tracks，或者在轨道控制组件中，通过单击鼠标右键选择 Add Tracks，即可弹出 Add Tracks 窗口。在 Audio Tracks 中，分别指定添加 Mono 单声道轨道、Stereo 立体声轨道或 5.1 环绕声轨道的数量和位置。在 Audio Submix Tracks 中，可以指定添加 Submix 辅助混合轨道的数量和位置。

Master 主输出轨道代表着节目声音的最终输出。该轨道在时间线中的数量和位置是固定的，既不可以随意添加，也不能被删除。

小窍门：利用拖拽操作添加声音轨道

将声音素材直接拖拽至 Timeline 时间线窗口中 Master 轨道下方的空白区域，可以添加一个新的声音轨道，同时将声音素材置入这个轨道。

此种方法添加的声音轨道类型与拖拽的声音素材类型一致。如果拖拽立体声素材，则添加的就是立体声轨道，如果拖拽单声道素材，则添加的就是单声道轨道。

删除声音轨道

选择菜单 Sequence → Delete Tracks，或者在轨道控制组件中，通过单鼠标右键选择 Delete Tracks，即可弹出 Delete Tracks 窗口。在 Audio Tracks 中，可以删除空白的声音轨道或特定轨道。在 Audio Submix Tracks 中，可以删除空闲的或特定的辅助混合轨道。

声音轨道控制组件

在时间线窗口轨道控制组件中，扩展声音轨道的显示，各部分功能如下。

Toggle Track Output：开启或关闭该轨道的声音输出。

与视频轨道间相互覆盖的关系不同，各声音轨道间是混合输出的关系，不会因为开启某个声音轨道的输出而导致其他轨道的声音输出消失。如果关闭该标志，最终的输出声音中将不包括该声音轨道。

■ **Toggle Sync Lock**：与视频轨道中的 Toggle Sync Lock 标志作用相同。向时间线中添加镜头（或声音段落）时，带有该标志的轨道将受到插入编辑的影响，或是从时间线删除镜头（或声音段落）时，带有该标志的轨道将受到抽取的影响。

■ **Toggle Track Lock**：与视频轨道相同，带有该标志的轨道被锁定，不受任何编辑操作的影响。

■ ■ ■：轨道类型标志，分别代表立体声轨道、单声道轨道和 5.1 环绕声轨道。

■ **Set Display Style**：是否显示声音波形。选择 Show Waveform 显示波形，选择 Show Name Only 不显示波形。

■：该按钮下拉菜单中存在若干选项。Show Clip Keyframes 用于显示声音段落的关键帧，Show Clip Volume 用于显示声音段落的音量，Show Track Keyframes 用于显示轨道的关键帧，Show Track Volume 用于显示轨道的音量，Hide Keyframes 用于隐藏所有音量线和关键帧。关于声音段落和轨道的音量，我们接下来就将详细讨论。

第二节　　调整音量

电视节目中，声音的来源主要有以下几种渠道。

1.同期声：在拍摄影像素材时获取的声音，采访中的人声或表演中的对白等都属于同期声。通常情况下，同期声是在节目中占有最大比重的声音类型。同期声与画面同步，对于节目叙事和传递信息具有至关重要的意义。

2.环境声：在拍摄时拾取的背景声音或环境噪音，如风声、雨声、马路上车辆驶过的声音或市场中嘈杂的人声等。适当加入环境声可以增强镜头的现场感，带给观众身临其境的听觉感受。

3.解说声：也叫做旁白，是在后期制作环节加入的人声。

4.配乐：是在后期制作环节加入的声音。

5.动效：配合节目画面，在后期制作时加入的动作声和效果声。

面对众多的声音来源，控制音量成为节目制作的重要环节，尤其是同时包含多种声音成分时，只有设定恰当的混合比例才能达到理想的效果。

认识音量表

首先，让我们来认识一下音量表。

在 Premiere Pro 的编辑界面中，Audio Master Meters 窗口提供了音量表。它通过上下起伏的色块表示音量的动态变化，专门显示 Master 轨道的音量，既回放完成片时的最终输出音量。音量表的刻度为 dB（分贝）。

小知识：dB（分贝）

声音是一种波动现象，通过不断变化的空气震动传递声波。音量又称响度，表示声波的震动幅度。

在音量表中，音量刻度的单位为 dB（分贝）。它通过对数计算（Log）将声波的强弱转化为数值。这种计算方法的好处是可以用相对较小的数值区间来描述很宽的动态范围，非常适合于表示声音这类起伏差距很大的信号。

更为重要的是，这种表示方式更加符合人耳的听觉感受。不同的人对声音的主观感受存在一定的差异，但基本上以下规律适用于绝大多数人的听觉感知：即听到的声音响度与声音的实际功率的相对增长直接相关。例如，当同一音调的功率从 0.1 瓦增长到 1 瓦时，会感觉听到的声音响了很多，因为功率相差 10 倍，但从 1 瓦增强到 2 瓦，就会感觉响度差别不大，因为功率只增加了 1 倍，声音功率从 10 瓦增大到 11 瓦时，基本上没人能听出响度的差别。用 dB 表示音量，其数值与人耳听到的响度比较吻合。

dB 是一个相对概念，没有绝对的量值。所有数值都是跟基准数值比较后计算得出的。如果某个声音的功率与预先设定的基准相同，音量的数值即会表示为 0dB。

音量在 -6dB 以下，音量表显示为绿色，表示声音信号的音量完全处于正常范围之内。这时，输出的声音与原声相比几乎不会产生失真，或只存在不易察觉的微小失真。

　　音量在-6dB至0dB之间，音量表显示为黄色，表示声音信号的音量尚处于正常范围之内，但已经接近或达到该范围的极限。考虑到声音信号始终处在动态变化之中，此时的音量随时有可能超出正常范围，导致失真的产生。

　　音量在0dB以上，音量表显示为红色，表示声音信号的音量已经处于正常范围之外。输出的声音与原声相比存在明显的失真。在声音处理中，应杜绝这种情况发生。

　　借助音量表的显示，在节目制作中调整音量应把握以下原则。

　　1.让音量表中音量的动态显示范围尽量充满绿色区域，既峰值音量应达到-6dB。此时，可以充分利用设备或软件的动态处理范围，使声音输出具有足够的响度，同时有助于将各处理环节带入的背景噪声湮没于有效声音中，提高声音的信噪比，最大限度地保持输出声音的质量。

　　2.允许动态显示的音量瞬间进入黄色区域，但严禁进入红色区域。杜绝任何严重失真现象的发生。

调整段落音量

　　在时间线中，存在两种控制音量的方式：段落音量和轨道音量。

　　段落音量用于控制轨道中某个段落的音量。扩展轨道显示，在轨道控制组件的 ◙ 下拉菜单中，选择 Show Clip Volume，则显示在镜头声音上的黄线即代表了该段落的音量。

　　用鼠标上下拖动黄色音量线，将整体提升或降低该段落的音量。调整中，dB 值将显示在段落下方。

　　如果需要为段落音量设置渐强或渐弱的效果，则需要添加关键帧。在时间线中选中该段落，在轨道控制组件中使用 ◀•▶ 按钮组合，在黄色音量线上添加两个或更多的关键帧，上下拖拽调整每个关键帧的音量。

　　在 Effect Controls 特效控制面板中，同样可以为段落音量设置渐强或减弱效果。在时间线中选中该段落，扩展开 Effect Controls 特效控制面板中的 Audio Effects。为 Level 参数添加关键帧并设置数值，即可控制音量的起伏。

　　在 Effect Controls 特效控制面板中，Bypass 参数用于开启或关闭段落音量的调整设定。为 Bypass 参数设置两个关键帧，其中

左侧的关键帧选中  标志，右侧的关键帧保持未选状态。回放时，两个关键帧之间的所有音量调整设置将失效，声音会按照源素材的音量输出。注意，Bypass 参数只作用于段落音量调整，不能用于轨道音量调整。

本节练习：段落音量控制

整体调整声音段落的音量，使音量表的显示趋于标准，并将段落的开头和结尾处理为渐强及渐弱的效果。

1.在时间线中添加声音段落。注意声音段落应与声音轨道的类型相匹配。

2.在轨道控制组件中，选择 Show Clip Volume。在时间线中直接调整段落的黄色音量线，或在 Effect Controls 特效控制面板中控制 Level 参数的数值，使得该段落音量的动态范围既能够充分占据音量表的绿色区域，又不至于冲入红色区域。

3.在段落首帧和接近首帧的位置添加关键帧，将首帧上的关键帧调整为最小音量。在 Level 参数中，最小音量显示为 $-\infty$。

4.在段落尾帧和接近尾帧的位置添加关键帧，将尾帧上的关键帧调整为最小音量（图 13-2-1）。

5.回放编辑结果。

图 13-2-1

调整轨道音量

轨道音量用于控制整个轨道中所有段落的音量。扩展轨道显示，在轨道控制组件 ⬙ 下拉菜单中，选择 Show Track Volume，此时出现的黄色音量线贯穿整个轨道，与段落音量线截然不同。

用鼠标上下拖动黄色音量线，将整体提升或降低该轨道中所有段落的音量。调整中，dB 值显示在段落下方。

如果需要为轨道音量设置渐强或渐弱的效果，则需要在黄色音量线上添加关键帧，具体操作与段落音量调整类似，但是，在 Effect Controls 特效控制面板中，Level 参数专门用于调整段落音量，与轨道音量无关。

与段落音量的黄色音量线附着于镜头不同，轨道音量线附着于轨道之上。如果我们调整了某镜头声音部分的段落音量线，当该声音段落被删除后，有关音量调整的设置也一同被删除，但如果我们调整了某个位置的轨道音量线，则无论在该位置放置什么镜头，其声音部分都会受到轨道音量设置的影响，即使该位置的镜头被删除，声音轨道为空，轨道音量设置依然会存在。

需要特别注意的是，在轨道控制组件中选择显示轨道音量后，鼠标无法单独点选某个声音段落。因此，轨道音量的相关操作完成后，应选择其他显示方式，以便利用鼠标完成各种常规操作。

图 13—2—2

本节练习：轨道音量控制

调整轨道的音量，使音量表的显示趋于标准，并实现跨段落的渐弱效果，如图 13-2-2 所示。

1.在时间线中添加若干声音段落，注意声音段应与声音轨道的类型相匹配。

2.在轨道控制组件中，选择 Show Track Volume。在时间线中直接调整段落的黄色音量线，使得第一个段落的音量动态范围既能够充分占据音量表的整个绿色区域，又不至于冲入红色区域。

3.在第一个段落接近尾帧的位置和最后一个段落的尾帧位置添加关键帧，将尾帧上的关键帧调整为最小音量。在 Level 参数中，最小音量显示为 -∞。

4.回放编辑结果。

可以看出，将多个段落作为一个整体设置渐强或渐弱的效果时，调整轨道音量更为方便。如果调整段落音量，则在每个段落上都要设置若干个关键帧。

段落音量线和轨道音量线同时作用于轨道的声音输出。例如，段落音量被提升，同时又将轨道音量降低，则它们的作用会相互抵消，最终输出音量为两个参数共同作用的结果。

在调音台中调整音量

绝大多数非线性编辑软件都会设计专门的调音界面，Premiere Pro 也不例外。Audio Mixer 窗口的设计如同一个真正的调音台，唯一的不同点只在于我们只有一个鼠标，无法像操作真正的调音台那样同时控制若干个推子和旋钮罢了。

时间线中的每个声音轨道都会在调音台中对应一个模块。不同类型的轨道对应的模块样式也不同。图 13-2-3 中的各模块，依次对应单声道轨道、立体声轨道、5.1环绕声轨道、辅助混合轨道以及主输出轨道。

图13-2-3

每个模块中都有用来控制音量的推子。这些推子专门用于调整轨道音量，与段落音量无关。推子位于0dB位置，表示轨道音量位于初始状态，未经任何调整。进行调整时，即可控制推子的位置，也可直接在推子下方输入数值。如果在时间线轨道控制组件中选择Show Track Volume，调整推子时，可以看到轨道音量线同步移动。同样如果拖拽轨道音量线，调音台中的推子也随之移动。

在调音台中控制轨道音量的最大好处就是可以边回放，边调整，边监听。

在时间线窗口中借助关键帧设置轨道音量的起伏时，一般需要先回放，然后设置并调整关键帧，接着再回放。如果效果不理想，还要重新调整关键帧，然后再回放……这种方式适用于相对简单的音量调整，或多用于设定音量的线性变化。

利用调音台界面，我们可以在回放的同时调整音量，并将所有调整以关键帧的形式记录下来。在每个模块上方的下拉菜单中，共有5个选项。它们提供了边回放边调整的功能。

Write：在调整推子的同时在轨道音量中记录关键帧。回放时间线，根据输出音量随时调整推子。停止回放后，查看时间线中的轨道音量线，所有调整都被以关键帧的形式记录下来，音量线被描绘为一条与推子的调整相吻合的轨迹(图13-2-4)。

图13-2-4

Read：按照当前的关键帧设置回放轨道音量。根据轨道音量线上已有的关键帧设定，推子在回放过程中相应推拉，回放音量也随之变化。该选项用于查看轨道音量的调整是否恰当。

Off：关闭轨道音量线上的关键帧设定。此状态下，声音段落将按照源素材的初始音量回放。该选项用于查看声音段落音量调整前的原始状态。

Latch：选中Latch后，在回放的开始阶段，推子处于Read状态，会读取已有的轨道音量关键帧。一旦开始用鼠标控制推子，则自动转入Write状态，推子的当前动作会转化为关键帧记录在轨道音量线上，覆盖原有的轨道音量设置。在回放过程中，停止控制推子，模块将仍处于Write状态，直至回放被中止。

利用Write将关键帧写入轨道音量后，可以通过Latch选项针对调整不当的段落进行修改。

Touch：该选项与 Latch 功能相似，但又存在差别。选中 Touch 后，在回放的开始阶段，推子处于 Read 状态，会读取已有的轨道音量关键帧。一旦开始用鼠标控制推子，则自动转入 Write 状态，推子的当前动作会转化为关键帧记录在轨道音量线上，覆盖原有的轨道音量设置。与 Latch 的区别在于，在调整过程中，如果停止控制推子，模块将恢复 Read 状态，而不是保持 Write 状态。

Touch 选项也可用于修改轨道音量的现有设置，但与 Latch 不同的是，在回放过程中一旦停止控制推子，之后的轨道音量设置将被保留。

用 Write、Latch 或 Touch 控制轨道音量，往往会写入大量关键帧。如果要删除这些关键帧，恢复原始的轨道音量，最便捷的办法就是在 Latch 状态下回放，将推子定位于 0dB 位置，直至结束。此操作相当于用 0dB 的音量擦除原有的全部关键帧设置。

调整节目音量的步骤

在节目制作中，需要合理规划声音轨道。如果节目涉及的声音来源较多，可将同期声、环境声、解说声、配乐、动效等分门别类放置在不同的轨道。这样，既便于查找和管理，也便于控制各类声音之间的音量搭配。调整节目音量时，可参照下列步骤进行。

1.调整段落音量。在添加镜头的同时，调整段落音量，适当控制背景音乐、环境声、动效等声音的强弱，使每个镜头的声音都具有适当的音量输出。

2.调整轨道音量。如果需要改变各类声音之间的混合比例，可以调整轨道音量，整体改变某类声音的强弱，直至各类声音搭配事理。

3.调整主输出音量。如有必要，在最终输出前调整 Master 主输出轨的音量。

第三节　　录制解说声

在 Audio Mixer 调音台窗口中，可以直接为节目录制解说声。如果连有麦克风，为了确保声音质量，要将麦克风置于适宜的拾音环境中。

在调音台中，单声道轨道和立体声轨道对应的模块具有以下按钮。

🔊 **Mute Track**：与轨道控制组件中的 🔊 Toggle Track Output 作用相同，可以控制最终的输出中是否包括对应轨道的声音。

✒ **Solo Track**：选中后，将关闭对应轨道之外所有轨道的声音输出。可以看到，按下该按钮的同时，其他轨道的 🔊 Mute Track 按钮会自动显示为禁止。这时，最终输出将只包含该轨道的声音。

按下某个轨道的 ✒ Solo Track按钮后，其他已处于Solo Track 状态的轨道将不受影响。

🎤 **Enable Track for Recording**：选中后，录制的解说声将被放置于对应的轨道。如果同时选中多个轨道的 Enable Track for Recording，解说段落会同时放置在这些轨道中。如果某个轨道在对应位置上已经存在声音段落，则该声音段落将被覆盖。

调音台下方的 ⏺ Record 按钮专门用于录制解说声，但还需要按下 ▶ Play-Stop Toggle 才能启动。录制解说声时，可按照如下步骤操作。

1.选择轨道。在调音台窗口中，开启希望放置解说声的轨道的 🎤 Enable Track for Recording 按钮。

2.在时间线窗口中，将当前回放标志定位在解说声的起始位置，或者比该位置稍微靠左，预留出适当的反应时间。

3.按下 ⏺ Record 按钮，做好录音准备。

4.按下 ▶ Play-Stop Toggle 按钮，开始录音。时间线中的画面及声音将同步回放，为录音提供参照。

5.按下 ⏹ Play-Stop Toggle 按钮，录音停止。录制的声音段落将同时出现在 Timeline 时间线窗口和 Project 素材管理窗口中。如果轨道中对应位置原来存在声音段落，则将会被新录制的段落取代。

第四节 分声

分声就是声道的分配。本节中，我们分别以单声道轨道和立体声轨道为例，说明分声的作用。为了确保所有分声效果都能够

图 13-4-1　　　图 13-4-2

图 13-4-3　　　图 13-4-4

图 13-4-5　　　图 13-4-6

正常发挥其功能,请将调音台中所有模块的当前状态设定为Read。

单声道轨道的分声

在调音台中,单声道轨道对应的模块如图 13-4-1。在单声道轨道中,分声旋钮可以控制声音分配给最终输出端口的左声道或右声道的比例。

分声旋钮的初始设定位于L及R的中央位置,旋钮下方的数值为0.0。此时,该轨道的声音将同时输出给Mater主输出模块的L声道及R声道。由于将一个声道的声音同时分配给两个声道输出,所以与单声道轨道中的原有音量相比,主输出中L声道及R声道的音量会有所衰减(图 13-4-2)。

如果将单声道轨道的分声旋钮向左旋转至L位置,旋钮下方的数值显示为-100.0。此时,该轨道的声音将只输出给Mater主输出模块的L声道,输出的音量不发生衰减(图 13-4-3)。

如果将单声道轨道的分声旋钮向右旋转至R位置,旋钮下方的数值显示为100.0。此时。该轨道的声音将只输出给Mater主输出模块的R声道,输出的音量不发生衰减(图 13-4-4)。

如果将单声道轨道的分声旋钮设定至某一中间状态,该轨道的声音将按比例输出给Mater主输出模块的L声道及R声道,各声道输出的音量相应产生衰减。

立体声轨道的分声

在立体声轨道中,分声用来控制L声道或R声道中哪个声道被保留,并分配给最终输出端口的对应声道。

我们在立体声轨道中放一个声音段落,该声音段落的L声道为对白声,R声道为背景噪音。在调音台中,立体声道轨道的对应模块如图 13-4-5。

图中的分声旋钮设定于L及R的中央位置,旋钮下方的数值为0.0。此时,该轨道中L声道和R声道的声音将对应的输出给Mater主输出模块的L声道及R声道。因为声道的输出一一对应,所以不存在音量的衰减(图 13-4-6)。

如果将单声道轨道的分声旋钮向左旋转至L位置,旋钮下方的数值显示为-100.0。此时,立体声轨道中的L声道将对应输出给Mater主输出模块的L声道,不存在音量的衰减。立体声轨道中的 R 声道被抑制，不会输出给 Mater 主输出模块的 R 声道（图 13-4-7）。

如果将单声道轨道的分声旋钮向右旋转至 R 位置，旋钮下方的数值显示为 100.0。此时，立体声轨道中的 R 声道将对应的输出给 Mater 主输出模块的 R 声道，不存在音量的衰减。立体声轨道中的 L 声道被抑制，不会输出给 Mater 主输出模块的 L 声道（图 13-4-8）。

如果将立体声轨道的分声旋钮设定至某一中间状态，L 声道及 R 声道的声音将对应的输出给 Mater 主输出模块的 L 声道及 R 声道。其中一个声道的音量保持不变，另一个声道的音量产生衰减。

图 13-4-7　　　　图 13-4-8

为分声设定关键帧

在时间线窗口中，可以为分声设定关键帧，实现动态效果。

打开声音轨道的 Show Track Keyframes，在轨道起始位置的下拉菜单中选择 Panner → Pan（图 13-4-9）。

图 13-4-9

当前贯穿轨道的黄线表示分声设定。鼠标上下拖拽黄线，相当于旋转分声旋钮，改变分声数值。

如果在黄线上设置关键帧，并分别设定分声数值，就可以得到动态分声效果。当然，如果回放该分声设置，调音台中各模块应处于 Read 状态。

如果希望在回放的同时调整分声，并将所有调整以关键帧的形式记录下来，也可以在调音台窗口中各模块的 Write、Latch 或 Touch 模式下进行控制，具体操作方法与调整轨道音量类似。

第五节　　声音过渡与效果

与处理图像类似，声音段落中也可以添加过渡特技与效果。在 Effects 特效窗口中，Audio Effects 提供了声音效果，Audio Transitions 提供了声音过渡特技。

声音过渡

声音过渡特技用于声音段落之间的接点衔接。

声音过渡特技的操作方法与视频过渡特技类似，可以从 Effect 特效窗口拖拽过渡特技图标，放置于声音轨道中的接点位置。双击过渡特技图标，可以在 Effect Controls 特效控制窗口中调整过渡的参数。

Premiere Pro 中提供了三种声音过渡特技，其功能分别如下。

Constant Gain：过渡时确保声音的增益平稳变化。在过渡过程中，前一个声音段落的音量匀速衰减，后一个声音段落的音量匀速增加。这种过渡方式忠实地反映了源素材中的声音，但是如果在源素材中存在突然增大的声响，则有可能导致过渡缺乏流畅。

Constant Power：过渡时确保声音的功率平稳变化。在过渡的开始阶段，前一个声音段落的音量衰减速度较慢，后一个声音段落的音量增加较快。在过渡的结束阶段，前一个声音段落的音量衰减速度变快，后一个声音段落的音量增加的速度减慢。这种过渡方式中两个声音段落混合比例的变化并不均匀，但可以有效减低过渡中出现音量突变的机率，提高听觉的顺畅性。因此，Constant Power 是最为常用的声音过渡特技。

Exponential Fade：按照对数曲线处理接点两端的声音交替。效果与 Constant Gain 相似。

声音效果

声音效果用于对声音段落进行某种特定的修饰，类似于视频效果对画面所起的作用。

在 Effects 特效窗口中，Audio Effects 声音效果共分为三类：5.1 环绕声效果、Stereo 立体声效果和 Mono 单声道效果。这三种效果分别对应三种轨道类型，为某种类型的声音段落添加其他类型的声音效果是无法实现的。

为声音段落添加某效果后，可以选中该声音段落，在 Effect Controls 特效控制面板中设定参数。

与视频效果类似，多数的声音效果参数可以设置关键帧，实现动态效果。另外，不同的声音效果也可以叠加在一起使用。

以下为各声音效果的基本用途。

Balance：用于控制 L 声道和 R 声道的输出音量，作用与分声旋钮相同。数值为负时，右声道被抑制，数值为正时，左声道被抑制。

该效果仅适用于 Stereo 立体声轨道。

Bandpass：改变声音的频响，只保留某个频率附近的声音，滤除该频段之外的声音。Center 参数指定保留频段的中心频率，Q 参数调整保留频段的宽窄，数值越大，频段范围越窄，数值越小，频段范围越宽。该效果可以将声音变得较为单薄，常用于模拟带宽较窄的声响，如电话、收音机中的声音。

该效果适用于 5.1 环绕声轨道、Stereo 立体声轨道以及 Mono 单声道轨道。

Bass：用于控制频率在 200Hz 以下的声音强弱。因为 200Hz 以下的频段对应低音部分，所以该效果常用于加强重低音效果。

该效果适用于 5.1 环绕声轨道、Stereo 立体声轨道以及 Mono 单声道轨道。

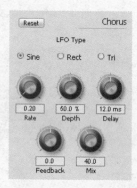

Channel Volume：独立控制每个声道的声音，因为参数以 dB 为单位，所以比分声旋钮的控制更为精确。

该效果仅适用于 5.1 环绕声轨道和 Stereo 立体声轨道。

Chorus：将声音处理为合声。该效果可以在各参数的作用下产生多个具有微小延时的声音，并将他们叠加在一起输出。经过该效果处理后的声音将更加宽广和雄厚，但过渡调整也可能导致声音变得极不自然(图 13-5-1)。

该效果适用于 5.1 环绕声轨道、Stereo 立体声轨道以及 Mono 单声道轨道。

图 13-5-1

DeClicker：滤除声音中混杂的"嗒嗒"声。在节目制作中，有些声音接点可能会出现瞬间杂音，在录音时误碰拾音话筒也会导致类似的杂音。在 Custom Setup 中，可以指定声音的类型，Input 窗口显示了原始的声音波形，Output 中显示了经过处理的声音波形。在 Individual Parameters 中，Threshold 用于设置识别杂音的门限，数值越大杂音滤除越为彻底，但也更容易导致误判和声音失真。Deplop 专用于滤除听起来如同"噗噗"声的低频杂音（图 13-5-2）。

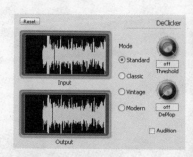

图 13-5-2

该效果适用于 5.1 环绕声轨道、Stereo 立体声轨道以及 Mono 单声道轨道。

DeCrackler：滤除 16 毫米或 35 毫米胶片常混有的"劈啪"声。对于类似雨点撞击玻璃、线路接触不良或衣服摩擦拾音话筒时产生的杂音，也具有一定的消减作用。该特效的参数与 DeClicker 类似（图 13-5-3）。

图 13-5-3

图 13-5-4

图 13-5-5

该效果适用于 5.1 环绕声轨道、Stereo 立体声轨道以及 Mono 单声道轨道。

DeEsser: 滤除高频杂音中的"嘶嘶"声。Gain 用于调整抑制杂声的程度，Male 或 Female 用于指定从男声还是女生中滤除"嘶嘶"声（图 13-5-4）。

该效果适用于 5.1 环绕声轨道、Stereo 立体声轨道以及 Mono 单声道轨道。

DeHummer：专门滤除某些声音中夹杂的"交流声"。"交流声"专指 50Hz 或 60Hz 的正弦震荡所发出的"嗡嗡"声。部分声音处理环节受到交流电场的干扰后，会混入"交流声"。Reduction 用于设置滤除的程度，数值过大会导致有用声音的缺失。Frequency 用于选择滤除频率。我国同欧洲各国、日本所使用的交流电频率为 50Hz，北美地区为 60Hz。Filter 用于指定那些谐波同时被滤除。通常，"交流声"中还包含各种谐波。例如 50Hz 的交流声中可能包含 100Hz、200Hz、400Hz 等谐波。如果该参数选择 4，则 50Hz 以及上述三种谐波将被同时滤除。理论上，Filter 的数值越大，"交流声"被滤除得越干净，但同时所需计算量也越大，为系统带来的运算负担也越重（图 13-5-5）。

该效果适用于 5.1 环绕声轨道、Stereo 立体声轨道以及 Mono 单声道轨道。

Delay: 通过延时产生回声效果。Delay 参数控制延时的时长，Feedback 可决定多少比例的延时声音混入原声后，被再次延时处理。Mix 用于调整延时声音混入原声的强度。

该效果适用于 5.1 环绕声轨道、Stereo 立体声轨道以及 Mono 单声道轨道。

DeNoiser：滤除模拟声音处理方式中产生的噪声，最常见的就是磁带的背景噪声。录制一盘磁带时，即使没有声音输入，磁带上也存在一个持续的噪声，这就是背景噪声，也被称为底噪声。Noisefloor 用于描述回放中夹杂的噪声音量。Freeze 用于捕捉噪声的样本，可以在只能听到噪音的时刻选中该参数。Reduction 用于调整噪声抑制的程度。Offset 用于设定以 Noisefloor 为基准，被判定为噪声的音量范围（图 13-5-6）。

该效果适用于 5.1 环绕声轨道、Stereo 立体声轨道以及 Mono 单声道轨道。

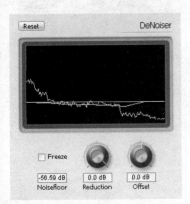

图 13-5-6

Dynamics：该效果中包括四个常用的声音效果处理器，这四个声音处理器既可以搭配组合，也可以独立使用（图 13-5-7）。

AutoGate是门限器，专门用于滤除音量小于某个限度的声音。例如，剔除话语间歇处的背景杂声。Threshold为滤除声音的门限音量。Attack为声音超过门限音量时，输出的声音从无到有的"开门"时间。Release为声音回落至门限音量下方时，输出的声音从有到无的"关门"时间。Hold为声音回落至门限音量下方时，仍保持有声音输出的时长。

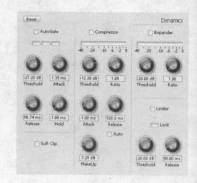

图 13-5-7

Compressor是压缩器，专门用于减弱声音的动态范围，让原本过于跌宕起伏的声音变得平滑顺畅。Threshold为门限音量，只有超过该音量的声音才被纳入处理范围。Ratio用于指定压缩比例，例如，数值为5，则表示当原始音量提升5dB时，输出音量提升1dB。Attack为声音超过门限音量时，输出的声音由原始音量转换为压缩音量的响应时间。Release为声音回落至门限音量以下时，输出的声音恢复为原始音量的响应时间。选中Auto，表示根据声音强度自动决定Release参数的时间。可以在MakeUp中调整输出音量，弥补因为压缩导致的音量损失。

Expander是扩展器，作用与压缩器相反，专门用于提升声音的动态范围。Threshold为门限音量，只有该音量以下的声音才被纳入处理范围。Ratio用于指定扩展比例，例如，数值为5，则表示当原始音量减少1dB时，输出音量减少5dB。

Limiter是限幅器，用于"切割"超过某一音量的声音，即超过某一音量的声音将不会被输出。Threshold为门限音量，Release为发生"切割"后，输出的声音恢复为原始音量的响应时间。选中SoftClip，可以让"切割"的波形更加圆滑，有助于使声音更为顺畅。

该效果适用于5.1环绕声轨道、Stereo立体声轨道以及Mono单声道轨道。

EQ：均衡器。可以分别控制高、中、低各频段的音量。选中Low、Mid1、Mid2、Mid3、High后激活相应频段的调整旋钮。Frequency用于指定调整频段的中心频率，Gain用于调整音量。Q用于选择频率中心值周边的频段宽度。Cut用于控制20Hz和20kHz处的声音截止方式，因为这两个频率分别对应低音和高音的极限值。Output用于补偿因调整导致的音量变化（图13-5-8）。

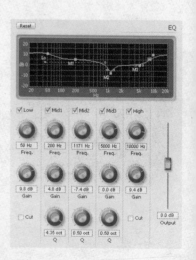

图 13-5-8

该效果适用于 5.1 环绕声轨道、Stereo 立体声轨道以及 Mono 单声道轨道。

Fill Left：将左声道的声音复制给右声道，替换右声道中原有的声音。

该效果仅适用于 Stereo 立体声轨道。

Fill Right：将右声道的声音复制给左声道，替换左声道中原有的声音。

该效果仅适用于 Stereo 立体声轨道。

图 13-5-9

Flanger：模仿磁带录音机转速不标准、卷带或快速倒带时的声音。LFO Type 用于指定效果中低频震荡的类型。Rate 调整低频震荡的速度。Depth 通过改变波形大小，调整效果的强度。Mix 控制效果音与原声的混合比例。Feedback 设定可以利用返送的效果音产生新的效果音。Delay 控制效果音比原声滞后的时间（图 13-5-9）。

该效果适用于 5.1 环绕声轨道、Stereo 立体声轨道以及 Mono 单声道轨道。

Highpass：高通滤波器，滤除低于指定频率的声音，保留高于指定频率的声音。常用于消除声音中的低频成分。

该效果适用于 5.1 环绕声轨道、Stereo 立体声轨道以及 Mono 单声道轨道。

Invert：将声音的相位反相。

该效果适用于 5.1 环绕声轨道、Stereo 立体声轨道以及 Mono 单声道轨道。

Lowpass：低通滤波器，滤除高于指定频率的声音，保留低于指定频率的声音，常用于消除声音中的高频成分。

该效果适用于 5.1 环绕声轨道、Stereo 立体声轨道以及 Mono 单声道轨道。

MultibandCompressor：分高、中、低三个频段独立处理声音的压缩，可以得到比 Dynamics 效果中的 Compressor 更加细致的处理结果。各频段中旋钮的作用与 Dynamics 效果中的 Compressor 相同。选中 Solo，只输出在视图中选中的频段。MakeUp 用于补偿因为调整导致的音量变化（图 13-5-10）。

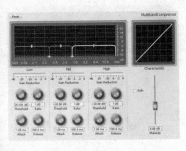

图 13-5-10

该效果适用于 5.1 环绕声轨道、Stereo 立体声轨道以及 Mono 单声道轨道。

Multitap Delay：可以为原声最多加入四次回声。Delay 1-4

用于指定每个回声的延时。Feedback 1-4 用于指定回声返送的强度，该返送用于循环产生新的回声。Level 1-4 用于控制回声的音量。Mix 用于控制回声与原声的混合比例。

该效果适用于 5.1 环绕声轨道、Stereo 立体声轨道以及 Mono 单声道轨道。

Notch：滤除指定频段中的声音。常用于消除声音中夹杂的固定频率噪声。Center 控制滤除频段的中心频率。Q 调整频段的宽度。

该效果适用于 5.1 环绕声轨道、Stereo 立体声轨道以及 Mono 单声道轨道。

Parametric EQ：调整指定频段的音量。Center 控制滤除频段的中心频率。Q 调整频段的宽度。Boost 用于设定音量。

该效果适用于 5.1 环绕声轨道、Stereo 立体声轨道以及 Mono 单声道轨道。

Phaser：该效果从原声中提取部分声音，改变其相位后与原声混合，可以模拟电声乐器的音质。LFO Type 用于指定效果中低频震荡的类型。Rate 调整低频震荡的速度。Depth 通过改变波形大小，调整效果的强度。Delay 控制效果音比原声滞后的时间。Feedback 控制返送的效果音产生新的效果音。Mix 控制效果音与原声的混合比例（图 13-5-11）。

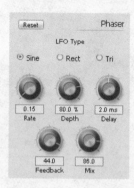

图 13-5-11

该效果适用于 5.1 环绕声轨道、Stereo 立体声轨道以及 Mono 单声道轨道。

PitchShifter：调整音调。Pitch 以半音程为单位调整音调。Fine Tune 用于音调的微调。选中 Formant Preserve 可以保持人声的调性不变，也可取消该选项的选中状态，故意将人声处理为带有某种卡通效果的声音（图 13-5-12）。

图 13-5-12

该效果适用于 5.1 环绕声轨道、Stereo 立体声轨道以及 Mono 单声道轨道。

Reverb：模拟声音在空洞的房间中产生的混响。Pre Delay 用于指定混响的延时，即声音反射回听者处所需的时间。Absorption 指定声音反射时被吸收的程度。Size 指定房屋的大小。Density 用于调整余响回荡的时间。Lo Damp 专门调整低音余响，以免过多的低音余响导致声音混浊不清。Hi Damp 专门调整高音余响，以免过多的高音余响导致声音太过尖利。Mix 用

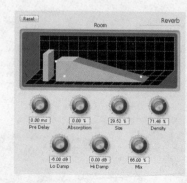

图 13-5-13

于控制余响的强度（图13-5-13）。

该效果适用于5.1环绕声轨道、Stereo立体声轨道以及Mono单声道轨道。

Spectral NoiseReduction：该效果利用三陷滤波器算法，剔除声音中混杂的嘈杂人声或口哨声。Freq(1-3)指定每一个陷波的中心频率。Reduction(1-3)选择恰好过载的原声音量，即指定轨道中音量表红色显示范围的起始刻度。Filter(1-3)对应三个陷波滤波器。MaxLevel控制每个陷波位的音量衰减，从而控制噪声滤除的程度。选中CursorMode后可以用鼠标调整陷波频率（图13-5-14）。

该效果适用于5.1环绕声轨道、Stereo立体声轨道以及Mono单声道轨道。

Swap Channels：交换声道。原声中的L声道输出给R声道，原声中的R声道输出给L声道。

该效果仅适用于Stereo立体声轨道。

Treble：控制4000Hz以上的高音的音量。

该效果适用于5.1环绕声轨道、Stereo立体声轨道以及Mono单声道轨道。

Volume：控制音量。

该效果适用于5.1环绕声轨道、Stereo立体声轨道以及Mono单声道轨道。

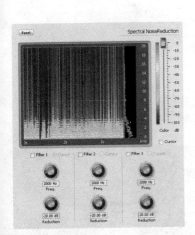

图13-5-14

第六节　　声音编组

在Audio Mixer调音台中，借助Submix辅助混合轨道，可以实现声音的编组控制。

在节目制作中，声音编组控制主要具有以下作用：

1.同步控制多个轨道。编组后，可以用一个推子同时控制多个轨道的音量，也可以同时为多个轨道施加相同的效果处理。

2.通过多次编组大幅度提升微弱声音的音量。

在调音台中，Mono单声道轨道、Stereo立体声轨道和5.1环绕声轨道对应的模块属于输入模块，这些轨道中含有声音段落，为节目提供了声音的来源。Master轨道对应的模块属于输出模块，输入模块中的所有声音最终都提供给输出模块。要实现编组控制，则离不开另外一种模块——中间过渡模块。中间过渡模块对应着时间线窗口中的 Submix 辅助混合轨道。

添加辅助混合轨道

Submix辅助混合轨道不是真实存在的声音轨道，而是辅助声音调整的虚拟轨道。在辅助混合轨道中，不能直接放置任何声音素材，但可以包含并控制 Mono 单声道轨道、Stereo 立体声轨道、5.1 环绕声轨道或其他 Submix 辅助混合轨道。用户可自行设定辅助混合轨道的数量和控制范围。

选择菜单 Sequence → Add Tracks，或在轨道控制组件中通过鼠标右键菜单选择 Add Tracks，在弹出的 Add Tracks 窗口中，可以指定添加 Submix 辅助混合轨道的数量、类型和位置。在 Track Type 下拉菜单中可以看到，辅助混合轨道也分为 Mono 单声道、Stereo 立体声和5.1 环绕声三种类型（图 13-6-1）。

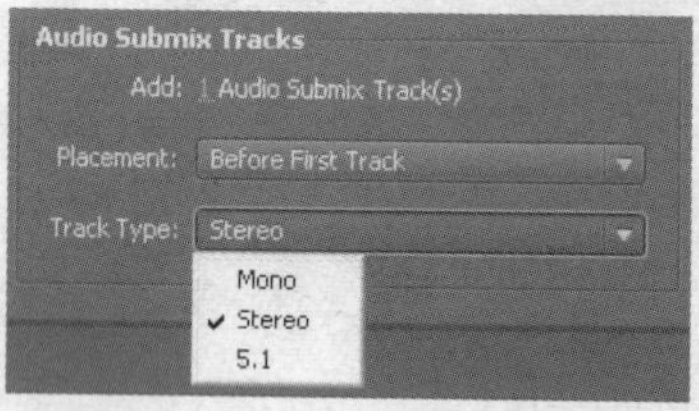

添加成功后，在 Audio Mixer 调音台窗口中（可能需要调整调音台窗口的大小），会出现相应的辅助混合轨道模块。

要删除辅助混合轨道，可以选择菜单 Sequence → Delete Tracks，或在轨道控制组件中通过鼠标右键菜单选择 Delete Tracks，在弹出窗口中指定相应轨道即可。

图 13-6-1

设定编组关系

在调音台中，除了 Master 主输出模块外，其他模块均同时标有声音来源标志和声音去向选择。如图 13-6-2 中，时间线本身包含一个 Mono 单声道轨道（Audio 1）和一个 Stereo 立体声轨道（Audio 2）。我们又添加了一个立体声辅助混合轨道（Submix 1）。这些模块最上方的声音来源标志分别为 Audio 1、Audio 2 和 Submix 1，表示该模块所控制的声音的来源。在这些模块的下方，存在一个下拉菜单，可以指定声音输出的去向。初始状态下，所有模块的声音去向选择均为 Master，即全部轨道的声音都直接输出给 Master 主输出轨道，但是，用户可以根据需要自行选择输出去向。例如图中，将 Audio 1 和 Audio 2 轨道的输出去向指定给了 Submix 1，经由 Submix 1 轨道再输出给 Master 主输出轨道。

此时，同时将多个轨道的输出去向指定给一个 Submix 辅助混合轨道，就实现了编组。这些轨道既可以通过自身对应的模块独

图 13-6-2

立调整，也可以作为一个整体，接受 Submix 模块的统一控制。图中，调整 Submix 1 模块的推子，相当于同时调整 Audio 1 和 Audio 2 模块中的推子。如果为 Submix 1 模块添加声音效果，相当于同时为 Audio 1 和 Audio 2 轨道添加相同的效果。

为辅助混合轨道添加效果

在调音台中，可以为轨道添加效果。这些效果与 Effects 特效窗口中的 Audio Effects 相同，但区别在于 Audio Effects 中的效果只作用于轨道中的某个声音段落，而在调音台中添加的效果则作用于整个轨道。

图 13-6-3

点击调音台左上方的扩展按钮 ▶ Show/Hide Effects and Sends，模块中将显示一个新的区域。该区域共分为三个部分：上部可以为轨道添加效果，中间可以同时为轨道指定多重输出去向，下部显示的参数用于控制选中的效果或输出去向。

利用上部功能区为辅助混合轨道添加效果。单击其中任意一行的下箭头，从下拉菜单中选择效果，该效果将被添加于当前位置。利用此区域，可以累计添加多个效果。

选中添加的效果，在下部功能区，可以通过下拉菜单选择参数并加以调整（图 13-6-3）。

要删除某个已有效果，可以点击该效果中的下箭头，从下拉菜单中选择 None。

在调音台中为其他轨道添加或删除效果，其操作方法相同。

为辅助混合轨道添加多重输出去向

中部的功能区用来为轨道添加多重输出。单击其中任意一行的下箭头，从下拉菜单中选择输出去向，就可以为轨道添加一个输出。如此反复，可以为某个轨道添加多个输出。选中某个添加的输出去向，在下部功能区，可以通过下拉菜单选择 Volume 或 Balance，调整该输出的音量或分声。注意，添加的输出去向在初始状态下的音量设定为 - ∞ dB，必须手动设定其音量才能使输出生效。

为轨道添加输出去向时，不能出现循环设定。例如，如果已经将 Submix 1 的输出去向指定为 Submix 2，则不能再将 Submix 2 的输出去向指定为 Submix 1。实际上，为了防止循环设定的发生，

在某个模块中，只能将位于其右侧的辅助混合轨道模块或 Master
主输出模块指定为输出去向，不能将位于其左侧的模块指定为输
出去向。

不同类型轨道的编组

在编组中，可以将 Mono 单声道轨道、Stereo 立体声轨道和
5.1 环绕声轨道的输出去向指定给不同类型的 Submix 辅助混合
轨道。

将 Mono 单声道轨道的输出去向指定为 Stereo 立体声辅助混
合轨道时，单声道中的声音将同时提供给立体声辅助混合轨道的
L 声道及 R 声道。如果调整单声道模块中的分声旋钮，可以控制
提供给立体声辅助混合轨道的 L 声道或 R 声道的音量。

将 Mono 单声道轨道的输出去向指定为 5.1 环绕声辅助混合轨
道时，单声道中的声音将同时提供给 5.1 环绕声辅助混合轨道的左
后、右后以及中置声道。如果调整单声道模块中的分声视图或旋
钮，也可以重新定义现有的声道分配，将声音分配给环绕声辅助
混合轨道的左前、右前和重低音声道。

将 Stereo 立体声轨道的输出去向指定为 Mono 单声道辅助混
合轨道时，立体声轨道中的 L 声道和 R 声道将混合，提供给单声
道辅助混合轨道。此时，立体声模块中的分声旋钮消失。

将 Stereo 立体声轨道的输出去向指定为 5.1 环绕声辅助混合
轨道时，立体声轨道中的 L 声道将同时提供给环绕声辅助混合轨
道的左前声道及左后声道，Stereo 立体声轨道中的 R 声道将同时
提供给环绕声辅助混合轨道的右前声道及右后声道。如果调整单
声道模块中的分声视图或旋钮，也可以重新定义现有的声道分配，
或将声音分配给环绕声辅助混合轨道的中置和重低音声道。

将 5.1 环绕声轨道的输出去向指定为 Mono 单声道辅助混合
轨道时，环绕声轨道中的所有声道混合，提供给单声道辅助混合
轨道。

将 5.1 环绕声轨道的输出去向指定为 Stereo 立体声辅助混合轨
道时，环绕声轨道中的左前声道和左后声道混合后提供给立体声
辅助混合轨道的 L 声道，环绕声轨道中的右前声道和右后声道混
合后提供给立体声辅助混合轨道的 R 声道。

第十四章
完成片输出

    节目制作完成后，通常有四种输出形式：文件输出、磁带输出、视频光盘输出和 EDL 输出。

    文件输出是将完成片输出为独立的视音频文件，以便摆脱 Premiere Pro 的时间线，通过电脑中的播放器软件直接播放。

    磁带输出是采集素材的逆过程，可以将完成片输出给录像机或摄像机，并录制在磁带上。

    视频光盘输出与文件输出类似，但是需要将输出的完成片转化为 DVD 或 Blu-ray 蓝光盘视音频格式，并刻录在光盘上。

    EDL 输出是一种比较特殊的输出形式，用于专业制作领域中的脱机编辑。输出的 EDL 文件不包含任何画面或声音，而是包含了完成片中有关镜头结构的编辑数据。利用 EDL 文件，可以随时从素材磁带重新抓取画面和声音，自动拼合出原有节目。

第一节　　文件输出

    文件输出可以将时间线中的完成片转化为能够独立播放的视音频文件。这些文件可供随意移动和拷贝，在计算机或各种移动播放设备上浏览。如果选择适当的文件输出格式，还可以通过网络发布。某些格式的输出文件可以重新导入 Premiere Pro，作为编辑其他节目的素材使用。

文件输出的准备工作

    开始文件输出之前，应做好如下准备工作。

    1.选中时间线窗口，打开将要输出的完成片所在的序列。

    2.查看时间线中全部视频轨道的控制组件，确保 ◉ Toggle

Track Output处于开启状态,除非该轨道中的镜头确实不应包含在完成片中。

3.查看时间线中全部声音轨道的控制组件, 确保  Toggle Track Output处于开启状态,除非该轨道中的声音确实不应包含在完成片中。

4.在时间线窗口时码刻度下方,拖拽工作区域标志的两端,确保工作区域覆盖需要输出的时间范围。如果完成片需要从头至尾全部输出, 则工作区域的覆盖范围应从第一个镜头的首帧开始,直至最后一个镜头的尾帧结束。打开时间线窗口中的 Snap, 在调整范围时会出现吸附功能 (图14-1-1)。

图14-1-1

5.查看时间线时码刻度下方是否存在红色的生成标志线。如果还有未经生成的段落,可以即时生成,也可以交由文件输出过程处理。如果文件输出时带有未生成段落,输出过程需要占用额外的时间。

文件输出格式设定

选择菜单 File → Export → Media, 在弹出的 Export Settings 窗口右侧, 设置各输出选项。

Format:用于设置输出文件的类型。

Preset:基于选定的文件类型,指定文件的输出格式。

Comments:为输出文件加入文字注释。该注释将显示于 Windows 的文件属性中。

Output Name:指定输出路径和名称。

Export Video:选择是否输出视频。

Export Audio:选择是否输出声音。

根据选定的文件类型,在 Filter、Video、Audio 和 Others 四个标签中,会对应出现不同的选项,提供更为详细的格式设定。

以下是在 Format 中选择不同文件类型后所对应的格式设定。

Microsoft AVI:Windows 中普遍使用的 AVI 文件, 为几乎所有的播放软件所支持。AVI 文件可以是视音频文件, 也可以只包含视频或只包含声音。各 AVI 文件可能采用不同的编码方式,所对应的图像质量也截然不同。在 Preset 中, 提供了两种与 PAL 制式相关的编码器选项:PAL DV Widescreen 和 PAL DV 选项。采用 DV 编码方式的 AVI 文件, 其图像的帧尺寸是固定的, 在 Video

标签中无法随意修改。在 Audio 标签中，允许自行设定声音的输出格式。

Windows Bitmap：Windows 中普遍使用的位图文件，只包含图像，不包含声音。在 Preset 中，可选择与各种视频格式相对应的位图分辨率，也可以在 Video 标签中自行设定分辨率。如果选中 Export As Sequence，则输出结果为若干数量的位图文件，完成片中每秒钟输出的图片数量由 Frame Rate 参数决定。这些图片的文件名被顺序编号，共同组成了图片序列。连续播放这些图片序列，可以恢复原始的活动影像。在 Premiere Pro 中，导入这些图片序列时，在 Import 窗口选中 Numbered Stills，即可按文件名中的编号连接这些图片。导入的图片每幅画面占据一帧，自动转化为一段视频。

本节练习：输出并导入图片序列

将一段完成片输出为图片序列。随后，再将该图片序列导入 Premiere Pro。

1. 在时间线窗口中，做好文件输出的各项准备工作。

2. 选择菜单 File→Export→Media，在弹出的 Export Settings 窗口右侧，将 Format 指定为 Windows Bitmap。在 Output Name 中，指定输出文件的存储路径，并将输出文件命名为 bitmap。

3. 在 Video 标签中，设置输出图片的分辨率，然后选中 Export As Sequence。

4. 点击 OK 按钮确定。在随后出现的 Adobe Media Encoder 窗口中，可以看到该输出任务。点击 Start Queue 开始输出。

5. 输出完毕，可以看到输出路径文件夹存在若干图片，文件名均以 bitmap 开头，后缀连续编号。在 Premiere Pro 菜单中选择 File→Import，选中 Numbered Stills，选择后缀编号最小的文件，点击 OK 按钮开始导入。

6. 在 Project 项目管理窗口中双击导入的图片序列，在 Source 素材回放窗口中浏览。

Animated GIF：GIF 图片中的一种，常用于网页，可以提供动态显示。Animated GIF 的导出结果与图片序列相似，都可以用图片的形式表现活动影像，但区别在于，图片序列中每幅图片反

映一帧画面，多幅图片衔接后构成活动影像。而Animated GIF图片在一个文件的内部包含多个帧，因此可以用一个文件再现一段视频。受GIF文件本身的压缩方式所限，Animated GIF图片的色彩不够丰富，一般不会用于专业视频编辑，但其文件占用空间较小，适合网络应用。在Video标签中，可以自行设定Animated GIF图片的分辨率和帧率。

GIF：标准的GIF格式图片。既可以将一帧图像输出为GIF图片，也可以选中Export As Sequence，输出GIF图片序列。

MP3：一种压缩的声音文件类型，文件中不包含视频。可以在Audio标签中自行设定声音参数。

P2 Movie：Panasonic公司开发的文件格式，专门用于该公司生产的广播级摄像机及录像机。在这些设备上，存储卡代替了磁带，所有图像和声音均被转化为P2 Movie格式的文件存储。在非线性编辑系统与录像机、摄像机之间来回拷贝时，直接复制这些P2 Movie文件即可，相比以往应用磁带更为方便。选择P2 Movie后，在Video和Audio标签中，可以修改输出参数，但P2 Movie不提供自行设定帧尺寸的功能。

Targa：输出Targa类型的图片或图片序列。文件不包含声音。在Video标签中可自行设定图片分辨率。

Tiff：输出Tiff类型的图片或图片序列。文件不包含声音。在Video标签中可自行设定图片分辨率。

Uncompressed Microsoft AVI：输出无压缩的AVI文件，这是AVI文件中图像质量最高的一种编码方式，但是占用的硬盘空间也最大。可以自行在Video标签中自行设定图像质量、帧尺寸和帧率等，也可以在Audio标签中自行设定声音质量。

Windows Waveform：输出WAV类型的声音文件，由于采用了非压缩方式，声音质量较高，但占用硬盘空间较大，可以在Audio标签中自行设定声音参数。

Audio only：输出ACC类型的声音文件。可以在Audio标签中自行设定声音参数，估算的输出文件大小将显示在窗口下方。

FLV、F4V：输出供Flash播放器浏览的FLV或F4V文件。这类文件可以是视音频文件，也可以只包含视频或只包含声音。该文件占用硬盘较少，但图像质量较低，多用于网络视频而非专业视频领域，可在Video和Audio标签中自行设定输出参数，估算的输出文件大小将显示在窗口下方。

H.264：一种高效的压缩格式，可以同时确保较高的图像质量和相对较小的硬盘占用空间。Mp4、3gp等类型的文件都采用了这种压缩方式，在小容量和高质量之间达到了平衡，但难于进行帧精度的编辑。因此，该方式下输出的文件无法导入Premiere Pro作为素材使用，估算的输出文件大小将显示在窗口下方。

H.264 Blu-ray：专门用于Sony公司推出的Blu-ray高清晰度光盘格式。在Video标签中，可以选择预置的帧尺寸，但不能自行设定帧尺寸，估算的输出文件大小将显示在窗口下方。

Windows Media：输出供网络视频或网络音频使用的WMV或WMA文件。可以根据网络带宽自行设定视音频参数，含有视频的文件输出为WMV类型，只含有声音的文件输出为WMA类型。受压缩和编码所限，该方式下输出的文件无法在Premiere Pro中导入作为素材使用，估算的输出文件大小将显示在窗口下方。

可供 Premiere Pro 再编辑的文件类型

如果需要将输出的文件重新导入Premiere Pro作为素材使用，那么必须从下列范围中选择输出文件的类型。

Microsoft AVI

Windows Bitmap

Animated GIF

GIF

P2 Movie（MXF）

Targa

Tiff

Uncompressed Microsoft AVI

Windows Waveform

FLV

Export Settings 窗口的其他功能

除了设置输出文件的格式，Export Settings窗口还具有裁切输出图像、修改输出范围和存储常用设置的功能。

裁切输出图像，可以只输出整个回放画面中的一个局部。

在Export Settings窗口中，按下屏幕上方的 Crop按钮，激活裁切功能。此时，既可以直接拖拽屏幕上的框线或控制点，也可以在 Left、Top、Right、Bottom 中输入数值。上方的 Source 标签显示时间线的原始输出，Output 标签显示裁切后的结果。使用 ⬅ Switch to Source 按钮可以在两个标签之间切换。在 Output 标签中，Crop Settings 用于控制裁切图像的输出样式。Scale To Fit 将自动放大裁切的局部，保证画面的纵向或横向被充满，Black Borders 中被裁切的区域输出为黑色，Change Output Size 将改变尺寸设定，按照裁切的尺寸输出。

屏幕下方的 ◢ Set In Point 和 ◣ Set Out Point 可以重新设定时间线的输出范围，左侧的时码显示当前画面在时间线中的刻度，为该时码输入数值可以定位当前回放标志，精确设定输出范围的起始点和结束点。

如果经常使用某种自定义的参数设置输出文件，可以用 Preset 参数右侧的 🖫 Save Preset 按钮存储该设置，以便将来直接调用。🖿 Import Preset 按钮用于导入已经存储的输出设置，🗑 Delete Preset 用于删除当前选用的输出设置（预置设置无法被删除）。

Adobe Media Encoder

Adobe Media Encoder 是 Adobe Premiere Pro CS4 中专门用来管理文件输出的套件。考虑到文件输出通常会比较耗时，将输出过程转移到 Adobe Media Encoder 中，有助于减少 Premiere Pro 的占用时间，提高编辑效率。

在 Export Settings 窗口中设置好输出参数后，点击 OK 按钮，该输出任务就被提交到 Adobe Media Encoder 中。在 Adobe Media Encoder 中，可以同时存储多个输出任务，按下窗口中的 Start Queue 按钮，任务队列将按顺序依次输出，每个输出任务的剩余时间将显示在进度条的 Estimated Remaining 中。

第二节　磁带输出

Premiere Pro 可以遥控录像机或摄像机，将完成片录制在磁带的指定位置。

磁带输出的准备工作

开始磁带输出之前，应做好如下准备工作。

1.连接非线性编辑系统与摄像机或录像机。在录像机或摄像机中装入磁带，如果是新磁带，在磁带的开头部分录制短暂的黑场画面，作为输出时的引带。如果使用摄像机输出，摄像机应置于 VTR 模式。

2.选中时间线窗口，打开要输出的 Sequence 序列。查看视频轨道和声音轨道的 ⬚ Toggle Track Output 和 ◀ Toggle Track Output 的设置，以及工作区域是否正确覆盖需要输出的时间范围。

3.查看是否存在红色生成标志线。如果还存在未生成的段落，输出过程将占用额外的时间生成。

输出至磁带

在 Premiere Pro 中，选择菜单 File → Export → Export to Tape。在弹出的 Export to Tape 窗口中，设定各输出选项。

Active Recording Device：选中该选项后，Premiere Pro 将在整个输出过程中遥控录像机或摄像机，控制其自动预卷、走带、录制及停止。如果取消该选项，则可以手动控制录像机或摄像机的录制及停止。通常，如果输出设备可以被遥控（例如绝大多数的 DV 或 HDV 摄像机、录像机均可以通过 IEEE1394、FireWire/i.LINK 接口遥控），则选中该选项。

Assemble at Timecode：遥控输出时，指定节目从磁带上的哪个时码位置开始录制。该时码应当在磁带上已经存在。如果使用新磁带输出，该时码应该在磁带开头已经录制的引带范围之内。如果取消该选项，磁带将从当前位置开始录制。

Delay movie start by＿frames：设定完成片输出与实际录制之间的延时。利用该选项可以修正个别录像机或摄像机的走带误差。

Preroll＿frames：预卷时间。如果设定该选项，录像机或摄像机将自动走带至比指定开始录制的时码靠左的位置，并从该位置开始回放，当回放至开始录制的时码位置时，自动进入录制状态。该选项通过控制录制设备提前回放的长度，确保启动录制的瞬间走带处于稳定状态，减少发生意外的机率。一般可以将预卷时间设定为 3-5 秒。

Abort after＿dropped frames：设置丢帧的容限。如果在输

出过程中检测到丢帧超过该容限的，则中止录制过程。

Report dropped frames：监测到丢帧，给出提示。

Render audio before export：一般来说，即使包含多个轨道，或加入复杂效果，声音依然可以实时回放。如果为了减轻系统在输出时的运算负荷，确保输出状态的稳定，可以选中该项，在输出前预先生成所有声音轨道。

Start Timecode：时间线中输出段落的起始时码。

End Timecode：时间线中输出段落的结束时码。

Current Timecode：当前输出画面在时间线中的时码。用于在输出过程中随时查看进程。

Droopped frames：丢帧数量。

Status：录像机或摄像机的当前走带状态。

点击 OK 按钮，Premiere Pro 将按照上述设置启动输出。

第三节　视频光盘输出

Premiere Pro 中，可以将完成片输出为 DVD 和 Blu-ray 等视频光盘格式，然后再通过 Adobe Encore 套件刻录光盘。

视频光盘输出的准备工作

开始视频光盘输出之前，应做好如下准备工作。

1.选中时间线窗口，打开要输出的 Sequence 序列。查看视频轨道和声音轨道的 ◎ Toggle Track Output 和 ◀ Toggle Track Output 的设置，以及工作区域是否正确覆盖需要输出的时间范围。

2.查看是否存在红色生成标志线。如果还存在未生成的段落，输出过程将占用额外的时间完成生成。

3.在光盘刻录机中放入相应的可写入光盘。

输出设置

在 Premiere Pro 中，选择菜单 File→Export→Export to Encore，在弹出的 Export to Encore 窗口中进行刻录前的设置。

Name：刻录的光盘命名。

Type：选择视频光盘的类型。DVD Single Layer 为单面单层

DVD，是目前比较常见的 DVD。它的容量大约是 4.7GB，因为接近于 5GB，所以也被称为 DVD-5。DVD Double Layer 为单面双层 DVD，在一个面上包含两个记录层，两层容量合计约 8.5GB，也被称为 DVD-9。DVD-9 的好处就是可以用一张碟片存储一部 120 分钟的高质量电影，而不需要中途手动换碟。不过，部分 DVD 播放机和光盘驱动器并不支持 DVD-9。Blu-ray Disc Single Layer MPEG-2 为单面单层 MPEG-2 压缩方式的蓝光盘，Blu-ray Disc Single Layer H.264 为单面单层 H.264 压缩方式的蓝光盘。在相同图像质量下，后者具有更高的压缩效率，因而能够存储更长的节目。

Direct Burn without Menus：无须为视频光盘创建菜单，直接将画面和声音刻录在光盘上。

Author With Menus：为视频光盘创建菜单。光盘播放时，将先弹出菜单，根据选择播放图像和声音。创建菜单的工作需要在 Adobe Encore 中完成。

Copies：刻录光盘的数量。

Export Range：输出到光盘中的完成片范围。Entire Sequence 为整个序列，从序列的起始位置开始，直至序列中最后一个镜头为止。Work Area 为工作区域所覆盖的范围。

Loop Playback：选中后将在光盘中重复刻录该段节目，直至达到光盘的最大容量为止。该选项用于演示、展览等循环播放的场合，可以省去设定播放设备的循环播放菜单的工作。

Preset：用于选择视频光盘的压缩参数。点击 Settings 按钮，可以设定视频光盘的格式和压缩质量。

点击 OK 按钮，指定存储路径和文件名，即可开始输出用于光盘刻录的压缩文件。输出完毕后，可以在 Adobe Encore 套件中刻录光盘。

第四节　EDL 输出

EDL 是 Edit Decision List 的缩写，通常被称为编辑决定表。编辑决定表记录了完成片的编辑数据，描述了整个时间线中的镜头结构，以及视频和声音特效的位置、类型和相关设置。

EDL 的作用

我们可以将时间线中的完成片拆分为两个部分，一部分是决定镜头组接和特效处理的编辑数据，另一部分是为每帧填入画面和声音的视频和音频数据。做个不太恰当的比喻，编辑数据就如同构成人体的骨骼和躯干，而视频和音频数据则如同填充在其中的肌肉和组织。

视频和音频数据来源于素材，而所有的编辑数据则来源于我们的后期制作过程。二者同时存在，共同构成了完整的节目信息。如果我们只存储编辑数据，删除视频和音频数据（素材），时间线中的镜头结构将得以保留，但无法回放出画面和声音。此时，一旦视频和音频数据得以恢复，例如重新从磁带上采集这些素材，节目信息将重新变得完整。

正是基于这样的思路，产生了一种特殊的节目制作流程——离线编辑，也被称为脱机编辑。

小知识：离线编辑与在线编辑

离线编辑与在线编辑是电视节目制作的两种工作流程。

与离线编辑相对应的是在线编辑，也叫联机编辑。常规的非线性编辑流程中，需要先采集素材，后进行编辑，最后输出完成片。因为时间线中所编辑的是最终要输出的完成片，所以采集素材时，会根据完成片对图像和声音的质量要求作出设置，以保证磁带上的素材以适当的质量被采集到非线性编辑系统中。这种始终使用标准质量的素材进行编辑的过程被称作在线编辑。

离线编辑的工作流程有所不同。首先，素材以较低的质量被采集至非线性编辑系统中。此后的整个编辑过程都会使用这些低质量素材，直至完成片不再需要任何修改。删除所有低质量素材，按照得到的编辑数据重新以高质量的标准采集完成片中使用的素材段落。采集完成后，编辑软件将自动根据编辑数据将这些段落组合为完成片，供最终输出。因为在编辑过程中，并未使用与输出质量相匹配的素材，因此这种工作流程被称为离线编辑。

离线编辑比在线编辑多一次采集过程，看似更加费时费力，但在制作某些类型的节目时，离线编辑更具优势。

由于采用低质量素材完成编辑，所以在不扩充硬盘存储空间的前提下，可采集的素材长度大幅增加。例如，电视剧制作中，原本非线性编辑系统只能存储编辑一集所需的素材，通过大幅度降低采集质量，可以将全部二十集的素材一同采集进来。待编辑完成后，只保留二十个编辑数据，删除全部低质量素材。按照每集的编辑数据，分别采集高质量素材并输出完成片。这一点，在当前高清晰度电视节目制作中，应用尤其普遍。高清晰度电视的数据量为标准清晰度电视的五倍，需要的硬盘存储空间成倍提高。采用离线编辑，可以大幅节省硬盘空间，提高编辑过程中的素材装载能力。

另外，离线编辑还常用于在不同节目制作系统间传递编辑数据。例如，可以在二十台低档编辑设备上分别完成各集电视剧的编辑，然后将编辑数据传递给一台高档编辑设备，完成素材的重新采集和完成片输出。这样，通过离线编辑，有效节省了占用高档设备进行编辑的时间，减少了所需高档设备的数量。

离线编辑常用于电视剧、系列专题片等集数多、素材量大、可以多机同时展开编辑的节目制作中。在当前日益普及的网络化节目制作环境中，由于素材共享，不同编辑站点间的编辑数据传递变得更为普遍。EDL文件存储的正是这些编辑数据，可以起到沟通各编辑设备的桥梁作用。

输出 EDL 文件

Premiere Pro 可以将完成片输出为 CMX3600 格式的 EDL 文件。该格式是对完成片的镜头结构描述最为全面且使用最为普遍的 EDL 文件格式。

输出 EDL 文件前，应注意：

1.序列中应包含最多一个视频轨道，和不超过两个的立体声轨道或四个单声道轨道。

2.序列嵌套无法被正常输出。

3.现有素材均保持正确的原始时码，且非线性编辑系统可遥控录像机或摄像机回放源素材，完成自动批采集。

4.全部素材磁带均符合自动批采集的条件：每盘磁带都具有连续时码且被编号。

选中时间线窗口，打开要输出的Sequence序列，选择菜单File → Export → Export to EDL。

在弹出的 EDL Export 窗口中，指定各输出轨道，点击 OK 按钮，为EDL文件指定存储路径及名称。

通过 EDL 文件重新采集

在 Premiere Pro 中，可以导入自身或其他编辑系统产生的
EDL 文件，并按照 EDL 文件重新采集素材，构建完成片。

1.选择菜单 File → Import，选择 EDL 文件。在弹出的 EDL
Information 窗口中，为重新采集设定格式。点击 OK 确定后，
Premiere Pro 将自动新建一个序列，用于放置高质量的完成片。在
弹出的 New Sequence 窗口中，设定完成片格式（应与重新采集的
格式一致）。

2.在 Project 项目管理窗口中，出现一个与 EDL 文件同名的文
件夹。文件夹中包含了新建序列及所有待采集的素材图标。双击
序列图标在时间线窗口打开，可以看到序列中保持了完成片原有
的镜头结构，但回放画面显示为素材离线(图 14-4-1)。

图 14-4-1

3.选中文件夹中的全部素材（素材图标均为离线标志 🄱 ），
选择菜单 File → Batch Capture，或通过鼠标右键菜单选择 Batch
Capture，启动自动批采集。

4.按照提示更换磁带。

5.自动批采集结束后，完成片将恢复原有的画面和声音。

至此，关于在 Premiere Pro 中编辑节目的整个流程已经介绍
完毕。希望大家能够通过本书中的若干练习，真正理解非线性编
辑的技巧和要领，在实践操作中灵活运用各种编辑诀窍，做到活
学活用，尽情体验视频编辑带来的快乐吧！